这繁荣昌盛的万里江山，
等级森严的泱泱大国。

郁结着权术、争夺名利、草菅人命，风骨仍恶。

自然就有人为天地立心，
为生民立命，
为往圣继绝学，
为万世开太平。

凤歌且行

玖	唱醉酒后的萧公子	288
拾	被罚站的四个人	328
拾壹	标致美人叶芹	343
拾贰	谨记萧先生教诲	380
拾叁	萧矜心里的秘密	416
拾肆	留在云城过年	452
番外	常假日小记	488

【解日】

财满满　福满满　顺遂无虞……

大吉 上上签

[签语]

壹 谁在说小爷的坏话	001
贰 甲字堂来了新同窗	039
叁 想办法解救杨沛儿	074
肆 突然造访的新室友	115
伍 和萧矜一起翻墙头	148
陆 猪圈场的意外之火	182
柒 荣记肉铺里的秘密	211
捌 日后跟着哥哥混	245

壹 谁在说小爷的坏话

柳枝经雨重，松色带烟深。

云城的一场大雨，晕开了夏日的暑气，大雨将歇的早日，空中尽是清凉的风。

青色的木门被推开，吱呀一声，打破清晨的宁静，在枝头上停留的鸟儿应声而起，啼叫一声飞远，叶子上的露水带着些许凉意，纷纷落下，滴在门边少年的脸上。

少年身着翠绿长衣，身量并不高，长发绾起，鬓角及额边垂下几缕碎发，将白皙洁净的面容衬得平静而柔和，乍一看像男生女相的小郎君，五官足以用漂亮来形容。他头上戴着黑色方巾帽，垂下两条青白交织的长穗落在两肩，脸上虽没什么表情，但也带着一股朝气，如早春嫩芽般生机勃勃。

倒不会让人觉得像小姑娘，俨然一副正经书生的模样。

陆书瑾将脸上的露水抹去，抬眼望向天空，还是一片雾蒙蒙。

陆书瑾特地起了个大早，关上吱呀响的小木门，挂好门锁，背上小书箱，踏着晨色，动身前往海舟学府。

海舟学府是云城最拔尖的学府，建成几十年来，出的状元郎十根手指头都数不过来。书院里的夫子也都大有来历，随着学府的翻新和修建，教学环境和教育质量已经成为晏国拔尖的存在，不少大户人家

001

都削尖了脑袋想把孩子送进去念书。

值得一提的是,学府的院长曾是寒门出身,十分怜惜寒门学子,所以每年都会举办一场文学测验,招收三名寒门学子,通过测验者便可免去所有费用直接入学。

陆书瑾刚来云城那会儿,走运碰上了测验报名日。

她从姨母家逃出来,一路东躲西藏来到此处,手里的盘缠已经用得差不多,正愁在云城找不到落脚地时,撞上了这么一桩好事。她想着入了学院,既能念书,又不用担忧姨母派人寻来,自然二话不说就报名参加了测验。

幸而这些年她在姨母家中不争不抢,大半光阴都用来看书,加之自记事起便记忆力好得出奇,积累了不少知识,还真争到了其中一个名额。

海舟学府开课这日,正值八月末,天气相当晴朗,空气中都是不知名的花香,道路两边栽种了茂密的大树,风一吹,树影斑驳。

陆书瑾一步一步从晨雾踏入这朝阳碎影中,身上披了一层细微的霜露,耳边尽是鸟啼争鸣和喧闹的人声,身边偶尔驶过马车,热热闹闹的。

学府的大门甚是宏伟,隔得老远就能看见门柱上雕刻的朵朵莲花,走到近处,方瞧见两扇门柱上分别雕刻着豪迈有力的对联:

书山有路勤为径

学海无涯苦作舟

立在中央的石碑上印着"海舟学府"。

这座位于云城繁华地带,闹中取静的书府,就是无数书生向往的圣地,站在跟前的时候,陆书瑾还有一种不真实感,惊叹又兴奋。

忽而旁边飘来了包子的香气,陆书瑾转过头,就看见身边跑过几个穿着海舟学府月白院服的学生,围在前面一个包子摊旁。

蒸笼一掀开,白色的热气奔腾而出,香气扑鼻而来,都不用吆喝,自引得一群人去买。

陆书瑾早起到现在都没吃东西,闻到这味儿肚子当即饿得不行,不由得加快了脚步,往前而去,站在那几人后面,乖巧地排队买包子。

刚出笼的包子又白又软,一个一个在蒸笼里摆着,香味蹿进鼻子,勾得人口水狂流不止,当陆书瑾专心地盯着包子,思索着吃几个时,听见前面几人闲聊的声音：

"前两日项家四小姐生辰宴上的事，你们都听说了吗？"

"什么事啊？"

"那项家四小姐在生辰宴上当着众人的面，将簪花赠予萧矜，结果萧矜那厮直接说簪花丑，拒而不接，当场下了项家的面子，生辰宴不欢而散，真是该死！"

陆书瑾耳朵一偏，注意力从包子上分散了。

前头一个矮矮胖胖的人气道："又是萧矜那厮惹的事！他这文不成武不就的，整日不干正事，就长了一副好皮囊罢了，身边围着一群谄媚走狗，为什么咱们云城的姑娘都盯着他？项四小姐知书达理，温柔可人，给他簪花是抬举他，他竟这般目中无人，若是给我……"后面的话他没说，几个男子相视一笑，买完了包子也不走，就站在边上继续聊。

"他也并非头一遭干这种事了，上个月不还在街上与陈家三子大打出手吗？据说把对方的门牙都打掉了一颗。"

"这件事儿是真的，萧矜跋扈惯了，看上什么东西都要争抢，陈家三子不愿，他便动手了。"末了，还添上一句，"不过是凭着自己家世，一只牙尖嘴利、仗势欺人的狗罢了。若是他敢到我跟前来，看我如何教训他！"

"先前他结课文章写不出来，还被夫子罚抄，笑死人呢。"

陆书瑾本来想听个热闹，但听这几人你一言我一语，所言尽是指责萧矜的不是，将那人说成十足的纨绔草包。

陆书瑾顿觉没趣，要了两个包子正打算离开，忽而后脑勺被一个软软的东西砸倒，陆书瑾下意识抬手，摸了一下脑袋，继而觉得脚跟处落了一个东西，耳边那叽叽喳喳的谈论声也戛然而止。

陆书瑾不明所以，低头一看，刚刚砸在自己后脑勺上，落在脚边的东西，竟是一个绵白的包子。

陆书瑾抬眼看去，只见十步开外的地方，簇拥的人群中站着一个唇红齿白的少年。他身着墨色织金锦袍，长发高束，垂下的头发落在肩上，初升的朝阳自他身后而来，被踩在锦靴下，将少年周身都裹上一圈晃眼的光晕。

003

陆书瑾的眼睛霎时被晃了一下，不知是被那朝阳，还是这个只看一眼就知道招惹不起的富贵少爷。

显然他就是朝陆书瑾脑袋上扔东西的人，此刻，他拧着俊秀的双眉，沉着脸，眼眸里的嚣张之色显露无遗。

启声便是凶得不行的质问："谁在说小爷的坏话？"

少年方一说话，簇拥着他的那几个人当即上前，将身边路过的几个学生都大力推搡开，摆足了恶霸的架子，指着人的鼻子呛道："又是你们几个碎嘴子，平日里就会学那些长舌妇搬弄是非，诋毁他人，今日竟还敢惹到萧小爷头上，活腻歪了是吧？"

"这帮不怕死的，定是要蒙着头好好打一顿才能学乖。"

"萧哥，不如咱哥几个教训教训他们？"

几人你一言我一语，周围顿时清了场，方才的热闹消散不见，怕惹事的摊主也赶紧躲到了旁边。

原本还慷慨激昂谈论萧矜的几个人，做梦也没想到会被逮个正着，此时似乎被吓傻了，不敢吱声。

陆书瑾站在几人之中，愣愣地看着对面逆光而站的少年，表情也有几分呆滞。

久居深院的她鲜少有接触到外人的时候，更别说遇到这般锦衣华服、在人堆里如此扎眼的俊俏少年。

那人澄澈乌黑的眼眸就这样直勾勾地盯着他，毫不掩饰自己的凶戾，他像是被这气息吓到，原本处在平静状态的心猛地一振，快速跳动起来。

放眼整个云城，几乎没人不知道拥有泼天富贵的萧家，而萧矜则是萧家最小的少爷，打从两脚能在地上跑时，就没少惹事，昨日捅了李家檐下的燕窝，今日打了赵家独苗，没一刻消停。

但他是萧家捧在手心里的幺子，不管闯什么祸，都能被在云城只手遮天的萧家摆平。

也正应了那个胖子口中的话，萧矜所到之处，皆是溜须拍马的狗腿子，前前后后将他簇拥在中间，形成不小的阵仗，寻常人看到他们都要远远避开，以防惹事上身。

眼下这事正给了几个狗腿子献媚的机会，他们一拥而上，将包子摊团团围住。

陆书瑾就这样捧着包子被围在了中间，他眨了眨乌黑的眼眸，心头涌上一丝慌张，刚想张口解释时，却见锦衣少年抬步朝他走来，那张俊脸又生动了几分。

下一刻，他就伸手往陆书瑾的肩膀上搡了一把，说："喂，你打量什么呢？"

放眼整个海舟学府，萧矜的个头都是数一数二的，他站在这群人里，即便不看脸，单凭身量就能引人注目。他就这样站在陆书瑾面前，宛若一堵墙，若想与他对上视线，陆书瑾要仰起头才行。

这力道不算轻，陆书瑾往后踉跄了几步，手里的包子没握紧，掉在了地上。

不过他没工夫心疼包子，赶忙对面前的煞神说："别动手，大家都是读书人，有话慢慢说。"

他抬手指了一下一旁的矮胖公子，道："他说你在生日宴上当众下了项四小姐的脸面，真该死；"随即又指向下一个人，"他说你嚣张跋扈，当街斗殴；他说你牙尖嘴利、狗仗人势；他说你写不出文章，被夫子罚抄，让人笑话。"

陆书瑾将几人方才议论的内容做了总结，挨个儿指认了一遍，最后他的眼眸转向萧矜，道："与我无关，我与他们并不相识。"

那几人一看这白净的小书生几句话就将他们所言全盘托出，立即慌了神，匆忙摆手否认："萧少爷，你别听这小子胡说八道！都是那小子自己所言，我们不过是路过此地。"

萧矜黑着脸，只觑了陆书瑾一眼，说："他并非云城人，如何编派出这些鬼话？你还想糊弄我？"

陆书瑾闻言，露出讶然之色，他倒是没想到这个"纨绔草包"竟如此心细，从他的口音听出他是外地人。

萧矜好不好糊弄另说，他的拳头却硬得很，在学府大门口，当着这么多人的面，揍得那几个人抱头鼠窜，哀号不止。

陆书瑾自是从来没见过这种场面，看得心惊肉跳，又恐遭牵连。

好在并没有，萧矜揍人毫不拖泥带水，等几人都躺在地上，捂着伤处哀号时，他就停了手，从身旁谄媚的小弟手中接过锦帕，细致地擦着手，冷峻的面容看起来十足吓人。

而后，他摸出一个东西，朝陆书瑾一抛，他下意识接住，定睛一看，竟是一块小银锭。

"赔你的。"萧矜将锦帕随意地往地上躺着的人身上一丢，别过头又瞧了他一眼，道，"包子钱。"

陆书瑾捏着银锭，扭过头，看着萧矜被一群人围在中央，吹捧奉承着走远的模样，心中暗叹也只有萧家这样的家底，才能宠出这样挥霍无度的少爷。

陆书瑾来云城也有半个月，自然是听说过萧家的。

萧家往上三代都是当朝权柄遮天的重臣，在朝中的地位数一数二，萧云业更是凭着一杆长枪杀敌无数，定边疆平叛乱，屡建军功，被封作镇宁将军。

本朝重文轻武，但萧云业却极受皇帝重用和信任，满朝文武无一人敢与他对着干。

萧矜是萧云业正妻所出的幺子，年幼时母亲就重病逝世。他上头还有两个兄长一个姐姐，都是姨娘所出。两个兄长，如今一个为五品文官，一个则为武将，在萧云业手底下做事，老三是一名标致的美人，几年前选秀入宫，深得皇帝宠爱，已升至妃位。

萧家实力雄厚，盘踞在京城多年，儿孙更是人才辈出，一个赛一个的优秀。

而萧矜是萧云业膝下唯一的嫡子，是未来萧家的继承人，下一任家主，却独自留在云城，可见萧云业对这个幺子已彻底失望。

可即便如此，也仍旧无人敢当着他的面说一句不是。

今日这几人也算倒霉，嚼舌根的时候撞上了萧矜，才免不了一顿揍。

消息传得很快，夫子和学生都知道了海舟学府开课第一日，萧矜在门口揍人这件事。

事情传到乔院长耳朵里，他摇头轻叹，这小霸王又闹腾了。

乔院长出身寒门，高中状元时也才二十有六，踏入朝堂时是一个除了念书什么都不会的愣头青，幸而结识了脾气豪爽、待人细心的萧云业，在他的提拔下，才从尔虞我诈的官场上保全自己，如今担任海舟学府的院长，所以他头一个心愿就是希望能将萧云业的嫡子培养成才。

只不过此子桀骜不驯，反骨太重，性子难以捉摸，乔百廉也颇为头疼。

他语重心长地劝说过萧衿数次，但他不仅不知悔改，还变本加厉。

当乔百廉发着愁叹气时，门被人叩响，他收起心思，抬眼望去，就见门口站着一个身段纤细的少年，少年衣冠整洁，面容白净，一双乌黑明亮的眼睛不带丝毫怯色。

"乔院长，学生来领用具。"

乔百廉的脸上立马露出慈祥的笑容，冲陆书瑾招手："过来，孩子，就等你了。"

陆书瑾来得并不晚，但乔百廉这样说了，他还是垂下眼帘，摆出一副乖巧老实的模样："学生来迟，还望院长见谅。"

"无妨无妨。"乔百廉摆摆手说。

前些时日，学府举办入学测验时，他去了一趟现场，一眼就瞧见了站在人群中的陆书瑾。

陆书瑾个头不高，穿着普通的素色衣衫，衬得发丝和眼眸明亮漆黑，他不争不抢地排队，看起来乖巧又从容。

后来乔百廉又亲自监考，见陆书瑾安静地提笔，交上来一份令他极其满意的答卷，心中对这个学生已经有了偏爱，所以才会在此处特地等他。

乔百廉从身边的柜子上取下给陆书瑾准备的东西，放在桌上，像聊闲话似的问道："你到云城并无多少时日，平日里住在何地啊？"

"我住在城北长青巷租赁的大院里。"陆书瑾答道。

乔百廉将这巷子的名字在脑中过了几遍，才想起它的位置，距离海舟学府确实有一段距离，若是步行而来，少说也需要小半个时辰，他不禁对面前这个看起来文弱的孩子多了几分疼惜，说道："如今学府开课，你便能住在舍房里，不必来回奔波了，平日里你要多用些功。"

说着，他将一早就准备好的书籍放在木桶里，道："这些书都是我亲手抄录的，你入学测验的策论我看过，悟性很高。这些你拿回去仔细看看，定能有不小的收获。"

陆书瑾看着乔百廉的表情，有一瞬间的怔然。

好像面前这位德高望重的院长此时只是一个叮嘱自家孩子的长辈。

他已经许久没有体会到这种来自长辈的关怀，顿时心中一热，连忙垂首道谢，保证道："多谢院长，学生定当日夜捧读，苦心钻研，不负院长所望。"

乔百廉对上进的孩子总是相当偏爱，温和地道："去吧，孩子。"

陆书瑾抱着木盆从房中离开，心里暖暖的。只不过海舟学府过于大了，陆书瑾费了好一番功夫才找到住宿的院子。正值报到的日子，不少年岁相当的少年进进出出，使唤身边的下人置放用具。

每个舍房都隔着一段距离，一排排十分整齐，皆刷着青色的墙漆，有着黑色的瓦顶。门前挂着写了数字的木牌，与钥匙上的小木牌是对应的，陆书瑾一间间舍房走过去，在最里间靠近墙的位置找到了自己的舍房：贰拾陆。

陆书瑾推开房门，房里的一切顿时令人眼前一亮。

房间相当宽敞，一进去就看到正中间摆放着一扇大屏风，黑底上绣着腾飞的苍鹰和长松，将宽敞的房间一分为二。

左右隔着一些空档，往后靠窗的位置摆着一张床榻，吊顶上的纱帘垂下来，窗下摆着桌椅。这间舍房是两人间，虽在一间房里，但有屏风阻挡，又有纱帘，平日里坐卧起居是不会被人看到的。

再往里面走是一个小内室，是用于沐浴净身之所，门能从里面反锁。

这房屋的条件比陆书瑾想象的好了不知道多少，本以为在舍房中住着会不方便，但看了这房屋的构造和设计，顿时放下心来。

舍房满意了，陆书瑾的心情自然变得极好，眼看着另一人还没有来，便自己挑选了一张床榻，把随身带来的几件衣物和乔院长分发的东西都摆放好，又罗列了一张需要采买的单子，才出门而去。

陆书瑾这些年攒下的银钱并不多，找穷秀才买了路引和假户籍之后，又置办了一些其他东西，一路走来，手头的钱也花得所剩无几。但是今早，突然一个银锭子落在手里，陆书瑾又能多买些东西，甚至还能雇马车和佣人将被褥之类的东西搬过来。

陆书瑾又回到了之前租赁的大院中，让马车等在门口，便自己动手搬东西。

陆书瑾来云城不过半月，携带的东西本就不多，除了被褥和一些衣物，倒没什么了。正在搬时，有个模样年轻的女子开门出来，将他拦住。

"书瑾。"

陆书瑾停下动作，转头对女子笑了笑，说："沛儿姐，今日你没去绣坊吗？"

这女子名唤沛儿，与陆书瑾的房间比邻，也是第一个主动跟自己搭话的人。出门在外，陆书瑾并不喜与人交流，就算是在这大院中住了半月，也只与一对中年夫妻和沛儿有些许往来，其他几个租户，连照面都很少打。

这种租赁的大院并不少，里头住的大多是外地来云城谋生之人，沛儿年岁不过十八，在邻街的绣坊中当绣娘，平日里赚取微薄的银钱，与沛儿相识这半月，她对陆书瑾颇为照顾，经常喊陆书瑾一同用饭。

"学府开课了？现在就要搬过去吗？"沛儿面上没有笑容，很认真地问他，"你还会回来吗？"

陆书瑾刚想说话，就见房中又走出一个男子，他个头高大，皮肤黝黑，唇角有一道指头长的小疤，立在沛儿身后，低声问道："这是谁？"

沛儿笑了一下，道："这是我日前认的一个弟弟，他也是从外地来云城求学的，还考进了海舟学府呢！"

海舟学府在云城自是如雷贯耳，里面的学生非富即贵，也是将来高中状元的苗子，人们对里面的学生都有几分巴结和客气。

黝黑男子一听，表情和善了许多，笑道："我都瞧不出来你还有这样的好运气，认了一个未来的举人当弟弟。"

陆书瑾说："大哥说笑了。"

随后他又答沛儿的话："学府今日开放，我去领了舍房的钥匙，今日就要去学府住了，但是这里的房屋我租了半年，假日我还是会回来的。"

有些东西随身带着并不保险，还是留在这房中锁起来的好。

沛儿往前两步，将手中的东西递出，是一方帕子，布料不算名贵，但上面绣着一只栩栩如生的喜鹊，看着倒是漂亮精致，她说："我手上也没有什么东西能祝贺你，便绣了一方帕子给你用，弟弟，你别嫌弃就好。"

陆书瑾本想推辞，但见她手指缠了布，似是做工的时候伤了指头，思及她一个外来女子在云城做活不易，也是出于好心才绣了这方帕子，便笑着收下，说道："多谢沛儿姐，等学府常假后，我再回来看你。"

陆书瑾盘算着，下次回来给沛儿带一只镯子、簪子之类的还礼，正要道别时，沛儿却往前送了两步，像不放心他似的说道："你只身一人来云城求学，在此地无依无靠，进了海舟学府可千万要谨慎行事，万不可招惹里面的少爷们，也不可对夫子们不敬，在学问上多下些功夫。且近日云城不太平，衙门已经收到几起失踪案，皆是外地人，你常假时也不要乱跑，知道吗？"

这一声声叮嘱，当真像是阿姐对弟弟的关心，陆书瑾有几分感动，一一应下，行至门口才道："沛儿姐放心吧，这些我都懂的。"

陆书瑾本想与她多说两句，转头就看到那高大的男人也跟在她身后，外人在场，到底不方便多说，陆书瑾与她闲话两句，这才抱着东西上了马车，沿街将所用的东西一一采买齐全，才回到海舟学府。

今日报到，海舟学府一律放行，马车能行到舍房院门口，陆书瑾将东西全部搬回房间之后，又将被子晾在门前空地的竹架上，进屋后又里里外外打扫了一遍。

忙活完这些，陆书瑾又在学府中转了一圈，将路线记清楚之后，去食肆买了一份便宜的饭。回去时已是日暮时分，舍房中的人大多已经安顿好，陆书瑾收了被子铺好床，直到晚上入睡，那位神秘的舍友仍不见踪影，也不知道是不是一个好相与的。

陆书瑾抱着这个念头等了好几日，都没能等到这位神秘舍友，才后知后觉，这间舍房只有她一个人住。

陆书瑾被分在了学府的甲字堂，通过入学测验的三个人也都在其中，皆是正儿八经的穷苦出身。其中一个名叫吴成运的学子性格较为活泼，与陆书瑾在测验那日就已相识，两人拼了桌坐在一起，也算成了朋友。

吴成运告诉他，学府中的大部分学生都是云城本地的，那些大少爷们并不会住在学府里，但他们所交的学银涵盖了住宿费用，所以舍房中还会有那些人的挂名，如此一来，舍房就会有不少空缺。

陆书瑾正好赶上这种情况，于是也不再疑惑另一位不见踪影的室友是何人了。

开课之后，陆书瑾逐渐习惯了学府中的作息。平日里卯时起，洗漱之后跟着同窗们一起路过食肆，买一份早食，然后赶往学堂，等钟声一响，夫子就会踏入学堂，开始授课。中午会给出一个时辰用饭，随后午后又是两个时辰的授课，这一日的文学课才算结束。

不过也不是每日都是文学课，连上两日之后便会有一个下午的武学课，教的都是扎马步和基本的防身拳法。

好在夏日白昼长，下学之后还有些时间才会入夜，倒不觉得特别忙碌。

陆书瑾话少，这是她寄人篱下多年养成的习惯，如今逃出来，行事更加谨慎，毕竟她女扮男装混入学府是一件胆大包天的事，若被人发现，定是要被押送官府的。到时候官府一查，便知她是从杨镇逃出来的，若是将她送回去，那一切就前功尽弃了。

所以陆书瑾在学堂中与人交流不多，多数时间都埋头看书，偶尔会与吴成运交谈几句，上学下学皆是独来独往，没有私交。

除了开课那日在学府门口撞上萧矜，目睹他揍人，之后的几天里，日子都还算平静。只是买包子牵扯出的事情终究没了，陆书瑾走在回舍房的路上，被三个人拦了下来。

陆书瑾一看，正是学府开课那日，在门口嚼舌根被萧矜狠揍的三人。

"三位何事？"陆书瑾心里跟明镜似的，知道这三人是来算账的，但面上佯装不知，露出迷茫的神色。

"少给我装蒜，那日若不是你指认，我们岂能被揍成现在这副模样？这会儿你倒装起不相识了？"站在左边的瘦高个尖声喊起来。

011

面前三人，一人的右眼睛肿得老高，一人的脸颊乌青，那个矮胖子被揍得最惨，当时被糊了一脸鼻血不说，现在站在陆书瑾面前，还拄着一根拐杖，一看见陆书瑾，脸上的横肉都气得颤抖起来，咬牙切齿。

陆书瑾觉得自己分外无辜，说："我没有指认你们啊。"不过是实话实说。

"你还狡辩！"那矮胖子将拐杖高高举起，当即就要给他一棍。

陆书瑾见状，忙将视线落在三人背后，瞪着眼睛惊道："萧少爷，你怎么来了？"

三人被这句话吓得不轻，猛地朝后面张望。过路的学生见此处有人生事，自是绕得远远的，此刻周围一片空旷，哪有什么萧少爷。

胖子这才惊觉被骗，一转头却发现陆书瑾已经脚底抹油，他大喊一声："快追！别让他跑了！"

陆书瑾在前头跑，三人在后面追，过路学生纷纷让开道路。

那胖子虽然腿脚不利索，但其余两人却是腿脚完好的，陆书瑾的体力与跑步速度自然及不上两个小伙子。

还没跑出去多远，就被一人追上，对方脚下一绊，陆书瑾当即摔了一个跟头，索性也跑不动了，便喘着气翻了个身坐在地上。

另外两人陆续追来，那胖子也累得够呛，喘了一阵气后，用拐杖指着陆书瑾的鼻子骂："小东西，我看你往哪儿跑！"

"这里是海舟学府，你们若是敢在此处生事，我必定要去夫子那里告上一状。"陆书瑾虽然坐在地上，但抬眼看着三人的神色却没有分毫畏惧，用还算平静的语气说道，"届时你们也少不得一顿处罚，损人不利己。"

那胖子气得脸红脖子粗，嚷嚷道："你就是告到官老爷那儿，今儿我也必须揍你一顿解气！"

"且慢！"陆书瑾知道他们闹出这么大的动静，说不定已经有学生去喊了夫子，只要拖延时间就好，便说，"你们既对萧少爷心生不满，也该私下寻我的麻烦才是，公然在此处寻仇，当真不怕萧少爷撞见？"

胖子冷笑一声，道："我险些被你骗住，萧矜那厮已经连着旷学三日，今日根本就没来学府，何来撞见？"说着，他像是觉得方才的话有些掉面子,又补充了一句,"再说那草包真的来了又如何?我……"

一道细长的影子突然落在陆书瑾手边,那胖子的话说到一半猛地卡住了,迟迟没有下文。

面前的三人方才低着头与陆书瑾说话,根本没注意来人,余光瞥见有一人走到陆书瑾身后,便抬眼看去,表情登时剧变,露出惊恐之色。

陆书瑾像是意识到了什么,也跟着缓缓转头,就见身后站着一个身着杏色织锦长衫,长发高束的少年,悬挂西方的落日将他的影子拉得老长,垂下来的碎发都染上了金色。

他正双手抱臂,扬着嘴角冷笑:"我来了,你当如何?"

正是萧矜本人。

有时候就是这么赶巧。

萧矜连着旷学三日,收到了乔百廉亲笔所书的训斥信,一半训斥他不该旷学玩乐,一半又劝导他回归正途,当然最重要的还是最后一句话,大意是:你再不来上学,我就修书告诉你爹。

萧矜顿时一个头两个大,只好拿着乔百廉的训诫信来学府认错。

这老头固执,自己若是不来,他真的会寄信给远在京城的萧云业。

谁知道他刚来学府,就看见那文弱的小白脸一路跑来,被人追上一脚绊倒,摔得满身灰尘,连头上的方巾帽都歪了一些,白嫩的脸蛋也蹭了灰,显然是被人欺负了。

萧矜不是爱管闲事的个性,本想视而不见,但他听力向来很好,从旁边路过时,正好听到自己的名字,于是停下脚步,这才有了后面这一幕。

因为训诫信心情不虞的萧少爷,拳头立马硬了。

陆书瑾也没想到自己这一嗓子,还真把萧矜喊来了。

几日不见,他仍是那副看谁都不爽的模样,俊俏的眉眼和沉着的嘴角都写满了不开心,脸上俱是"我要找碴儿"几个大字。

他赶忙从地上爬起来,知道这个时候根本不用再说什么,便不着痕迹地往后退去,低头拍打身上的灰尘。

其余三人被吓得魂飞魄散,拄拐杖的胖子更是双腿发软,恨不得直接晕倒在地上。

萧矜厌烦的目光落在中间胖子的脸上，一脸纳闷道："你小子，莫不是整天在背后编排我？"

胖子连连摆手，说："萧少爷，这都是误会，误会！"

萧矜突然想起一件事儿，说："先前那个说我喜欢偷女子的鞋袜揣回家偷偷闻的谣言，也是从你这儿传出去的吧？"

说到这事萧矜更生气了，他想知道到底是哪个没脑子的蠢货这样败坏他的名声，但查了好一阵也没能查到源头——当然主要原因还是他在城中的负面传闻太多。

胖子吓得打哆嗦，连忙否认："不是我！绝对不是我！"

萧矜哪管这些，指着他道："嘴硬是吧？"他的话音还没落下，拳头就已经打了出去，落在胖子脸上，惨叫声也一同响起。

萧矜一人打这三个软脚虾毫不费力，陆书瑾在一旁看着，发觉萧矜打人相当有经验，他的拳头落下之处基本没有空的。不一会儿，就打得三人鼻青脸肿。

正看得认真，忽而一人走到陆书瑾边上，递来一方锦帕，道："你先把脸擦擦吧。"

陆书瑾瞟他一眼，见他也是十七八的年岁，手中摇着一柄玉骨扇，脸上笑吟吟的。他没见过此人，并不接锦帕，只道了声谢，而后用手背随便擦了擦脸颊。

"你就是陆书瑾吧？"那人问。

陆书瑾见他认识自己，略有些惊讶道："你认识我？"

他道："海舟学府每年只招收三名寒门学子，你便是其中之一，学府中一大半人都听过你的名字。"

礼尚往来，陆书瑾也问道："不知兄台家自何处啊？"

"朔廷。"萧矜突然开口，打断二人说话。

他打累了，丢了其中一人的衣领子，任三人躺在地上痛吟，他走到面前来，随手将季朔廷方才没送出的锦帕夺过去，擦拭一番后随意道："你何时来的？"

眼看自己的锦帕被糊得面目全非，季朔廷脸上的笑意顿时没了，斯文模样也装不下去，心疼道："萧矜，这可是小香玉亲手给我绣的，你就这么糟蹋？"

萧矜立马露出了嫌弃的表情，将帕子还给他，从衣襟里抽出自己的锦帕继续擦拭。

季朔廷看着被他糟蹋的锦帕直咧嘴，叹道："至少这上头的绣工是上好的……"

"你要是羡慕，就自己去学。"萧矜冷冷地说。

季朔廷刚要反驳，身后就传来一声呵斥："萧矜，季朔廷！又是你们二人！"

两人同时回头，只见一个中年男子大步走来，隔得老远就指着萧矜怒道："你旷学三日，刚来就在学府生事，今日我定要禀明院长，好好处置你这浑小子！"

萧矜一见来人，顿时脸色大变，说道："唐先生，我这是锄强扶弱，助人为乐，不是没事找事！"

说着，就将长臂一伸，拽了陆书瑾一把，轻而易举地将他拉到自己身前，低下头，在他耳边说："你知道怎么说吧？用我教你吗？"

陆书瑾只感觉右耳朵被哈了一口热气，白嫩的耳尖瞬间染上了颜色，他缩起脖子，点了点头，不着痕迹地往前走了一步，与萧矜拉开了距离。

虽然陆书瑾在海舟学府待的时日不长，但对面前这个气势汹汹的唐先生还是有印象的。

唐学立年近五十，身体极是硬朗，为人古板严苛，眼睛里容不得一点儿沙子，一旦让他逮到了犯错的学生，必定狠狠处罚，何况他曾任皇子伴读，卸任之后被重金聘入海舟学府，自是谁的面子都不给。旁的夫子都不敢招惹的小霸王萧矜，他是半点儿不怕，上回罚萧矜抄写文章的，正是这位唐先生。

所以萧矜一看到他，便知事情要糟。

陆书瑾被拉过来挡在前面，心里也有点儿紧张。

唐学立看到地上躺着的三人，当即气得大声斥责："萧矜，你进了海舟学府若是不念书，趁早收拾你的东西滚回家去！这天地之大，任你玩乐，别来祸害其他想要考取功名的学生！"他嗓门大，站在陆书瑾面前喊的时候，险些把他震得耳鸣，再加上这人的面容黑如锅底，粗眉横立，十足骇人，陆书瑾看着倒真有些发怵。

萧矜却像是习惯了唐学立的训斥，一副死猪不怕开水烫的样子，撇眉道："先生可不能冤枉好人，我不过是见有人欺负弱小，才出手做了好事。"

唐学立显然不信，这三人鼻青脸肿，加之萧矜劣迹斑斑，任谁来都不会信萧矜做了好事。

他呵斥道："你还敢狡辩！"

那三人见夫子来撑腰，哭得更大声，唐学立越听越生气。

正在这时，陆书瑾突然往前一步，先端正地行了一个礼，不疾不徐徐道："先生莫气，是我此前与这三人有些口角冲突，今日下学从此路过时被这三人拦住，要给我一个教训，萧少爷是看我被打才出手相救，此事与他不相干。"

"他把人打成这样，还与他不相干？"唐学立只道他也是平日围在萧矜身边的狗腿子，斜他一眼，冷声问道，"你姓甚名谁，住在何处？小小年纪不学好，踩低捧高倒是拿手。"

陆书瑾谦逊地低下头，声音平静道："学生陆书瑾，家住杨镇，孤身来此求学。"

唐学立听后当即愣了一下，将头转过来仔细打量他。

海舟学府里的夫子自都听过陆书瑾这个名字，知晓此人是乔院长亲自监考招进学府的寒门学子，破例免除所有学费，无家世、无背景，唯有真才实学博得了那个名额。

唐学立虽然为人严苛，但对有才华、有能力的学生自然也略有偏爱，听他自报家门，加之方才说话行礼颇有规矩，态度谦逊，刚才的气随即消了大半，神色也缓和不少，说道："纵是如此，你也不该维护萧四，纵他作恶。"

陆书瑾便说："学生没有维护谁，不过是实话实说。"话虽说得公正，但又补上一句，"若非萧少爷路过此处善心出手，学生今日怕是难逃一劫。"

唐学立又转头看去，见地上三人捂着痛处不肯起来，打滚之后浑身衣物脏得一塌糊涂，半点儿没有海舟学子的风范，心中已有偏颇。

萧矜将唐学立的神色转换看在眼里，随后目光往下一掠，落在面前少年纤细瘦弱的后脖子上，陆书瑾说话的时候低着头，碎发散在白皙的皮肤间，看起来乖巧极了。

萧矜在海舟学府混了一年，对唐学立的难缠再清楚不过了，他最不愿意撞上的就是他，原以为今日也少不了一番纠缠，却没想到这人几句话就能让他消了气。

"虽说是他们挑事在先，但动手殴打同窗终究不对，你们也难辞其咎，都随老夫前往悔室领罚。"唐学立警告的眼神在萧矜脸上晃了一圈，接着落在季朔廷面上，"你也一并滚过来！"

季朔廷当即苦了脸，说："先生，我真是路过的。"

唐学立眼睛一瞪，他只好闭嘴。

胖子三人挨了一顿狠揍，在地上躺了好一会儿，最后被自家下人抬着去了医馆，而陆书瑾三人则跟着唐学立去了悔室，领了打扫学府礼祠和三章策论的惩罚。

礼祠位于学府东南角，相当僻静，平日里很少有学生来此。堂中摆放着几尊夫子像，只有每年举行入学礼时才会组织学生来此烧香祭拜，警醒学生尊敬师长，也求学途顺利，将来能金榜题名。

虽礼祠一年用上的次数寥寥无几，但学府还是时常分配学生来打扫，其中多数是犯了错的学生。

当陆书瑾领了钥匙打开门的时候，空中那焚香之后留下的气味就扑鼻飘来，由于夜幕降临，堂中视线昏暗，他先放下手中的扫帚，将堂中的灯一一点亮。

萧矜不紧不慢地跟在陆书瑾后面，扫帚被他扛在肩头，走路也没样儿。

礼祠很是宽阔，堂中有一大片空旷之地，最前面的高台上立着三尊夫子像，足有两米高，陆书瑾将台前的灯点亮时，将头抬高才能勉强瞧见夫子的半身，不免被这高大肃穆的雕像压得心头发紧。

陆书瑾点的灯并不多，那些挂在墙上的灯和落地长灯都太高，他无法触及，只点了矮杆灯和桌上摆放的烛台，所以堂中的光线并不亮堂，柱子和灯台在地上留下朦胧的影子。

从门口看去，他立在高台中央，仰着脖颈看着夫子石像，地上一线细长的人影。巨大的夫子石像显得他纤瘦单薄，却又站得笔直，腰背坚挺，烛光染上他素色的衣袖。

萧矜的目光在陆书瑾身上停留了片刻，便将扫帚随手一撂，声音惊动了看得入神的陆书瑾。

他转头一瞧，就见这混不吝的少爷伸了个懒腰，轻车熟路地找到一处窗台，推开窗户，坐上窗框，半点儿没有要打扫的意思。

夏风是燥热的，但经过窗户再吹进来，往堂中转了一圈落到陆书瑾身上，就变得有些凉爽。

陆书瑾看了看窗外悬挂在西方的月亮，忽而笑了一下。

一个月前，她还困在一方老旧的庭院中，每日都对着窗户眺望天空中的月亮，听宅中的人张罗自己的婚事，那时候的孤寂、无助、恐慌如沉重的枷锁，牢牢捆在她的脖子上，让她连呼吸都变得艰难。现在看着相差不大的景象，她竟从心底觉得惬意，身上再无其他多余的重量，唯有"自由"二字。

陆书瑾收回视线，抬步走到门口，拿起自己的扫帚，从门口开始扫起来。虽说在姨母家时也给她配了一个丫鬟，但寄人篱下的日子里，事情大多都是要自己做的，洒扫这类小事倒是累不倒她。

萧矜靠坐在窗边没再动弹，安安静静地。陆书瑾则专心扫地，堂中除却自己轻轻的脚步声和扫帚摩擦地面的声响，再没有旁的杂音。

就在陆书瑾以为自己要打扫整个礼祠时，季朔廷忽而从外面走进来，身后还跟着几个学府里的少年，一进门就喊着萧哥，原本安静的礼祠顿时热闹起来。

"吵死了，喊什么。"萧矜嫌弃的声音传来。

陆书瑾抬眼看去，就见那些人里有几个面熟的，是前几日他在海舟学府门口遇见萧矜时围在这人身边的狗腿子，此时他们也人手一把扫帚，进了门就开始殷勤打扫，嘴上还不停地邀功：

"哪能让萧哥亲自动手啊，有这锻炼身体的好事，喊哥几个就行了。"

"蒋胖子那几人就是该打，这罚领得太不应该！"

"我说我从今早开始手怎么这么痒呢，原是迫不及待准备帮萧哥打扫礼祠……"

这马屁拍得有点儿夸张了，陆书瑾在心中如此评价。

萧矜并不回应，只坐在窗边笑，半边俊面被夕阳描摹。

季朔廷走到他跟前，许是来的路上走得有些急，额头出了一些汗，埋怨道："就知道找你没好事，连累我也平白被罚了三章策论。"

"谁写那玩意儿。"萧矜满不在乎地哼道。

几个小伙儿忙着献殷勤，很快将打扫礼祠的活瓜分了，陆书瑾被挤得无地可去，只好退到门边，正好听到两人的对话，心想：旁人说萧矜是纨绔还真是一点儿没冤枉，连唐夫子给的处罚都不在乎，言语神情间不见半点儿对师长的尊敬。

"你不写，被逮到又是一顿责骂，你也知道唐先生那固执的性子。"季朔廷十分忌惮地道。

萧矜没有应答，似乎打定主意不写，懒得听劝。

过了一会儿，就听几个打扫的人闲聊。

"这两月都第四起了，今早我出门的时候，我娘还叮嘱我别去人少的地方呢。"

"什么事啊？"萧矜听见了，问了一嗓子。

立马就有人回应："就两月前出现的人口失踪案，衙门前日又收到了一桩报案，到现在还查不出门路来。"

"我小舅在衙门做事，他跟我说收到的报案里，失踪的都是外地来的女子。"一个瘦马猴似的人说。

都是年轻小伙，对这些稀奇事儿自然兴致很高，聚在一起聊得相当火热。

萧矜却不感兴趣，他跳下窗台往外走，路过陆书瑾旁边的时候脚步停了一下，转头看向他，说道："听见了？外地来的，别在云城乱跑。"

陆书瑾对上他的视线，顿时有一瞬的心慌，他别过头转移了视线，说道："失踪的人俱是女子，我又不是。"

萧矜的目光往他脸上扫了一下，嘟囔一句："娘儿们似的。"

陆书瑾敛了敛眼睫毛，回道："萧少爷倒是要注意，少走些夜路。"

免得被人套了麻袋打得满头包。

谁知这家伙一下就听出了话外之意,被气笑了,说:"你想说什么?"

"关心之语罢了。"

"你最好是关心。"萧矜用手指点了点他,随即大摇大摆地离去。

陆书瑾模样的确漂亮,但眉眼间没有那股子柔弱味道,加上还有些稚气,所以在众人眼里,他也不过是面容白嫩的秀气少年郎罢了。

只要与身边的人保持适当的距离,就不用担心被人识出真身。

萧矜离开后,礼祠里打扫的人也很快离去,陆书瑾在里面绕了一圈,发现已经清理得七七八八了,就做了一下收尾工作,而后锁上礼祠的门。出来时已经很晚了,好在食肆还有热饭,他赶去吃了饭,然后回到舍房,沐浴净身后洗好衣物,便开始写唐夫子罚写的策论。

三章策论并没有字数限制,陆书瑾随便翻了翻书,很轻易就能写完,放下笔的时候,想起萧矜在礼祠中的话,又抽了一张白纸,打算替他将那三章策论写了。

虽说他动手打人并非替自己出头,但到底还是帮自己解了围,礼祠的罚扫也沾了他的光。

今日那三人又挨了一顿揍,定不可能就这样善罢甘休,陆书瑾须得想个方法解决此事。

思及萧矜那副纨绔模样,陆书瑾故意将策论水准一降再降,但同时又在里面加上一两处引经据典的论述,以免整章策论看起来全是废话。

将策论写完后,陆书瑾搁了笔,开始收拾桌上的书,顺道将那些从租赁院子里搬来的书一道整理了,忽而有一个东西掉落在桌面上。

陆书瑾低头一瞧,见是一片扁长的竹签,上头串了一条红绸,竹签年代久远,颜色老旧,上面写着两个字:大吉。

陆书瑾的脑中恍然浮现当年那个小沙弥站在她边上,笑着对她道:"祝贺施主,此为上上签。"

陆书瑾从不觉得自己是有福之人,她自打出生起就没见过自己爹娘,她的爹娘在一次上山采药途中不幸丧命,那时她才三个月大,连名字都没有。是祖母擦干了眼泪，用面糊一口一口把她喂到四岁，抱着她坐在门槛边，用苍老的声音缓缓念叨："财也满满，福也满满，咱们满满日后长大了呀，定是有福气的人。"

小小的陆书瑾并不知道这些话的含义，也看不懂祖母脸上日益增多的皱纹，直到后来祖母躺进了棺材，陆书瑾才被带到那个杂草丛生的小院里，一个自称是姨母的人站在她面前，冷淡地说："以后你就住在这里了。"

自那日起，她有了名字，叫陆瑾。

瑾，美玉之意。但她稍微懂事一点儿，就知道她名字里的那个"瑾"字，应当是谨慎的谨，提醒她循规蹈矩，仔细行事。

她的吃穿用度虽然寒酸，但好在能安然长大，十年如一日地在宅中生活，自然明白这不是她的家。

表姐妹的那些漂亮衣裙和珠石首饰，她也从不多看一眼，若不小心惹上了事，也要立马低头认错，否则就会被罚跪、饿肚子。她越乖巧，姨母责骂她的次数就越少，麻烦也会越少。

长至十六岁，姨母就开始急于把她嫁出去，并未与她有过商量，就定下了城中靠卖玉发财的王家庶长子，对方是一个年过三十还未娶妻的残疾人，那人模样丑陋却十分好色，在城中名声极差，但王家承诺聘礼给两间商铺和白银百两，如此丰厚的聘礼，这门亲事板上钉钉。

陆书瑾心里明白，即便她说破了嘴，也改变不了姨母的决定，于是姨母来通知她的时候，她没说半句不愿，一如往日般乖顺。

两家人便开始合两人的生辰八字，挑选婚期，准备婚前事宜，正当他们忙得热火朝天时，陆书瑾却背起行囊，悄悄跑路了。

她跑得远，光马车就坐了五日，辗转几站，来到了晏国有名的繁华之都——云城。

陆书瑾来过这地方，当时姨夫在云城有生意来往，便携妻带子来此处游玩，陆书瑾是顺道捎上的那个。

她曾在云城最有名的寺庙摇过一支签，掉在地上的红签上面写着工整的字，她捡起来，一翻面就看见"大吉"两个字。

陆书瑾并不觉得这个上上签能够改变她的命运，但离开杨镇后，她换了新衣裳，改了名字，将以前的东西都扔掉了，只留下这么一根竹签，就像这根竹签能证明她幸运过一样。

月光探入窗户，在陆书瑾的床边洒下微光。

陆书瑾将那根泛黄的竹签捏在手中，摩挲很久，最后压在了枕下，盖被睡去。

次日一早，陆书瑾像往常一样醒来，穿衣洗漱，出门吃饭，而后赶往夫子堂。

"这六章策论，都是你写的？"

唐夫子不在，嘱托了周夫子代收策论，他将陆书瑾递来的六张纸一翻，就知道上面的字迹出自一个人。

陆书瑾的面上露出一丝歉意，说："萧少爷昨日就将写好的策论交予我，说是怕唐夫子见了他又责骂，便让我一同带过来，却不想我不慎打翻了水杯，晕染了萧少爷的策论，便只好重新誊抄了一份。"

周夫子半信半疑，将写着萧矜名字的策论看了一遍，又将陆书瑾的看了看，两章内容自是天差地别，水准差得不是一星半点儿，便打消了疑虑，说道："像是他能写出来的水平，倒是有些进步，你去吧，日后规矩些，好好念书，方不负乔院长所期。"

陆书瑾是抱着疑惑出去的，她实在想不明白这种通篇废话的策论，对于萧矜来说竟是进步，那他平日写的都是什么玩意儿？

交完策论后，陆书瑾赶去了甲字堂，大多数人已经坐在位置上了，因着夫子还没来，堂中闹哄哄的。

陆书瑾进去后，堂中的声音霎时间小了些许，不少人都朝他投来莫名的目光，看得陆书瑾有些不自在。

陆书瑾快步走到座位上，刚落座，吴成运就凑了过来，小声道："陆兄，听闻你昨日跟着萧四揍人去了？"

陆书瑾惊诧地瞪大眼睛，说："这又是什么谣言？"

难怪方才自己一进门，那些人就都用奇怪的眼神看他。

"我听说的，据说你昨日下学跟萧四打了刘家嫡子，还被唐夫子训斥，罚去打扫礼祠。"吴成运道。

"确有此事，不过我并没有参与，是萧四动的手，"陆书瑾解释说，

"我是被牵连的。"

"那此事可就糟了呀。"

"如何？"陆书瑾问。

"虽说你是被牵连的，但刘家嫡子两次被揍你皆在场，他们必定嫉恨上了你，刘家在云城虽不是大户人家，但到底有些背景，加之发了横财，比上不足，比下有余，若那小子存了心思要寻你麻烦，你在云城无亲无故，只怕……"后头的话吴成运没说，只叹了口气。

陆书瑾能听出他话中之意，自己孤身一人在云城，就算碰上草菅人命的恶棍将他打死了，也没人替他报官申冤，惹上这样家境富裕的少爷，是一个大麻烦。

但陆书瑾却不甚在意，甚至还能说笑："怕什么？怕他用满身横肉压死我吗？哈哈。"

"你还笑得出来。"吴成运见他这副模样，心知自己也帮不到他，多说无益，只提醒陆书瑾平日里多加小心。

陆书瑾点头道了谢，翻开书本研读，不再与他交谈。

接下来几日，那刘胖子约莫是在养伤，没来找麻烦，倒是吴成运紧张得很，得空便将搜罗来的消息说给自己听。

刘胖子全名刘全，是刘家独子，颇受长辈溺爱，在之前的书院也是横行霸道的主，来了海舟学府后收敛不少，但看不惯萧矜的做派，又不敢招惹他，平日里只敢躲着萧矜走，在背后说些难听话，不料学府开课那日，他与萧矜正面撞上，还被揍了一顿，这也就算了，眼下他三天两头就被萧矜揍，刘家人对此心疼又恼怒，可面对萧家他们也毫无办法。

刘全吃了这样大的亏，又不敢找萧矜的麻烦，回到学府后，第一个找的人肯定是陆书瑾。

陆书瑾却没将此事放在心上，平日里照常上课，吃饭去食肆，下学回寝房，除了这三个地方，陆书瑾哪儿都不去，总是独来独往，不与人为伴。就连吴成运几次提要与他一起吃饭回寝房，都被陆书瑾笑着婉拒。

这日下学，陆书瑾想着明日常假，正好回租赁的大院一趟，便打算上街买根簪子,当作回礼送给沛儿姐。"

陆书瑾没走远,只在学府周边的街道转了转,挑了一根绒花簪后,手头上的银钱又没了一半,看着逐渐见底的荷包,深深地叹了一口气,没钱真的寸步难行。

姨母刻薄,陆书瑾这些年根本没攒下多少银钱,云城的东西卖得又贵,这还不到一个月,手上的银钱便所剩无几。海舟学府免去了陆书瑾入学和住宿的费用,但平日里吃饭还是要花钱的,须得想个办法赚些银钱才行。

陆书瑾捏着绒花簪,一路愁思回到舍房,刚到门口,就看到了刘全。

前两日他还拄着一根拐杖,今日倒多了一根,脸也肿得像猪头,模样极为好笑。这次他身边没带着先前一起挨揍的两人,而是换了三个年岁差不多的陌生面孔。

陆书瑾将簪花放入袖中,抬步上前,问道:"在下恭候刘兄多时,你总算来了。"

刘全见到陆书瑾便气得咬牙切齿,他入海舟学府半年,背地里不知道编派了萧矜多少次,偏偏遇到陆书瑾这两回,正好被萧矜撞上,心中早已将挨的两顿打记在了陆书瑾的头上,伤都没养好就迫不及待地寻来了,恨不得打得他满地找牙、跪地求饶,方解心头之恨。

听到陆书瑾的话,刘全冷笑道:"你知道我会来找你?那你可做好哭喊求饶的准备了?"

陆书瑾拧着眉,沉重地叹了一口气,道:"陆某恭候刘兄只为诚心道歉,正如刘兄所言,萧矜那厮就是一个不学无术、懦弱无为的小人,是陆某有眼不识泰山,误会了刘兄,要打要骂陆某没有怨言,只希望刘兄能让陆某将功补过,以表歉意。"

刘全被他这一出整蒙了,一时间没反应过来,问道:"萧矜如何你了?"

陆书瑾捏着拳头,怒道:"那日我们到了悔室,他在夫子面前竟将所有过错推到我身上,直言是听了我的挑唆才动的手,夫子重重责罚于我,险些将我逐出书院、前途尽毁,我苦苦哀求,才让夫子将我留下,我这才算是识清萧矜的真面目。"

"我就说！"刘全一听这话，顿时无比激动，扯动脸上的伤口，哀号一声，又恨声道，"他根本就是仗势欺人的软蛋，若非萧家的背景，他早就被人打成过街老鼠了！"

陆书瑾用袖子擦了擦发红的眼角，说："那日之后，我悔不当初，更佩服刘兄的胆识与独到眼光，只等着当面向刘兄赔不是。可我多方打听，也不知刘兄家住何处，只得在学府等候。今日刘兄既然来了，打骂暂且不论，只希望刘兄能将日后学堂夫子所留的课余策论全部交予我来写，方能缓解我心中的歉意。"

刘全今日本打算狠狠教训陆书瑾的，但他向来是没脑子的人，一听到陆书瑾说将他日后的课余策论全包，顿时心里欢欣起来。

这个点子真是美到他的心坎里了。自从家人花重金将他转来海舟学府，他就没有一日安生，这里的夫子授课内容晦涩难懂，管理严格，常留下许多课业，让他完全没了以往的逍遥日子，且策论若是写得敷衍或是不好，还会被夫子当堂训斥，极其没面子，这着实是他的一大心事。

陆书瑾文学出众，若是能代他写策论，往后的日子会舒坦很多。思及此，原本要狠狠揍陆书瑾一顿的刘全顿时打消了念头，冲他露出一个笑来，说："你当真愿意如此？"

"君子一言，驷马难追。"刘全因为鼻青脸肿，笑的模样相当丑陋，陆书瑾忍着笑道，"我说到便会做到，权当给刘兄赔不是。"

思来想去，刘全还是有些顾虑，一时拿不定主意。

陆书瑾见他这副模样，便决定再想想办法，便看了看刘全背后的三人，又道："几位贤兄既是刘兄的好友，便也是我的好友，策论也可一并交予我来写。"

此三人本也不敢惹是生非，迫于刘全的家世威胁才硬着头皮跟来，眼下一听陆书瑾要包了他们的策论，当即喜出望外，围着刘全，左一言右一语地劝说，直言此乃天上掉馅饼的大好事。

刘全愚笨，听了这通劝言，倒不是觉得他诚心道歉，只觉得陆书瑾在萧矜那头吃了瘪，又怕被自己打，屈于他的家世本领，这才服软讨饶，主动为他写策论。如此，他更加得意起来，笑得眼睛眯成一条小缝，只字不提方才要揍人的事，开口道："这可是你自己提出来的，那日后我们的策论就麻烦陆兄弟了。"

陆书瑾看着面前的猪头脸，勾着唇角，白瓷般的脸染上笑意，说："那是自然。"

翌日，陆书瑾用了午饭便回了租赁的大院。

城北长青巷一带有很多这样的租赁大院，其中多是来云城做活谋生的人，大白日基本无人，几扇小门上都挂着锁，陆书瑾特地看了一眼沛儿的房门，见上面没挂锁，心中有些奇怪。

绣坊是没有常假的，她这个点应当在绣坊做工才是。

陆书瑾在门口喊了两声沛儿姐，没人回应，便先开锁进了自己的房屋。

房中很简陋，只一张床，一对桌椅，还有一个矮柜子，窗户也小小的，房间显得有些空旷，因为陆书瑾留在这里的东西很少，先检查了一下东西，确认没有丢失后，就坐在凳子上，擦了擦额头的细汗，等待沛儿回来。

她的房门没挂锁，应当不会离开很久。

但陆书瑾等了好一会儿也没见人回来，不由得又出门查看，恰好看到一个妇女背着娃娃蹲在院中洗衣物，陆书瑾扬声打了招呼："苗婶，今日你怎么在院中洗衣物呢？"

大院的小巷后边有一条小河，岸边挖了水井，住在附近的妇女大多会在小河边洗衣物，要在院中洗，还得将水抬回来，极其麻烦。

苗婶回头看见是他，立马笑了起来："书瑾，你不是去海舟学府上学了吗，怎么回来了？"

"今日常假，我回来拿些东西，顺道看看沛儿姐。"陆书瑾走到院中，又往沛儿的房门处看了一眼，还是来时的模样。

苗婶一听，脸上的笑容顿时散了，双眉微蹙，拢上一层忧色，压低声音说道："沛儿她……昨夜就不曾归来。"

"那她此前可曾跟你提过要去什么地方吗？"陆书瑾皱起眉询问。

苗婶摇头道："昨日她只说出去买些东西，让我帮忙瞧下门，自那之后就再没回来。"

陆书瑾思绪流转间，就往沛儿的房屋走去。

门没挂锁，门一推便打开了，房屋的大小与自己所住的那间差不多，但平日里用的东西却摆得满满当当。沛儿在这里住了半年之久，小小的房间被她打理得很是整齐，所有东西都在。

沛儿在云城只有这一处住所，绝不会什么东西都不带就在外面留宿，定是遇到了什么紧急或危险的事，以至于不能归家。

陆书瑾走出门，对苗婶道："沛儿姐一日未归，需得报官。"

苗婶忙去擦净了手，说道："我今早就想去报官，但我家那口子说沛儿也不知犯了什么事，才一人来云城，怕是哪家的逃奴，被发现了捉回去，才不让我去报官……"

陆书瑾也未曾过问沛儿究竟何故来此地，但听沛儿说过自己是死了丈夫才来云城谋生的，想必不是逃奴之类，不管如何，沛儿这样无故失踪，报官更为稳妥。

陆书瑾与苗婶两人前往捕房通报，正碰上捕快外出巡街，在衙门口等了许久才见到捕快。

那几个捕快听了此事，便问了沛儿的姓名、来处、年龄，这些陆书瑾与苗婶俱是不清楚，也回答不上来，捕快便没再询问其他问题，摆摆手让他们回去等消息。

陆书瑾心中无奈，也暂无其他办法，这一来一回的折腾，天也快黑了，若再不回海舟学府，只怕要错过宵禁时间。陆书瑾与苗婶闲说几句，便道了别，匆匆赶回学府。

因白天在外面耽搁了太多时间，陆书瑾只能熬夜写夫子留的课余文章，写完了自己的，又帮刘全等人写，直到烛灯燃尽、月上梢头，才揉着眼睛，疲惫地躺上床。

翌日一早，学府的钟声准时报响，敲到第三下，陆书瑾才迟迟醒来，陆书瑾睁着沉重的眼皮，起床洗漱，差点儿迟到。

因为没睡好，再加上忧虑沛儿的事，陆书瑾整个上午都显得无精打采。下课后，夫子刚出学堂，陆书瑾就像泄了气般趴在桌子上闭目养神。

吴成运将他的反常看在眼里，一脸痛惜道："陆兄，我听闻昨日刘全又带人去寻你了，难道他们对你动手了？"

陆书瑾闭着双眼，听到他的话，只懒懒道："没有。"

吴成运自然不信，握着拳头恨声道："这些胸无点墨的浑蛋，整日里除了欺压旁人，别的半点儿能耐都无，也只在学府混混日子。他们下手重吗？我那里备了一些跌打药，要不拿些给你？"

陆书瑾听他的声音慷慨激昂，莫名觉得好笑，说道："多谢吴兄，不过我没挨揍，那些药用不上。"

吴成运以为他是为了面子嘴硬，又怕是刘全威胁他不能往外说，痛心道："陆兄，你别怕，若是刘全再来找你麻烦，你就告知夫子，海舟学府管理严格，纵然他有些家世，也不能一而再再而三地触犯校规！"

吴成运虽说是好心，但过于固执，且此事也不太好解释，总不能说自己主动要求给刘全代写策论，于是干脆不解释，转移了话题，问道："你可知道萧矜在哪个学堂？"

"在丁字堂。"吴成运没想到他突然问起萧矜，先是愣了一下，而后恍然大悟，凑过来小声说，"你是打算与萧矜结交？这倒也算一个主意，若是你真能与他称兄道弟，刘全绝对不敢动你，可萧矜此人喜怒无常，行事混账……"

陆书瑾扬起一抹轻笑，摇摇头，并未多说。

吴成运只觉得这个同桌太过高深莫测，单看他的神色是完全猜不出来他在想什么的，也不喜多说话，来了学堂就低着头看书，活像一个书呆子。这几日什么话都劝过了，他始终无动于衷，只好道："今日发放院服，明日学府会举行拜师礼，这是海舟学府一年一次的重要日子，萧矜必不会缺席。"

这句话对陆书瑾来说才是有用的，陆书瑾转了转眼眸，起身对吴成运道了声谢，而后直奔食肆吃饭。

下午，刘全趁学堂人少的时候寻来，陆书瑾便将策论一并交给他，让他再誊抄一遍，刘全粗略看了一遍纸上的内容，继而欢喜离去。

下学之后，陆书瑾拿着舍房的木牌前往后勤屋领院服。

海舟学府的校徽是雪莲，寓意是"出淤泥而不染，濯清涟而不妖"，代表着莘莘学子纯正而坚定的求学意志。院服是月白色，外面笼着一层雪白的软纱，衣襟用寥寥几条金丝线绣着莲花的轮廓，衣袖和袍摆压了一圈绣满鲤纹的墨绿色绸边。另配一件较为厚实的棉白色外袍，下摆绣着大片瓣尖泛着绯色的莲花，为天气转凉时穿。

这一套院服是海舟学府向云城有名的绣坊定制的，用料金贵、绣工上等，摸上去柔软如纱，颜色又极为纯正，穿在身上轻薄凉爽，是陆书瑾在姨母家也不曾摸到过的昂贵衣装。

陆书瑾刚将衣物收好，刘全就拄着拐杖找上了门，他先是假模假样地夸了陆书瑾几句，说他代写的策论蒙混过关，让陆书瑾接着写，顺道递上了今日夫子留的课余题目，剩下的也不与他多说，又一瘸一拐地离开。

这些课余作业甲字堂也不是每日都有，所以陆书瑾晚上空闲时，将刘全拿来的题目细细琢磨，先写了一篇细致的注解，吹干墨迹放到一旁，才开始随笔写让刘全拿去交差的注水文章，之后早早吹灯入睡。

睡足了时辰，隔日陆书瑾早早醒来。

海舟学府的头一条规矩便是尊师重道，因此极其重视每年一度的拜师礼，要求所有学生正衣冠，净手焚香，结队进入礼祠行拜师礼，再加上所有学生都不得缺席，所以吴成运才会断言萧矜也在场。

陆书瑾换上院服，将长发束在方帽中，轻拧一把垂在两边肩头的长缨，雪白的软纱仿佛将颜色印在他的面容上，显得皮肤细腻洁净。而他的眉毛又黑得纯粹，眼眸更是像精心打磨的曜石般蒙上一层微光，就算脸上没什么表情，也没有拒人千里的冷淡，宛若盛着朝露的嫩叶，往檐下一站，衬出"脱俗"二字。

陆书瑾一出门，便看到屋外陆续赶往食肆的学生皆是一身月白院服，朝阳升起后的光芒偶尔在衣襟金丝线所绣的莲花上描绘一瞬，放眼望去，如一朵朵莲花簇拥，极为赏心悦目。

海舟学府到底是与众不同的。

陆书瑾跟着众人在食肆吃了饭，便赶去礼祠，周围的人也越来越多，皆站在礼祠堂前的空地上。夫子们早早等在那处，每人身边立着木牌，上面写着各个学堂，学生们虽然站得散乱，但都找到了自己学堂的木牌，也算乱中有序。

陆书瑾没急着上前，站在不远处，往人群中眺望，扫了一圈并未见到萧矜，也不着急，就站在树下静静等待。

学生陆续从陆书瑾面前经过，偶有人朝他投来目光，飘过一两句议论，认出他是今年招收的三名寒门学生之一。

陆书瑾等了约莫一刻钟，没等到萧矜，倒是将乔百廉等来了，他看到陆书瑾独自站在树下，便转步走来。

走到近处，陆书瑾也看见了他，立刻往前迎了几步，端正行礼，恭敬道："先生安好。"

礼节周到，天赋过人，模样又干净漂亮，乔百廉怎么看怎么满意，笑容不知不觉挂在脸上，温声问道："你何不进去，站在这里做甚？"

陆书瑾便道："礼祠堂前人多，略微喧闹，易扰学生思考，学生便想先在此处将昨夜看书的疑点思虑清楚。"

乔百廉作为夫子，自是要为学生解惑的，就问道："你有何疑问？"

陆书瑾刚要开口，忽而听到不远处有人喊了一声"萧哥"，瞬间吸引了陆书瑾的注意力，便循声看去，在诸多身着月白院服的人中看到了萧矜。

他个头高，是随便扫一眼就能注意到的存在。与其他学生一样，他身着月白院服，头顶羊脂玉冠，束起的马尾随意地散落在肩头，清爽的晨风自他背后掠过，偶尔撩起一两绺碎发，拂过精致的眉眼，面上还带着睡不醒的惺忪。

显然他的衣料与别人的不大一样，外面笼着的雪色软纱经日光一照，竟焕发出斑斓之色，如书中所描绘的仙鲛之纱似的。

萧矜便是如此，虽然他文不成武不就，整日无所事事，但就是处处彰显着与旁人的不同。

他神色怏怏，约莫是厌倦早起，身边围着四五个人，前前后后地喊着萧哥，周遭的人皆远离，使得这支小队伍更加为突出。

乔百廉见他这副模样，顿时气不打一处来，他忘记提出困惑的陆书瑾，往旁边走了两步，喊道："萧矜，你给我过来！"

萧矜被这一声喊得清醒不少，这才发现乔百廉站在不远处的树下，眸光一转，又对上陆书瑾那双黑得没有杂质的眼眸，低低啧了一声。

那些围在他身边的学生一见到乔百廉,当即吓了一大跳,朝乔百廉行了一礼,便匆匆离去。萧矜被乔百廉瞪着,只好转了方向,朝树下走来,然后朝乔百廉行礼:"先生安好。"

萧矜平日行事混账,又不受管束,乔百廉对他的要求一降再降,今日见他穿着整齐俊朗,又没有迟到,心中已是非常满意,脸色也缓和不少,说道:"我跟你说过多少回,不许在学府拉帮结派,怎么无论你走到何处,身边都跟着一群人?"

萧矜压着不耐烦,语速缓慢地说:"是他们自己要围上来的,夫子又常说不可与同窗有冲突,我总不能揍他们啊。"

乔百廉瞪着他,道:"这时候倒想起夫子们平日的教导了,前几日你在学府里动手打人的时候怎么没想起来?"

萧矜又道:"乔伯,你也知道我脑子愚笨,生气的时候什么也不记得,冷静下来后,回想起那些教诲,我也是后悔不已。"

他三两句话又将乔百廉惹怒:"你若是当真悔过,便不会动两次手!"

萧矜耷拉着眉眼,并不回应,表面上看像是乖乖受训,实则眸中尽是散漫,是一个油盐不进的主。

陆书瑾原本安静地站在旁边,见这三言两语后乔院长又要生气,忙开口道:"先生莫生气,萧少爷应当是真心悔过,那日他被唐先生训斥后也是诚心领罚,将礼祠认真打扫了一番。"

乔百廉听后,便想起前两日唐学立还曾在他面前夸赞萧矜交上来的策论不错,进步不少,显然是下了功夫写的,他心知萧矜能有一点儿进步已经算是大好事,当鼓励才是。

于是他也消了气,顺着陆书瑾递来的阶梯下了,说道:"你先前罚写的策论我看了,确实水平有提升,看在你认真悔过的份上,我便不追究你殴打同窗的过错,日后不许再犯。"

萧矜低低应了一声,垂下的目光不经意一晃,看向边上站着的陆书瑾。

恰逢陆书瑾抬头,与他对上视线。到了这样近的距离,他才发现陆书瑾的眼眸黑得厉害,像晕开的墨,极为干净纯粹,衬得他的面容和身上所穿的月白雪纱都一尘不染。

他恍然想起海舟学府开课那日，他站在后面听包子摊的那几人编派自己，一个包子砸过去的时候，陆书瑾扭头看过来，其他人都脸色剧变，缩着脑袋眼神闪躲，只有他目光炯炯，毫不避让地盯着自己。

那个时候萧矜就在想，这是哪里冒出来的家伙，说了他的坏话被逮到，还敢用眼神挑衅他。

萧矜的思绪飘远，看起来心不在焉，又被乔百廉说了两句，之后乔百廉就领着他一同前往礼祠，临走前又看了陆书瑾一眼，却见他弯着眼眸，扬起嘴唇，忽而对他露出一个笑来。

这笑中没有半点儿谄媚和讨好，无比澄澈，如品相上好的白瓷般漂亮，让萧矜一怔。

拜师礼较为烦琐，加上礼祠一次容纳不了所有学生，所以是两个学堂一起进入的。进去前，学生先在前面的水盆里净手，而后走过燃着香的香炉，再缓步入堂，一言一行都要极其端正规矩，在乔院长的注视下向三尊夫子像恭敬行礼。

甲字堂是教习文学的裴关带队，他性情温和，有点儿孩子气，平日里也偏宠陆书瑾，看到他之后，就赶忙冲他招手："书瑾书瑾，到这儿来。"

陆书瑾原本落在队伍后头，见他招手，便穿过人群，来到他面前，领首问好，道："先生何事？"

"你个子本来就矮，还站在后头，进去之后，文曲仙官哪能看得到，你站在最前头。"裴关拉了一把他的胳膊，将他安排在队伍的最前头，然后从袖中摸出一个油纸包，打开之后，里面是一些颜色鲜艳的果干，他将果干递到陆书瑾面前，"来，这是我在路上买的蜜桃干，你尝尝。"

陆书瑾看见桃干上像是裹了一层蜜，入口必是酸酸甜甜，极得孩子和姑娘们的喜爱，他却不拿，说道："多谢先生好意，不过学生在来的路上用过膳食，已吃不下别的了。"

一个果干并不大，没有吃不下一说，但裴关却立即意识到他的行为不妥，赶忙收起了果干，小声道："是我糊涂了，这是礼祠堂前，确实不该在这里吃东西,免得被其他夫子看到了责罚。"

陆书瑾觉得他偷偷藏吃食的模样颇为有趣,没忍住笑了笑。

裴关拍了拍手,扬声道:"甲字堂的学生都顺着陆书瑾往后站好,个子高的往后站,个子矮的往前面来。"

他的话音刚落下,一个比陆书瑾还矮的学生就要往前面走,却被裴关一把拎住了,往后面推:"你想站在领队前面?"

每个学堂都有一个领队,领队负责插香,带领其他学生行拜师礼。夫子们都觉得领队的学生会最先受到文曲仙官的庇佑,所以都挑自己中意的学生,或是学堂中最优秀的学生。

陆书瑾别过头看去,只见萧矝站在丁字堂的最前方,乔百廉站在他边上。

即便是旷学,殴打同窗,不写策论,劣迹斑斑,但在海舟学府重视的拜师礼上,他也被挑选为领队,与乔院长像唠闲话似的交谈。

陆书瑾心想,这世道哪有"平等"二字?

姨母能为一笔银钱将她许配给年过三十的残疾人,这书院中也多的是凭着家世财富随意欺压弱小的人。

陆书瑾盯着萧矝,许是时间有些长了,萧矝察觉到了,便转头看来,捕捉到他的目光,陆书瑾在停顿片刻后,先扭头看向别处。

甲字堂最先进入礼祠,陆书瑾净手,经过香炉,在进门前接过夫子递来的三炷香,平举于身前,领着身后的队伍不疾不徐地走进去。

三尊石像下站着海舟学府的夫子们,皆神色严肃,乔百廉站在中央,面容慈祥温和,看着陆书瑾时满含笑意。

陆书瑾举香上前,恭敬行礼,他身后的众人也齐齐效仿,拜过三大礼。他起身将香插在台前炉中,就听乔百廉道:"书山有路勤为径,学海无涯苦作舟。求学道路上自然布满荆棘,困难重重,不论失意得意皆是寻常,诸位个个切记,坚定向上的初心,不惧求学的艰苦,方得始终。"

"学生谨记先生教诲。"学生们齐声答道。

行过拜师礼,仍由陆书瑾带队,从礼祠的侧方小门陆续出去。出了门后,气氛就轻松起来,学生们小声交谈着离去,陆书瑾却往旁边走了几步,站在一个宝塔似的香炉旁,负着手,仰起头,细细端详它。

陆书瑾如此站了许久,吴成运从前门绕了一圈没找到他,便重新回到后门,发现他还在那个位置一动不动,便走过来对他道:"陆兄,你站在这里作何?"

陆书瑾原本只是随意看看,但还真发现了有意思的东西,陆书瑾伸出手,往宝塔顶上一指,说道:"你看,香炉顶上的东西,原本应当不是这个。"

那宝塔似的香炉顶呈圆形,上面雕刻着栩栩如生的游鱼,鱼头皆朝着炉顶的方向,而炉顶则是一朵绽放的莲花。

吴成运看了又看,一脸疑惑道:"这莲花不就是咱们海舟学府的徽印吗?雕在炉顶也属正常。"

陆书瑾却摇摇头,正要说话,身后却响起声音:"你们看什么呢?"

两人同时转头,看到萧矜正双手抱臂,缓步走来,季朔廷落在他后头两步,这话是他问的。

两人身后的丁字堂学生正陆续离开,显然他们刚行完拜师礼从后门出来。

萧矜走到近处,陆书瑾就闻到了似有似无的烟香气息,像是方才行拜师礼时燃的香和另一种香混在一起的味道。他仔细打量萧矜,发现萧矜确实是重视这拜师礼的。

羊脂玉冠,织金腰带,还佩戴了两块雪色玉佩,上面坠着银白长缨,走起路来长缨随风动,玉佩却不响。

难怪乔百廉见了他便露出满意的神色,萧矜虽然平日里不干人事,但在大事上还是有名门少爷的模样,站着不动时,看起来一点儿都不像混日子的纨绔。

吴成运胆子不大,光是看着萧矜走过来就已经心生惧意,还没等两人走到跟前,就缩着脖子,转头快步离去。

萧矜看他像避鬼似的避着自己,露出好笑的神色,也没计较。他在陆书瑾旁边站定,抬头望向莲花,没说话。

季朔廷不知道从哪里摸出一柄玉骨扇,摇了起来,说:"你知道那个地方原本是什么东西吗?"

陆书瑾道:"应当是门吧?"

季朔廷一脸讶异，看了他一眼："什么门？"

陆书瑾的目光从游鱼上滑过，说："自是鲤鱼都追越的龙门。"

鲤鱼跃龙门象征着学生们能如愿金榜题名，所以陆书瑾怎么看都觉得鱼头所向之处，不应该是莲花。

萧矜这时突然开口："这上头的莲花可大有来历。"

陆书瑾听他一说，顿时颇感兴趣，顺着问："有何来历？"

季朔廷往边上绕了一圈，笑着说："去年的拜师礼，这香炉就摆在礼祠的正门前，我与萧矜打赌，看谁能在五十步外击中上面的龙门雕像。"

陆书瑾咋舌："那龙门……"

"自然是被我打了个稀巴烂。"萧矜的下巴都要扬到天上去了，轻哼一声，语气颇为得意。

陆书瑾叹为观止，一时间不知道该感叹萧矜的脸皮厚到了什么地步，才能一本正经地说这上头的莲花大有来历，还是惊奇他混账的程度，竟会在拜师礼当日打烂这鼎香炉。

"那乔院长当时定会气死。"陆书瑾喃喃。

"差点儿气晕过去。"季朔廷失笑，"后来他被罚连续一个月在下学后去乔院长的书房抄写半个时辰文章，才算赎了过错。"

后来那稀巴烂的龙门无法复原，乔院长没办法，只好请匠工雕了莲花接在上头，将香炉挪到礼祠后门，一放就是一年。

"厉害。"陆书瑾说。

"什么？"萧矜别过头看他。

"隔了五十步远，竟然能将香炉上面的龙门打碎，萧少爷射术了得。"陆书瑾问，"您用的是什么工具？弓箭？"

季朔廷答："弹弓。"

陆书瑾眸光一闪。

萧矜却不甚在意，牵了牵嘴角，盯着陆书瑾道："用不着这些无用的奉承，说吧，你寻我是为何事？"

陆书瑾与他对望，没有立刻回应，沉默了片刻。

季朔廷见两人都不说话，便主动开口笑萧矜："分明是你看见他们

035

在这里谈论香炉才主动找来，怎么还说别人找你？"

萧矜道："你今日一直盯着我，难道不是有话对我说？"

陆书瑾发现萧矜并不像别人说的那样无用，至少在这方面还是很敏锐的，他站在香炉边那么久没走，其实就是在等萧矜。

陆书瑾微微抿唇，点了点头。

季朔廷惊讶地扬眉："还真有事？"

"若是想让我为你撑腰解决那个死胖子的事，趁早打消念头，我不喜管闲事。"萧矜说着，面上的表情淡了下来，"我先前揍他，也不是为你出头，不过是手痒了想揍人而已。"

陆书瑾扬起微笑，道："我怎敢劳烦萧少爷，只不过虽说你那日并非为我动手，但的确解了我的燃眉之急，且先前在学府门口你曾用一锭银子赔了我的包子钱，家教森严，我不可白受萧少爷的恩惠，便打算为萧少爷写一个月的策论，抵还恩情。"

萧矜显然没猜到他会提出这样的要求，有一瞬间的意外，随后又道："我听说你是乔院长亲自监考阅卷招收的三名寒门学生之一，我可没有写出你那些文章的水准。"

陆书瑾早就想好了应对之语："前几日我擅自做主，为你写了唐夫子罚的三章策论，似乎成效不错，夫子们并未发现由我代笔。"

萧矜扬着眉，惊讶道："我说那日唐夫子怎么莫名其妙夸我文章有所进步，原来是你写的，这样看来你倒是有两把刷子，这都能瞒过。"

陆书瑾看着萧矜的神色，感觉有些奇怪。先前在树下，乔百廉说到他的文章有进步时，他别过头看了自己一眼，像是猜到是谁代笔而下意识投来的目光。

但此时听闻这事后却一脸讶然，压根就是不知的模样，陆书瑾一时间分不清楚他是装作不知，还是当真不知。

"那你如何能保证每一次都能瞒天过海？"萧矜问。

这个也难不倒陆书瑾，他说："我可模仿萧少爷的字迹，保证旁人瞧不出破绽来。"

萧矜平日里见多了谄媚的人，那些人不是给他端茶倒水，捏肩揉背，就是跟在他身边吆五喝六，壮他的威风，这还是头一回有人说要帮他写文章，他自个儿也觉得稀奇。

不过他平日里也厌烦写那些破烂玩意儿，偏偏乔百廉隔三岔五抽查他的文章，每次都应付得烦躁，有人帮着写当然最好。

他赞许般地拍了拍陆书瑾的肩膀，一口答应："那上午下了学，你就来丁字堂寻我，我给你几篇我以前写的文章，你拿回去好好琢磨。"

陆书瑾见他答应，心中也欣喜，说："好。"

萧矜不知道他高兴个什么劲儿，但也没兴趣多问，伸了一个懒腰便转身离去。

而季朔廷却不知道想到了什么好笑的事情，晃着扇子直乐，走之前还深深地看了陆书瑾一眼。

他快走几步，追上萧矜，好奇地问："你当真不帮他解决刘全的事？"

萧矜哧笑一声，声音渐远："你当我是东城庙前的施粥僧人，谁的事都要管一管？我就这么闲？"

陆书瑾虽然听见了，表情却没什么变化，见两人走远，又在原地等了一会儿，才从礼祠后门离开。

回去之后当然免不了被吴成运一顿追问，陆书瑾打着太极回答，并未将这事透露给他半分。

而吴成运却越发觉得他奇怪，心想难不成他还真能与萧家嫡子结交？

但人人都知道萧小少爷的那些狐朋狗友皆是有家世背景的，但凡身世差了些他都看不上眼，更懒得搭理，陆书瑾又有何能耐挤进去？

萧矜爱玩，那些人就陪着萧矜玩，待到了年龄出了学府，家中自有人为他们铺好路，即便是一辈子当个废物混吃等死，也比世上大多数人过得好。而他们，出身贫寒，没有任何背景，若想出人头地，科举是唯一的机会。

吴成运又叹了一口气，暗道陆书瑾糊涂。

陆书瑾全然不知同桌的满心忧虑，只等着下学的钟声敲响，前往丁字堂。

两个学堂有些距离，陆书瑾赶去丁字堂的时候，萧矜已经等得有点儿不耐烦了。

　　他走进去一瞧，堂中的人走得七七八八，萧矜则坐在最后头，将长腿搭在前排的桌子上，有一搭没一搭地晃着。而他那些小弟则围坐在四周，有的坐在桌子上，有的蹲在椅子上，正七嘴八舌地讨论，吵闹中，萧矜是最安静的那个，他低着头，不知道在思量什么。

　　季朔廷最先看到他，道一声："来了。"

　　顿时学堂中的讨论声停下，所有人同时朝门口望去，萧矜也抬起头，眉间隐有不耐烦。

　　陆书瑾定了定心神，忙走进去道："萧少爷，我来取你的佳作。"

　　萧矜早就准备好东西，将它们放在桌角，他用下巴指了指。

　　陆书瑾此前并不知道萧矜的字体和文章是什么水平，只猜测他这种纨绔子弟向来是厌倦读书写字的，字迹肯定好看不到哪儿去，模仿起来应该不难。

　　这会儿将他的文章拿起来一看，一瞬间只觉得眼睛遭了大罪，被上头那丑陋且毫无章法的字刺痛了眼睛，当即想闭眼。

　　陆书瑾没忍住，客观评价脱口而出："鬼画符。"

　　萧矜俊脸一黑，说："你说什么？"

　　陆书瑾察觉自己失言，看着萧矜凶戾的眼眸，话在脑中过一圈，咽了咽口水，强装镇定道："我是说我来的路上不慎踩了脏物，费了一番工夫清理，所以才迟来了，萧少爷莫怪罪。"

　　萧矜听后，果然将眉毛拧得死紧，俱是嫌弃之色："白长了一双这么大的眼睛。"

　　陆书瑾的目光落在他修长匀称的手上，心想：您也白瞎了这么一双好看的手。

贰 甲字堂来了新同窗

陆书瑾总算是想明白早晨季朔廷离开时，深深看他的那一眼代表着什么了。

萧矜的文章，莫说是模仿，就连读一遍都是折磨，让他自己捋一遍，恐怕都能撞上不少认不出来的字。

偏生这大少爷还没半点儿为难人的自觉，只丢下一句："明日此时你再来一趟丁字堂，把写的策论拿给我瞧瞧，看你能仿个几分像。"

陆书瑾领着几张纸回去，这下倒真有些发愁了。

越工整漂亮的字体，仿写起来就越有难度，陆书瑾平日就喜欢临各种帖子，篆草行楷都会一些，对笔力的掌控很娴熟，所以才有信心对萧矜说自己能仿写，但前提是萧矜写的是人写的字。

回去之后一整个下午，陆书瑾都在研究萧矜的字体，眉头几乎没有舒展过，整张纸上最好辨认的是"萧矜"二字，许是因为名字，他写得还算明了。

所以吴成运别过头瞄一眼时，一下子就看到了纸张左下角那两个飞扬的大字，不知道陆书瑾葫芦里卖的什么药，见他又十分认真，便没有再出言打扰。

夜间回到寝房，陆书瑾统共写了书籍注解四篇，策论两篇，还有一大堆用来临摹萧矜字体的废纸，累得倒头就睡，一夜深眠，睡得倒是出乎意料的香。

第二日，陆书瑾照旧将作业给了刘全，下课后又去找萧矜，想到他昨日等得不耐烦，这次便加快了脚步。

九月初，云城暑气未消，陆书瑾的步子赶得急，额头和鼻尖都出了一层细细密密的汗，白皙的脸染上薄红，竟显出几分明媚来。

他往丁字堂门口一站，发现夫子还未离开，所有丁字堂的学生都坐得板板正正，就连最后头的萧矜也收了那股子痞劲儿。

陆书瑾来得突然，他的身影出现的一瞬间，台上的夫子就察觉到了，立马停下讲授，转头看他，台下一众学生也同时转头，齐齐望过来。

是乔百廉亲自授课。

陆书瑾吓了一跳，下意识转头朝萧矜看去，只见他趁乔百廉分神的空当，松懈了板正的坐姿，用左手撑着俊脸，斜着头看他。

他赶忙躬身，朝乔百廉行了一礼，往后退了好些步，站到众人看不到的地方，只觉得面皮滚烫，炎热燥意翻涌而上，只得用手掌快速扇风降温。

乔百廉被打断后，便没再拖堂，收拾了书本，道了声散课，所有学生齐齐起身，朗声道："恭送先生。"

学生们的声音还没落下，他就夹着书从门中走出，看到了站在旁边的陆书瑾。

陆书瑾拜了礼，道："打扰先生授课，学生知错。"

今日若是换个人来，乔百廉定然会觉得不悦，但他对陆书瑾十分偏爱，完全不计较他方才的冒失，笑得温柔："你来此处是为何事？"

陆书瑾实话实说："有些东西需交予萧少爷。"

乔百廉倍感意外，倒没有追问是什么东西，只顿了顿，道："近朱者赤，近墨者黑，你少与那小子来往，免得他将你带坏。"

他倒不是存心贬低萧矜，只是陆书瑾气质干净，正如海舟学府徽印的莲，有着不染纤尘的洁白，丝毫不沾污浊之气。萧矜混账，吃喝玩乐样样不落，陆书瑾若是与他来往密了，定然会染上世家公子的做派。

陆书瑾微笑道："萧少爷性子率真，又有助人为乐的热心肠，学生亦能在他身上习得长处。"

虽说乔百廉嘴上嫌弃萧矜，但长了眼睛的人都能看出他对好友儿子的偏宠，所以陆书瑾这番话说得妥帖，他的笑意加深，说道："你们都在海舟就学，既为同窗，你不必唤他少爷，直呼其名即可。好了，老夫不耽误你们吃饭的时间，去找他吧。"乔百廉拍了一下陆书瑾的肩膀，挂着满意的神色离去。

他走后，丁字堂的学生也很快从里面出来，他们路过陆书瑾身边的时候都要瞥一眼，带着探究与打量。

待人走空，陆书瑾这才进了堂中，那个"性子率真热心肠"的萧矜正与季朔廷聊得火热。

走近了，陆书瑾听他骂骂咧咧："那个唐夫子只会向我爹告状，上回就是他说我馋猪肉馋得当街对着肉铺淌口水，老头子连递三封信训斥我，最好别让我逮到他走小路……"

陆书瑾听到这恶劣发言，眼皮一跳，在他桌前停下，说："萧少爷。"

萧矜并未看他，只对他扬了一下手，说："拿来。"

陆书瑾将纸张从袖中拿出，萧矜接过之后垂眼去看，神色从浑不在意转变为讶然，他粗略地扫了一遍左下角那模仿最像的"萧矜"二字，才抬头看他。

"难怪夫子们总夸赞你，还真有点儿能耐。"他的表情不作假，显然是对陆书瑾有些刮目相看。

陆书瑾暗松一口气，笑道："萧少爷谬赞。"

他将纸放在桌上，手往季朔廷袖中摸去，而后朝陆书瑾扔了一个东西。

他条件反射般抬手接住，低头一看，又是一个小巧的银元宝。

"这是你的酬银。"萧矜似乎根本没把他先前说的那些要报答恩情的话放在心上，直接明码标价，用银子换他代笔。

陆书瑾都傻了，指尖捏着银元宝，愣愣地问："买这些文章的？"

萧矜眉毛一抬，说："你嫌少？"

陆书瑾立即摇头，这哪是嫌少，简直是太多了，陆书瑾没料到萧矜会给酬银，还给那么多。上回他赔的包子钱，他雇了马车，采买了用具，买了绒花簪和两套外衣，都还有剩余，现在又来一个银元宝，足够自己安心吃一段日子，暂不必忧虑银钱的问题。

这两日陆书瑾熬大夜的怨气也消失得无影无踪，心情瞬间变得非常好，笑意染了眉头，晕入眸中，黑眸显得亮盈盈的，声音里都带着笑："多谢萧少爷。"

"日后你早上送来，不必给我，给方义就好。"萧矜说道。

陆书瑾正要询问方义是谁，就见边上坐着的人中有一个站了起来，冲他招了招手："是我。"

季朔廷在旁边悠哉地看着，冷不丁来了一句："你之前的课余文章都是偶尔才写，如今若是每次都交上去，夫子能不起疑心？"

萧矜没好气道："怎么，还不让爷改邪归正了？"

季朔廷笑话他："怕就怕你这一改邪归正，被乔院长拎到海舟学府所有学生面前嘉奖。"

想到乔百廉寄予在他身上的厚望，他一脸忧愁，叹了口气。

虽然他是锦衣玉食、要风得风要雨得雨、谁也不敢招惹的小少爷，却也有着自己的烦恼。

陆书瑾高兴地回到学堂，整个下午都沉浸在开心的情绪中，惹得吴成运几次三番询问他得了什么好事，陆书瑾只说捡了钱，旁的没有多说。

然而好事并没有结束，单单一个银元宝，是完全配不上萧矜那纨绔子弟名号的。

后来的几日，只要陆书瑾送去文章，都会得到萧矜给的银元宝，短短几日，那个用来存放所有盘缠的小盒子已经装了半盒。

陆书瑾晚上睡觉前都会趴在被窝里，把银元宝倒出来数一数，然后计划着需要买什么东西。别的不说，至少能换一副好一些的笔墨了。

不过给那么多人代笔终究还是累的，一连几日都没能休息好，其间更是挂心沛儿的事情，不知道她回去了没有，报官有没有用处。

海舟学府每日的课都很满，晚上又有宵禁，加上学府还会随机挑日子来查寝房，若是被逮到擅自外宿，是有重罚的，陆书瑾也不敢轻易触犯宵禁，只能等着下一次的常假。

赶在常假前两日，陆书瑾将写好的文章晾在桌子上，等笔墨干了之后，重新检查了一遍，在确保没有问题之后，陆书瑾吹灯睡觉。

陆书瑾躺在床上，想着常假时出去多买两床被褥垫在下面，先前手头拮据，不敢乱用，现在得了阔少萧矜的酬银，身上的娇气也冒出了头，总觉得这床太硬了，身上的骨头硌得痛。

这日一大早，吴成运刚进学堂，就看到陆书瑾坐在座位上看书。

吴成运也是个勤快人，平日来得比陆书瑾早一点儿，这几日陆书瑾回回都赶在夫子进学堂前才来，这忽而一下比他还来得早，让他很是意外。

落座后，吴成运像往常一样问好："今日你起得挺早，是不是昨夜睡得香了？"

但是看着不像，陆书瑾还是无精打采，答非所问："嗯，因为晌午我要去百里池。"

吴成运满头雾水："什么？"

陆书瑾往桌子上一趴，轻轻地闭上双眼，重复道："晌午去百里池。"

吴成运只觉得莫名其妙，心想去百里池跟来得早有什么关系？

上午的时间过得很快，陆书瑾虽然看起来疲惫，却出奇清醒，专心致志地听夫子讲学，跟往常一样。只不过那张搁在桌子中央，上头写了"晌午去百里池"的纸透露着古怪，引得吴成运一上午别过头看了好几次。

他怀疑陆书瑾的脑子出了问题。

下课的钟声敲响，夫子刚离开，往日都会在堂中等人都走空的陆书瑾这次却匆匆从座位上站起来，将那张纸揉成团塞进袖中，快步离去。

吴成运好奇地伸头张望，陆书瑾已经消失在视线里。

且说另一头，萧矜近日没再旷学，老老实实地坐在堂中听讲，甚至每次留下的课余作业都按时完成，交上来的不论是书籍解析还是策论，抑或文章都写得满满当当，虽然字迹还是惨不忍睹，但好赖能让人看懂了，内容也不像之前那般毫无可取之处，这样的进步，让丁字堂的夫子们都十分欣慰，尤其是乔百廉。

这几日他听别的夫子偶尔夸赞萧矜两句，心里头也极高兴，刚结束授课就迫不及待地将昨日布下的课余作业拿出来翻看，果然在一沓纸中找到了萧矜的。

乔百廉原本脸上是带着笑的，读了几行之后笑容却僵硬起来，越往后看越皱紧眉头，面上情绪复杂，错愕与愤怒揉在一起，让他的脸色变得极其难看。

旁边的唐学立注意到了，关心道："乔老，可是身体哪里不舒坦？"

乔百廉的两只耳朵完全听不到声音了，满腔的怒火冲昏了头脑，眼珠子快速转动，将那张纸的内容从头看到尾，最后猛地一拍桌子，吼道："将萧矜那混账给我叫过来！"

吓得房中其他几个夫子都噤了声。

很快，萧矜就被喊到了悔室。

进去之后，里面只有乔百廉一人，他站在桌前，桌上摆着一张纸，上面的字密密麻麻，隔着几步远，萧矜只看到纸上有自己的名字。

乔百廉沉着脸坐在桌前，按照萧矜的经验，一看就知道他动了大怒，心中疑惑难不成那书呆子给他代写文章被发现了？

"先生安好。"萧矜规规矩矩地问礼。

"这是你写的？"乔百廉显然并不安好，脸色黑如锅底。

他看着乔百廉的神色，一时间有些拿不准乔百廉是在故意诈他，还是真的发现这篇文章并非出自他之手。

乔百廉是从官场上退下来的，肠子弯弯绕绕，计谋很多，萧矜对上他完全不能掉以轻心，于是先不认，应道："是啊，亲笔所写。"

"那你可还记得上面写了什么？"

萧矜猛不丁被问住了，他哪里知道写了什么内容，都是陆书瑾交给方义，然后再一并交给夫子的，根本不会到他手里。

他道："自是按照先生所留的题目而作。"

谁知乔百廉听后，猛然拍了一下桌子，把萧矜吓得身体一抖。

他拿起纸，扬手一扔，说："混账玩意儿，看看你都写了什么东西！我昨日留的题目是《诗经》节选注解'，你写的全是些不沾边的！"

萧矜吓了一跳，拿起纸一看，脸色变得很古怪，这字他看不懂。

确实跟他的字迹有几分相像，但他写的字他是勉强能认出来的，这样的字从别人手中写出来，就很难辨别了。

但是看到中间，有一段字体突然清晰了很多，能够轻易读通，萧矜粗略看了一遍，顿时觉得头晕眼花。

这时乔百廉的怒骂声传来："简直太不像话了！'知之为知之，不知为不知，是知也'这句话，你给的注解竟然是知道就是知道，不知道也要装知道，让别人觉得高深莫测什么都懂，才是大智慧！你好好跟我说说，不懂装懂打肿脸充胖子是哪门子大智慧？"

饶是拥有学混子之称的萧矜，也觉得这番注解过于离谱："我……"

"还有后面那句，"乔百廉气得满脸通红，青筋尽显，大声道，"对'大智若愚'的注解，你写太聪明的人就等同于笨蛋，还不如直接做个笨蛋更省事方便，这些年的学问都学到狗身上去了？这种蠢话也写得出来，狗屁不通，大放厥词，简直是公然挑衅师长！你是不是想着你爹远在京城，没人管得了你？"乔百廉把桌子拍得砰砰响，对这篇文章的内容作出总结。

萧矜只觉得这话耳熟，但这个时候他也没工夫细想，只能被拎着脖子被骂个狗血淋头，从悔室出来的时候，他的双耳还嗡鸣着，午饭时间都结束了。

他紧紧地握着手中的纸，怒火烧上了俊俏的眉眼，满脸煞气，从牙缝里挤出三个字："陆书瑾！"

他满身凶戾，大步走向甲字堂，路过的人隔着十几步都能感觉到他的暴戾，纷纷让开道路往旁边避让，生怕触了他的霉头。

萧矜一路走到甲字堂，猛地踹开半掩的门，巨响过后，他宛若凶神降世般往门口一站，吓得堂中所有人都噤了声，安静如鸡。

"陆书瑾呢？"他往堂中扫了一圈，没看到人。

无人敢说话，都看向了吴成运。

萧矜冷若冰霜的视线扫过来，吴成运吓得头皮发麻，只觉得那视线化作冰刃往他身上扎，慌乱得根本来不及思考，颤着声音脱口而出："他去了百里池。"

刚下学那会儿，陆书瑾并没有立即去百里池。

陆书瑾每日早上都与刘全约在百里池见面，将头天晚上写的文章给他。这地方与舍房相隔较远,早上根本没有人会来此处,再加上池子的岸边有几座假山石,相当隐蔽。

今早陆书瑾没去百里池,刘全没等到他,中午肯定会去甲字堂找他,所以陆书瑾跑得飞快,刚一下学就溜了,刘全扑了个空,肯定会再来一趟百里池。

陆书瑾就躲在百里池旁边的反斜坡上,静静等着。

其他的都与陆书瑾推测的差不离,只有一个意外。

刘全并没有亲自去甲字堂找他,而是随便派了一个人去,他自己则与几个公子哥拉了一个少年来到百里池的假山石中。

那少年陆书瑾认得,名唤梁春堰,是最后一个被招入学府的寒门学生,与陆书瑾同在甲字堂,但两人的座位相隔甚远,自己又是不喜欢与人交流的性子,所以从不曾跟梁春堰说话。

梁春堰被带到假山石中后,被刘全和其他几人围在中间,不由分说地揍了一顿。

陆书瑾站在反斜坡上头,以大树做掩护,将那景象看得一清二楚,几个大小伙下手没个轻重,一顿殴打之后,梁春堰倒在地上,几次动身想爬起来,都被刘全一脚踹在腿窝处,又跪趴在地上。

陆书瑾看了之后只觉得极为不适,心里涌起强烈的恶心和怒意,气得指尖都在颤抖。

刘全是欺软怕硬的惯犯,这不是他头一回欺压旁人,因为家境富裕又沾了一点儿官场关系,即便是真把人打出毛病,也能被家里摆平。

陆书瑾冷眼看着,压着失律的呼吸,心知现在万万不可冲动,还需要再等等。

一刻钟后,陆书瑾看到百里池前头的小路上出现一个墨金衣衫的身影,便猛地往前走了两步细看。

只见那人长袍飘摆,发丝飞扬,手里攥着一张纸,一脸凶神恶煞,大步行路时还转头张望,像是在寻谁。

来人正是被骂了个狗血淋头,满脑子"陆书瑾在哪儿"的萧矜。

陆书瑾从没有哪一刻这么期盼萧矜的出现,便自反斜坡绕下去,快步走向假山石。

刘全正将脚踩在梁春堰的后脑勺上，将他的脸碾进土里，笑得刺耳猖狂："你倒是再起来跟老子横啊，趴在地上做什么？"

其他人见状，也跟着嘲笑，嘴里说着污言秽语，闹作一团。

"刘兄。"陆书瑾从假山后走出来，朗声打断了他们的施暴行为。

情绪收敛干净，陆书瑾眉眼盈盈，浓墨般的眼眸平静无波，端如云上月，海里珠。

"我有一事要与你说，可否借一步说话？"陆书瑾说。

刘全今早等陆书瑾等了许久，险些误了早课的时辰，已是憋了一肚子气。方才他传人去甲字堂找他也没能找到人，这会儿刚收拾完这个没眼力见的小子，出了一口恶气，正是耀武扬威的时候，见到陆书瑾出现，登时冷哼一声，将脚从梁春堰的后脑勺上挪开。

他朝陆书瑾走过来，面色不善地道："今早我左等右等，不见你的人影，还当你死在了寝房呢。"

其他几人俱是平日里跟在刘全后头狐假虎威的跟班，见状，便也散开一个圈，将陆书瑾围在当中，正如方才他们打梁春堰时候的架势。

陆书瑾恍若未见，仍旧温润地笑着："今早我有事耽搁了，我怕刘兄因此事着急，便马不停蹄赶来这里。"

刘全眯了眯眼睛，说："东西呢？"

陆书瑾将纸从衣袖中掏出，慢条斯理地展开，没急着递给他，而是道："在此之前，我有件事告知刘兄。"

刘全不耐烦道："有话快说，别耽误我的时间。"

"这是我最后一次给你写策论。"陆书瑾说。

刘全听后，眼睛猛地一瞪，阴狠地盯着他，说："你说什么？再说一遍。"

"这是我最后一次给你代笔，日后你就另寻他人吧。"陆书瑾又将话重复了一遍，他看着刘全的脸，神色没有任何变化，仿佛对他充满威胁的表情视而不见。

刘全见陆书瑾这副模样，当即暴怒："陆书瑾，你的胆子真不小，你可知道这地上趴着的人是谁？他是与你一起考进学府的穷小子，昨儿顶撞了我两句，被我打得半死不活。"

047

"我知道,"陆书瑾说,"我还知道你刘家经商发财,你二爷爷从官几十载,半年前被提做云府通判,这些事情稍作打听便可知道。"

"那你还敢挑衅我?"刘全指着他的鼻子道,"我之前放过你,不过是看你有几分眼色,做事也利索,不承想竟给了你蹬鼻子上脸的机会,上一个敢惹我的人,已经被我掰断了十根手指,后半辈子再也提不动笔,你一个外地来的穷酸书生,又有何能耐与我作对?"

"今日你就算将我双臂折断,我也不会再给你写一个字!"陆书瑾也提高了声音,生气时白腻的脸上多了几分英气,坚定的气势很是唬人,"你与你那些兄弟的文章实在太多,我每日都要写到深夜,极度消耗精力,害得我精神恍惚,犯下大错,我还须向萧少爷请罪!"

刘全正在气头上,压根没听懂他在说什么,只脱口而出:"萧矜?怎么又是他?关他什么……"

"是啊,怎么又是我呢?"

忽而,一道声音自后方响起,打断了刘全的话,几人同时转头,循声望去。

这声音简直成了刘全的噩梦,一听到就觉得脸上、腿上、身上哪哪都泛起钻心的痛来,他抬眼一瞧,果然看见萧矜站在不远处,眉眼间尽是冷厉,一双眼睛更似锋利无比的箭,直接往他身上射来。

分明是九月酷暑,刘全此时却如坠入冰窟,吓得满脸的横肉都颤抖起来:"萧……萧矜。"

其他人也怕得厉害,方才欺负人的那股张狂架势瞬间消散得一干二净,齐齐往后退去,哪怕萧矜只有一个人。

他的面容挂满寒霜,发怒的时候甚是骇人,陆书瑾也忍不住往旁边退了两步,虽然这一切都在陆书瑾的计划中,但是惹怒萧矜这一环节是不可控的。

陆书瑾此前已经将利弊分析得很明白。

萧矜虽然看起来凶狠,在别人口中没什么好形象,但他与刘全却是截然不同的两种人。

他虽然纨绔,却并非恶霸,两次动手打刘全,都只是一些皮外伤,刘全照旧能够完好地来学府上学,这一点就足以证明他并没有下死手。

刘全却只因一些口角就将梁春堰打得半死不活，若是一直被刘全缠着，总有一日他会翻脸不认人，极有可能将自己打成残疾，而萧矜就算真的因此事被激怒，打自己一顿，也不过休养几日，却能彻底解决刘全这个麻烦。

这场赌约，即便只有六成胜算，也值得一赌，最差的结果不过是被萧矜打一顿，受些外伤。

"我竟不知道刘少爷还有这么大的本领，难不成云城的律法是由刘家人说了算？"萧矜的手里还攥着那张破纸，抬步往前走来。

刘全吓得结巴起来，飞速道："我……我可没说那种话！自那日之后，我再没有编派你，你为什么又来寻我麻烦？"

萧矜的目光往下掠了一下，看到了地上半死不活的梁春堰，心中的怒火已经烧到了头顶，他将纸扔向陆书瑾，瞪他一眼，说："拿着你的文章滚去边上等着，我收拾完这个垃圾再找你算账。"

陆书瑾耷拉着脑袋，将那张被他捏得皱巴巴的纸接住，老实地退到旁边。

刘全打着战往后退，急得双眼通红，大声喊道："我二爷爷乃是云城通判，你不能一再动手打我！"

萧矜对刘全冷笑一声，说："你二爷爷正六品的官，都能纵你在云城作恶，我爹正一品，如何不能动你？"

刘全这时候已经知道大祸临头，吓得转身就要跑，刚迈出两步，就感觉后背猛然撞来一股巨大的力，一瞬间他感觉五脏六腑都移了位，痛得整个人摔倒在地上。

萧矜这背后一脚，将刘全踹得在地上翻了个跟头，他还没来得及爬起来，后脖颈就被按住。

先前看刘全挨打，陆书瑾还觉得心惊，此时却满心爽快，这口恶气出得舒坦极了，也不枉这几日熬夜为刘全等人写策论了。

刘全被打得鼻青脸肿，哭喊了好一阵，萧矜才停了手，他本以为接下来萧矜会像往常一样，出了气再骂两句就结束了。

没想到萧矜会将左腿压在他的脊背上，膝盖顶住他的脖颈，一只手按在他的右肩胛骨处，一只手按住他的右手腕，将他的整条右手臂抻直。

"萧矜！你要做什么？"刘全害怕地大声叫喊。

萧矜仍是满目冰冷，凶戾在眼底盘旋，声音极沉："你这只右手频频作恶，就不必留着了。"

"你放开我，放开我！"刘全意识到他要做什么，开始疯狂地挣扎，不承想压在身上的重量实在太大，将他死死地禁锢着，他只好服了软，嘶喊着求饶起来，"萧少爷，求求你饶了我吧！我再也不敢了！"

萧矜嘴角一牵，露出一个冷然的笑。

"啊！"刘全病急乱投医，朝陆书瑾投去祈求的目光，"救救我！"

陆书瑾的视线在萧矜的侧脸晃了一圈，只觉得这时候的他与先前那副纨绔模样判若两人，浑身散发着令人胆寒的气息，陆书瑾一动也不动，对刘全的求救没有任何表示。

这场景着实恐怖，陆书瑾是聪明，但到底只是一个十六岁的姑娘，何时见过这种场面，登时害怕得脖子都缩了起来，心脏急速跳动着，重重敲击着胸腔，陆书瑾想拔腿逃跑，但又强迫自己镇定。

萧矜废了刘全的右臂后站起身，眸光扫过旁边那几个早就吓得挤作一团的人，说："你们几个最好自己滚出学府，若是再让我撞见，我便一样卸了你们的胳膊。"

刘全抱着完全动弹不得的右臂，痛得蜷缩起来，惨厉地哭着，那几个跟班见状，也吓成一摊烂泥，险些失禁，忙不迭地点头，表示知晓了。

"抬走。"萧矜冷声命令，又指了指梁春堰，"还有这个，送去就医。"

几人连滚带爬，将惨叫不止的刘全和昏死的梁春堰抬走，半刻也不敢停留。

很快假山石这儿就安静下来，只余萧矜和陆书瑾二人。

萧矜掸了掸身上的灰尘，转头看向陆书瑾，陆书瑾与他对视一瞬，赶忙转移视线，看向地上的杂草，心中慌乱，想着若是等会儿萧矜动手打人，要如何保护自己。

萧矜哼了一声，朝他走来，说："现在知道怕了？你潇洒挥笔写下'太聪明的人就等同于笨蛋，还不如直接做个笨蛋更省事方便'这些话的时候,怎么没想到会有现在?"

陆书瑾本来已经做足了心理准备,闻言还是害怕,赶忙抬手抱住脑袋,说:"你别打我,我可以解释!"

萧矜没说话,也没有动手,周遭安静了一会儿,陆书瑾才悄悄抬头,透过衣袖怯怯地窥探他,突然一只手伸过来,捏住了他的下巴。

陆书瑾缩着白颈,有些紧张地看着萧矜,发现他的眉眼间虽有怒气,但方才那股冷厉的煞气和暴戾都散去了,好像压根没打算动手,只掐着陆书瑾的下巴晃了晃,盯着他的眼睛,恶狠狠地说:"来,让我听听状元苗子怎么解释。"

"你是说,昨夜写到最后被困意冲昏了头脑,才将我跟刘全的文章混淆,误把给他代笔的文章写上了我的名字?"萧矜听完陆书瑾的解释,自己做了总结。

陆书瑾点点头。

"胡说!"萧矜嚷嚷,"这上面你分明仿了我的字迹,怎么会是写给刘全的?"

"我给萧少爷的代笔,是仿了你的字迹交由夫子的,给刘全他们的,则是经他们自己誊抄再交上去,所以我用什么字迹给他们写都无妨,为了能够将萧少爷的字迹仿得更像,这几日我都是用你的字迹写他们的文章。"陆书瑾面不改色,回答萧矜的问题。

这当然是胡说八道的,字写成这样,刘全根本就不认识,更别说誊抄了,但现在他也不可能再去找刘全对峙。

萧矜心里也是这么想的,但这话说出来,岂不是承认他的字写得丑了?

好面子的小少爷只觑了一下那张纸,从另一个角度找碴儿:"你就给他写这种文章?城南郊区养猪场里的猪崽站起来念个几年书,都比这写得好,让你代笔当真没问题?"

陆书瑾不知为何,听了这话莫名想笑,便垂低了头,掩盖自己的情绪,说道:"我不过是按照刘全的学识而写,给萧少爷写的那份自然与这不一样。"

这句话让萧矜很受用,说:"拿来我看看。"

陆书瑾将一早就准备好的纸拿出来,萧矜接过去只看了一眼,就立即闭了闭眼,又递还给他,说:"你读给我听。"

你这么嫌弃自己的字迹,倒是抽空练练啊!陆书瑾心中腹诽着,拿着纸,语气平缓地将上面的内容读出来。为了与萧矜平日里的文章水平贴合,这纸上大多是废话,偶尔有一两句引用先人的训言,配上几句看似有深度的话,一篇文章就作成了。

萧矜安静地听完,煞有其事地点头道:"不错,确实写得好,展现出了我的才学。"

陆书瑾将视线从纸上移开,往他脸上仔细瞧,想看看萧矜说这些话的时候会不会脸红。

显然并不会,他说得理所当然,真把自己当大才子了。

"萧少爷可向夫子解释先前交错了纸。"陆书瑾将纸叠好,送到萧矜面前。

萧矜现在在乔百廉的口中是扶不上墙的烂泥,写的文章如厕时擦屁股,都会被屁股嫌弃,心思全在吃喝玩乐上的少爷,急需这张纸去交差,于是他从陆书瑾手中接过纸。

虽说陆书瑾方才有解释这个误会,但萧矜无故被夫子骂,自然不会轻易善罢甘休,他想了想,撂下一个惩罚:"今日的错全在你,为将功补过,即日起,你的代笔不再有酬银,写满一个月为止。"

陆书瑾一听,顿时沉默了,微微低下头。

设计刘全一事并非他所愿,但他刚来海舟学府就惹上这麻烦事,刘全心胸狭窄且手段狠辣,往后的日子只会让他异常艰难。可自己除了海舟学府,别无去处,只好借萧矜的手设法将刘全赶出去,却不想萧矜凶性大发,直接断了刘全的手臂,这下事情算是彻底闹大了。

萧矜是名门嫡子,他又不是。陆书瑾张了张嘴,想说些什么,但被萧矜盯着,终究没敢说,只讷讷道:"应该的。"

萧矜转身便走,走出四五步又停下来,别过头看他:"今后若是谁再让你代笔你便告诉我。"

他身上那墨金的衣衫在正午的烈日下有些晃眼,英俊的眉眼间带着倨傲的少年气,命令似的道:"你听到了吗?"

陆书瑾恍惚间又回到学府开课那日，自己被包子砸了后转身看到他的第一眼，那一瞬间涌出的莫名其妙的心悸。

陆书瑾点点头。

萧矜复又转身，骂骂咧咧地离去："我倒要看看哪个不长眼的敢跟本少爷抢人。"

人都走尽了，百里池只剩下陆书瑾一人，陆书瑾站在池边，看着游鱼来回游蹿，即便是日头强烈，也恍若丝毫未察觉。

陆书瑾干脆坐下来，从袖中拿出一小块干饼嚼着，然后掰了一点儿撒到池子里，认真盯着，只见池中的鱼压根不买账。

"不怪你们，这饼确实不好吃。"陆书瑾说着，仍一口一口将饼吃了个干净。

此时，海舟学府早就乱了套，刘全被抬出去的时候，惨叫声传遍了整个学府，惊动了一众夫子学生，再看到后面还有个半死不活的梁春堰，顿时炸开了锅，匆匆送去就医。

此事在书院里闹得沸沸扬扬，学生们聚堆讨论，胡乱猜测。而抬出刘全的那几个学生，也被乔百廉领进了屋中，再出来时皆把嘴巴闭严实了，任谁打听刘全的事都说不知道。

罪魁祸首萧矜直接旷学回家，整个下午都没再出现，而另一个当事人陆书瑾则面色如常，老实地坐在学堂里听课。

先前整个甲字堂的人都看到萧矜发了好大的火，指名找陆书瑾，而他却完好无损地回来了，此事也成了一大谜题，甲字堂的学生都无比好奇，却因他跟谁都不熟，没人上来问他。

吴成运更是急得抓心挠肝，但因为心怀愧疚，好几次都欲言又止，最后下学时终于问了一句："陆书瑾，你没事吧？"

陆书瑾收拾好笔墨纸砚，抬头冲他一笑，说："没事啊。"

西边的天际出现了火烧云，染红了大半苍穹，地上全是交叠的人影，少年们结伴笑闹着赶往食肆，十分热闹。陆书瑾只身一人走在其中，眸光落在地上交叠错落的人影上，偶尔迈大了步子，悄悄踩别人的影子，慢慢悠悠地回了寝房。

城东春风楼。

雅间中，香气袅袅，琴声悠扬。绯色的纱帐垂下，掩住了窈窕起舞的舞姬，白烟下有股若即若离的美。

季朔廷一手摇着扇子，一手拿着纸，笑得眼睛都弯成月牙："这大智若愚的注解写得可真好，要我说，乔院长就不该生气。"

"那你去跟他讲讲道理。"萧矜斜坐在矮桌前，背后靠着光滑的冰丝软枕，手中拿着一本书，垂着眼皮看着，杏色的衣袍落在地上，身后跪坐着两个轻纱罗裙的女子，她们给他打扇。

"算了吧，我可不敢。"季朔廷将揉得皱巴巴的纸折起来，一合扇，扇柄轻轻在手心敲着，过了好一会儿，才说："那陆书瑾这般利用你，你轻易便放过他？"

萧矜随口回答："谁说我放过他了？我罚了他给我打一个月的白工。"

"就这？"

"还不够？"萧矜反问，"那书呆子的小身板根本禁不起我一拳，我若是把他打跑了，谁给我应付那些课余文章？"

季朔廷道："那你也不至于将刘全的右臂废了，他二爷爷到底还是云府通判。"

萧矜道："陆书瑾想借我之手教训刘全，我便遂了他的心愿。"

"先前也不知道是谁说自己不是施粥的僧人。"

萧矜顿了顿，抬头时脸上浮现出不耐烦的神色，终是说了实话："刘全本就该打，我废他手臂已经是轻的。"

"萧小爷在看什么书？"季朔廷笑了笑，终止了这个话题，伸手将书翻起来，打趣道，"哟，《俏寡妇的二三事》，这么多漂亮姑娘，你只盯着这本书，是不是没有哪个能入你的眼？"

萧矜重重地拍了一下他的手背，说："滚。"

季朔廷被凶了也不生气，他挥了挥扇子，对两边跪坐着打扇的姑娘道："你们先退下吧，不用忙活了。"

萧矜与季朔廷是这儿的常客，姑娘们都知道规矩，往常伺候别的爷还能撒个娇讨些打赏，伺候这俩少爷，只能他们说什么自己听什么，不得违逆。

季朔廷一下命令，几个姑娘就收了扇子，陆续起身离去。

出了门后，几个女子同时泄了气，其中一个绿衣裙的晃着扇子，脸上尽是不满的神色，小声嘟囔："我原以为今日撞了好运，却不承想萧少爷年纪轻轻，竟好少妇那一口，咱们几个姐妹竟没有一个市井话本吸引人？"

"你别做梦了，萧少爷从未在春风楼留宿过，也未曾领哪个姑娘出去，回回都是听曲儿，许是他瞧不上咱们这里的姑娘呢。"

又是常假日，陆书瑾起了个大早，换上雪青色布衣常服，衣袖用绸带收束，勾勒出纤细的手臂，穿在身上轻盈又便利。他将长发束起，系上暗色的发带，鞋子买大了不合适，又往里头塞了些麻布，身上没有半点儿多余的装饰，干净利落，像一个模样秀气的少年郎。

陆书瑾拿出小盒子，从里面取出两块小银锭，刚盖上，想了想，又拿了两块出来，而后将盒子用麻布包起来，藏在床底下的箱子后头，这才出了门。

天已亮，陆书瑾在路边招了一辆马车，一路赶回长青巷，回到大院中，脚步有些急，撞见了提水回来的苗婶。

见到陆书瑾后，她赶忙将桶放下，几步赶来，着急道："书瑾啊，你可算来了，沛儿那丫头这几日都不曾回来，我家男人不让管，我也没地方寻，只盼着你回来出出主意。"

陆书瑾心中咯噔一响，立马进了院子，直奔沛儿的房屋去，只见这回门上挂了锁。

苗婶见状，赶忙往自己屋去，拿了一把钥匙过来，小声道："是我锁的门，这大院人多口杂，我怕有人趁沛儿不在，悄悄摸进屋里去拿东西。"

锁打开后，陆书瑾推门进去，视线在房中转了一圈。

陆书瑾的记忆力极好，只几眼就能看出房屋没有任何变化，还是上次常假时看到的样子，沛儿已有足足七日未归。

"我去趟捕房。"陆书瑾当机立断，做了决定。

苗婶还要忙着洗衣、烧饭、照顾孩子，陆书瑾便没喊她，自己前往捕房。

正值清早,捕房只有两个人当差,正倚在桌面上打瞌睡,见陆书瑾敲门进来,也只瞟了一眼。

"两位大人,家姐七日不曾归家,先前我来报过官,不知大人是否有线索。"陆书瑾方一进门,见两人的模样,就知道报官一事恐怕没什么用处了,但仍抱有一线希望。

果然,那两个捕快听了他的话,只不耐烦道:"每桩案子都有专册记录,一旦有了线索,我们自会去查,还轮不到你来问。"

陆书瑾想了想,知道衙门的人轻易收买不得,须舍得花钱才行,于是从荷包中摸出一小块碎银子,搁在桌上,发出清脆的声响,陆书瑾低声道:"大人行行好,我只有这么一个姐姐,她多日不归家,我担心得紧。"

两人一听这脆生生的声音,同时将头抬了起来,看见那银子之后,眼睛猛然一亮,立即换了笑脸站起来,将银子悄悄放入袖中,道:"小兄弟,外地人失踪这案子,近半年来一直在持续,一时半会儿根本结不了案。"

"那我去何处寻我阿姐?"陆书瑾心中一紧。

捕快摇摇头,往左右看了看,又往前凑了凑,小声道:"我给你透个底儿,这事,你根本管不了,回家去吧。"

陆书瑾陡然一怒,实在想不明白,这失踪的不是鸡鸭猪狗,而是活生生的人,这捕快怎么能说出这种话,话里话外劝他放弃寻人,难道说这件事压根就不是简单的失踪案?

陆书瑾压着怒气,心知就算把身上带的银子都砸进去,也问不出任何有用的信息,便扭头大步离开。

陆书瑾去了沛儿做工的绣坊。坊中女工的头头是一名中年妇女,她打窗口看见白嫩的陆书瑾,便放下手中针线,走出来与他搭话逗趣。

"小公子,可是来寻娘子的?"

陆书瑾的模样看起来相当斯文乖巧,极具欺骗性,属于长辈们最喜欢的那一类孩子,他佯装忧愁道:"婶子,家姐沛儿一直在这绣坊中做工,但七日前忽然失踪,我遍寻不得,只能来此问些情况,还望婶子能帮帮忙。"

说着，他摸出几个铜板递过去，工头一瞧，顿时喜滋滋地接下铜板，满口答应："那是自然！沛儿那丫头是六七日前突然没来，也没告假，上月的工钱都没领，我当她有什么急事耽搁了呢。"

"她旷工前，有没有说过什么话？"

"没有，这丫头做事伶俐，话也少，是一个老实心善的，"工头仔细想了想，又道，"不过那几日她看起来有些心绪不宁，像是有什么愁心事，旁人问起，她只说没事。"

陆书瑾问："还有别的不寻常吗？"

工头收了钱，自然想尽心尽力地帮忙，皱着眉苦想了一会儿，摇头道："实在是没了，你姐夫前些日子常来送她上下工，看得这般紧，她如何能失踪呢？"

"姐夫？"陆书瑾讶然问，"长什么模样？"

工头也十分意外，说："身量很高，皮肤晒得糙黑，模样也不算丑，看起来老实憨厚。"

陆书瑾心中一动，指了指嘴巴左角："这地方是不是有道疤？"

工头立即点头道："不错。"

别的再问不出来，陆书瑾转头回了大院，刚进门就喊苗婶。

苗婶从屋子里出来，着急忙慌地迎他，问："如何？有沛儿的消息吗？"

陆书瑾摇摇头，将她拉到檐下站着，低声问道："苗婶，是不是有个嘴角带疤的男子与沛儿姐来往甚密？"

苗婶一听，当即将他拉到房屋里，关上窗户，说道："那个男子之前一直是歇在沛儿屋子里的，早起与沛儿一同出去，晚上三更半夜才回来，也不知是做什么的，不过沛儿没回来之后，他倒是没来过了。"

陆书瑾心想，难怪之前没见过这个男的，沛儿赶工赶得早，天不亮就起床去绣坊，每回自己醒的时候沛儿早就不在了，男的早出晚归，就算在一个院子里，碰不到面也属正常。但他与沛儿交往甚密，自打沛儿失踪后就再没来过，显然此事跟他脱不了关系。

陆书瑾沉思片刻，便起身离开，临走前叮嘱苗婶让他继续锁着沛儿的房间。

出了大院后，陆书瑾按照原计划买了被褥和两件新衣，又买了些品质做工稍微能入眼的笔墨，身上的银子也花得七七八八。

回到海舟学府的舍房，陆书瑾将东西搬进屋里，没急着归整，而是将先前沛儿开课那日送他的帕子翻出来，用手那么一摸，果然发现这帕子有细微的不同寻常之处。

今日他在大院与苗婶说话的时候，忽而意识到那日沛儿表现出的异常。

她送了自己一方帕子，但帕子上绣着花花绿绿的喜鹊和杏花，颜色秀丽，给男子用是不大合适的，所以陆书瑾带回来之后一直没用，搁在箱子里存放着。

如今一想，这极有可能是沛儿故意为之，她那日还特意提及外地人失踪一事，其实已经是给自己暗示了。

陆书瑾赶忙用剪刀沿线拆开帕子，果然是两块缝在一起的，当中还夹了一块极薄的丝布，上头印着刺红的血色，断断续续呈出一个"救"字。

沛儿在向他求救！

陆书瑾的心猛地一颤，将手帕紧紧握住，指尖因过于用力都泛了白色，悔恨自己为何没能早点儿看出沛儿的异常，没有理解她给出的暗示，竟到现在才发现！

如今已经过去七日，沛儿身在何处，是何处境，是否安全，陆书瑾全然不知，若要找到沛儿，必须先找到那个嘴角带疤的男子。

陆书瑾懊恼了片刻，心知现在不是责备自己的时候，立即拿出笔墨，抽了一张纸，回想片刻，便开始尝试将男子的脸画下来。

他的脑子极好，学东西非常快，但画工方面却一般，用了一整个下午，废了几十张纸，才从中挑选了一张与那男子有七分像的画。

陆书瑾叹了一口气，额头上全是细汗，这才察觉自己大半天没有吃饭，饿得手指尖都在颤抖。

休息了一会儿，陆书瑾起身去食肆吃了饭，身体才逐渐有了一些力气。他回去将买的东西全部归整好，躺在柔软的床上时，心中很不是滋味，因忧虑沛儿的事，他辗转到深夜才睡着。

常假结束，学府正常上课，学生们依旧热火朝天地议论着前日刘全和梁春堰的事。

消息传得很快，传到陆书瑾的耳朵里，就变成了刘全自己从山石上跌下去，摔断了右臂，据说这话是从刘全自己嘴里传出来的。

作为知道真相的人之一，陆书瑾只得在心里惊叹萧家的势力在云城确实到了只手遮天的地步，刘全的二爷爷是云府通判又如何？他被废了手臂也只能说是自己摔折的，萧矜的名字在整件事中压根没有出现过。

众人皆被蒙在鼓里，真以为是刘全走霉运，至于梁春堰是怎么回事，就没几个人关注了。

陆书瑾对这些事不感兴趣，吴成运在他耳边说时，他应得有些心不在焉，满心只想着待会儿下学去丁字堂找人的事。

一个时辰的授课结束后，会有一刻钟的休息时间，其间，学生们能够离席方便或是询问夫子问题，陆书瑾如霜打的茄子一样蔫在桌子上，也没心思念书，心中的担忧久久不散。

吴成运凑过来跟陆书瑾说话，话里话外都在试探那日萧矜怒气冲冲地找他是为了什么。陆书瑾不想跟他多聊，干脆闭上眼睛，假装睡觉，他有点儿没眼力见，仍对着他的后脑勺喋喋不休，陆书瑾继续佯装听不见，片刻后，他像是终于看累了，闭上了嘴。

但很快陆书瑾就察觉出不对劲——分明没敲上课钟，学堂却诡异地安静下来了。

陆书瑾赶忙坐起来，抬头看向夫子，忽而余光瞥见了一个身影，别过头瞧去，就见萧矜站在吴成运桌边。

他大约是刚来学府，嘴里还咬着糖棍，将手上的几本书往吴成运桌子上一撂，冲他扬扬下巴，说："我要坐这儿。"

一学堂的人都在看他，连陆书瑾也傻了眼，谁也不知道这小少爷突然拿了书跑到甲字堂来做甚。

"萧矜，此为甲字堂，你并非在这里就读。"学堂里鸦雀无声，夫子正了正脸色，先开了口。

萧矜咬着糖棍回首，即便站得板正，浑身上下也带着吊儿郎当的劲儿,似笑非笑道:"多谢先生提醒,不过从今日起,我就是甲字堂的学生了,已经向乔院长报备过。"

萧矜是如何与乔百廉报备的众人不知,但他既已开口,那此事便已定下。

吴成运吓得赶忙将东西收拾好,跑去了后头的空位上。

萧矜一落座,就嫌位置窄小,放不下他的一双长腿,便敲了敲桌面,让前后座的人挪桌子。

前后桌巴不得离萧矜越远越好,飞快动身,拉开距离,连带着陆书瑾的座位也变得宽敞。

陆书瑾一脸茫然,想不明白萧矜怎么会突然出现在这里。

许是他的神情太过呆滞,萧矜觉得好笑,便懒散地往后面一靠,说道:"拜你所赐,我被罚抄五十遍'知之为知之,不知为不知,是知也'的注解,这个惩罚须得由你来承担,为了防止日后再有那种情况发生,我特地来甲字堂念书,你每次写的课余文章我都要亲自看一遍,再乱写我就揍你。"

陆书瑾这才想起自己造的孽,忙不迭地点头称是。

但是陆书瑾隐隐觉得萧矜来甲字堂的原因没那么简单,忍不住试探地问道:"萧少爷真是为了检查那些课余文章才来这里的?"

萧矜白他一眼,说:"你问那么多干什么?"

说完,他的目光落在纸上,不爽快地挑刺:"我的字有这么丑吗?重写。"

陆书瑾想说你的字比这丑多了,但是他不敢,况且这张纸刚写了一行字,没必要争辩,就利索地拿了新纸重写。

萧矜当然不是为了这么点小事才跑来甲字堂的。

乔百廉早就有想法将他调来此处,但甲字堂里的书呆子太多,何况这里的管理也比别的学堂严格,所以他一直没同意。

但是前两日他的文章惹得乔百廉大怒,再加上他打断了刘全的手臂,乔百廉便以此为由,让他转来甲字堂接受更严格的管控,否则就要召集所有学生,将他那篇文章当众宣读。

萧矜只能接受别人说他不学无术,接受不了别人说他蠢笨如猪,便只好"忍辱负重",来了这里,他当然不可能把这丢脸的事告诉别人,于是胡乱编了一个理由。

都是陆书瑾惹出来的祸事。思及此,萧矜没好气地看了一眼旁边的书呆子,冷哼一声。

陆书瑾不知道他又在发什么疯,只低着头老实地写字,尽量不去招惹他,好在他并没有刁难自己,接下来的时间,都安安静静的,不是撑着脑袋打瞌睡,就是低头看书。

他也会看书?陆书瑾觉得疑惑,悄悄地斜眼偷窥,刚看见封面上《俏寡妇的二三事》几个字,就被萧矜逮住,问:"你鬼头鬼脑地看什么?"

陆书瑾身体一僵,企图跟他说两句话缓解尴尬:"想不到玉树临风的萧少爷喜欢这些书,书中都写了什么?"

萧矜神色坦然,状似随意地道:"里头写的是寡妇治理水患和农事管理的事迹。"

陆书瑾惊讶道:"当真?"

"你觉得呢?"他的语气仍是平常,"我说我家养的狗披上铠甲会行军打仗,你是不是也信?"这书名写得明白,里头什么内容明眼人都知道。

确实,就是用脚趾头想陆书瑾也该知道,萧矜根本不会看什么正经书。

萧矜睨了他一眼,见他白皙的脖子和耳朵都攀上了红色,好笑道:"你没看过这个?"

陆书瑾现在一句话都不想跟他说,但又怕他找碴儿,于是抿着唇点了点头。

萧矜故意逗他:"那我下回多带几本书过来。"

陆书瑾在心中断然拒绝:我就是戳瞎了眼也不会看的!

接下来的时间里,萧矜读他的"圣贤书",陆书瑾抄写注解,两人互不打扰。

放课钟敲响后,夫子持书离去,学堂稍微热闹了些许,但是由于萧矜在,今日的气氛尤其奇怪。他就好比坐在学堂中的第二个夫子,以往夫子离开后，学生们就开始结伴玩闹，讨论着吃什么或是交流趣事儿，但今日放课钟响了之后，学堂里只有窃窃私语，众人瞄着还坐在位置上的萧矜，匆匆出了学堂，才敢恢复正常声音说话。

陆书瑾搁下笔，扭着手腕，起身前往食肆。之前他为了打听消息和买被褥，花光了四个银锭，导致攒下来的银钱又没多少了，在还没找到来路赚钱之前，这衣食都必须节俭，于是买了一个比巴掌还大的烧饼赶回去。

陆书瑾回去的时候，萧矜还没出学堂，他身边围着几个人。他走近一瞧，只见原本搁了几本书的桌子上已经摆好了狼毫白玉杆的笔、金线雕花砚台和柔软细腻的宣纸。

他看不出那笔墨是什么货色，但是此前在店铺里买纸的时候，即便是摆在高架上最昂贵的那种纸，也没有萧矜桌上摆的洁白漂亮。

围在边上的几个人，就是平日里经常跟在萧矜后头的学生，上回萧矜被罚扫礼祠时，还曾见过他们。

陆书瑾没急着回座位，视线在几人脸上逡巡了一下，果然看见其中有个瘦马猴似的少年，他抬步走过去。

几人正在跟萧矜说话，陆书瑾的突然出现打断了他们的交流，只见陆书瑾绕过两人，站在瘦马猴面前，说道："能借一步说话吗？"

周围一下子安静下来，那瘦马猴少年愣了愣神，他先是看看陆书瑾，又看看萧矜，似乎在征求老大的意见。

萧矜什么都没问，抬头扬了扬下巴，像是准许。

"那去门口说吧。"瘦马猴少年指了指外面。

两人来到门口，还不等他询问，陆书瑾就先开了口："你小舅是捕快？"

瘦猴少年惊诧地瞪大眼睛，说："你如何知道的？"

"你自己说的，"陆书瑾说，"前些日子打扫礼祠的时候。"

瘦猴愣愣地点头，说："确实如此，他在万隆城区当差。"

陆书瑾从袖中拿出纸，小心翼翼地展开，上面是一张五官还算分明的脸，虽不传神，但也像模像样，陆书瑾道："可否求兄弟的小舅帮帮忙，寻一寻纸上这个人？"

瘦猴少年名唤蒋宿，亲爹三十岁时中了举人，如今在淮南一带任职，是萧云业那边的人，所以他也是萧矜的狗腿子，先前他见陆书瑾给萧矜写文章，心中早就拿他当自己人，便十分豪迈地答应了，他接过纸后认真端详，说："你为何要找他？"

陆书瑾道："他先前借了我银子，尚未归还便杳无音讯，我的家境本就贫寒，指望着那些银子吃饭呢，必须讨要回来。"

蒋宿气道："还有这等泼皮无赖？我喊上哥几个好好去教训他一顿！"

陆书瑾倒是很意外，不知道他是真讲义气，还是凑热闹，只道："眼下须找到他才行。"

"你可知道他住在何处？"蒋宿问。

陆书瑾摇摇头，说："但是先前在城北长青巷一带经常看到他。"

"长青巷应当是在城北长青区，"蒋宿道，"此事不难办，我小舅虽然在城西当差，但是认识长青巷那边的捕快，可以让他们帮忙找人，不过他若是出了云城，去了别的地方，可能就寻不到了。"

陆书瑾也在担心这个，但总归要试一试，这是唯一能够救沛儿的方法。

陆书瑾道了声谢，摸出一小块碎银子，递给蒋宿，说："这些银钱，便算是请兄弟喝酒了。"

蒋宿家中出了一个官老爷，并不差这点儿银钱，张口就拒绝了，但陆书瑾执意要给，强塞给了蒋宿。

并非陆书瑾钱多，而是这种非亲非故的关系，若不拿出点儿东西，别人未必有菩萨心肠帮他办事，这种紧要关头，出不得岔子，还是花钱更稳妥，且绝不可小家子气，哪怕蒋宿根本看不上这点儿银钱。

蒋宿一脸豪迈，拍着他的肩膀，笑道："放心吧，兄弟，此事包在我身上，保证给你办妥。"

两人说了几句话，便一同回了学堂。

夏季闷热，堂中门窗大开仍没有风，萧矜身边的小弟拿着扇子，殷勤地给他扇扇子，还有人提了红木锦盒，一打开，上下两层，都是冰，中间则是饱满鲜亮的葡萄，那人拿起葡萄，剥给萧矜吃。

陆书瑾万万没想到,居然能在学堂里看到这种场景。

萧矜热得将领口稍微拉开,露出白皙的脖颈,俊美的脸上也浮现出些许绯色和细汗,整个人看起来竟有几分秀色可餐。

陆书瑾坐下来,掏出方才在食肆买的大饼,鼻子里闻着鲜甜葡萄的香气,咬了一大口饼。

"你就吃这个?"萧矜热得心浮气躁,他盯着饼,紧紧地皱起眉头。

"便宜,且吃得饱。"陆书瑾回答。

这几日银子来得快去得也快,但是为了救人,他花得不心疼,不过手上的银子花一点儿少一点儿,只能先生活得艰苦一些。

萧矜嫌弃地撇撇嘴,并没有多问。

天气炎热,他都没胃口吃饭,光是看着那个饼就想吐,没想到陆书瑾竟然真的一口接一口地全部吃完,又开始低头写字。

陆书瑾像是感觉不到热意,领口洁白平整,碎发散在耳根后和额边,不见一滴汗珠,干干爽爽。

萧矜的思绪被蒋宿的询问声打断:"老大,你日后都在这甲字堂了吗?"

一提起这事他就满心烦躁,便冷哼一声,说:"怎会,我最多在这里装模作样念几日书,待乔老头气消了我就回去。"

其他人发出了然的声音,纷纷说道:"我就知道萧哥不会留在甲字堂,这地方哪是人待的。"

陆书瑾虽然在抄写注解,但耳朵还是听着旁边的声音,心想萧矜上课时也没见多认真,捧着《俏寡妇的二三事》看得入神,夫子都没有责怪他,这甲字堂怎么就不是人待的地方?

几人你一言我一语,叽叽喳喳有些吵,萧矜当即烦得赶人:"去去去,你们还杵在这儿做甚?不吃饭啊?"

他们见状,知道不能再赖下去,甲字堂到底跟丁字堂不同,与萧矜说了几句话后便结伴离开。他们一走,陆书瑾立刻觉得周围凉快不少,也安静了许多。

萧矜将装了冰块和葡萄的红木锦盒推到桌子中间,自己拿了一本书出来看,手却再也没有往盒子里伸,那盒亮盈盈的葡萄仿佛就这样被舍弃了。

陆书瑾的余光正好能看到葡萄的光泽，便总是分神，情不自禁就斜眼看过去。

陆书瑾吃过葡萄，但只有那么一回，还是在与那个要定亲的残疾人见面的家宴上，汁水饱满味道酸甜，是非常可口的水果。

陆书瑾觉得自己并不是嘴馋，陆书瑾只是好奇为什么云城的葡萄比自己以前在杨镇看到的大一点儿。

下午的课是乔百廉亲自讲。

他本已很少授课，更少来甲字堂，这次来，大家心里都清楚原因。

萧矜也是十分规矩，把那些乱七八糟的书都收了起来，认认真真地听乔百廉授课。待讲完了内容，乔百廉便让所有学生写出对刚学的内容的理解，一时间堂中翻纸张的声音频起，所有人开始磨墨提笔。

萧矜不想糊得手上都是墨汁，将砚台推到陆书瑾手边，理所当然道："你给我磨墨。"

陆书瑾想问你没手吗？但是他不敢，便将自己的砚台往旁边推了推，说："萧少爷要是不嫌弃，就先将就着用我的。"

萧矜的俊脸一下子皱起来，嫌弃道："你这玩意儿能叫墨？怕不是兑了水的炭渣，还有一股子牛粪味儿，拿远点儿。"

陆书瑾默默地将砚台拿到另一边的桌角，心想就你那狗爪子扒拉的字，还好意思挑墨？就算是兑了水的炭渣给你用，都是浪费！虽说如此，但他还是乖乖地将刚放下的衣袖挽起来，拿起他的墨开始研磨。

墨块卡在特制的木槽中，蘸了水一转，一股似有似无的香气顿时在空中漫开，是醇厚而绵柔的味道。用料上乘的名贵墨，价比黄金。

不一会儿墨水就磨好了，萧矜拿起笔蘸了蘸，提笔便开始书写他的"大作"。

他的余光看见陆书瑾还盯着他，写了几个字后便停下来，不爽地问："你看什么，找打啊？"

陆书瑾眨眨眼，讶然地问："你用左手写字？"

"不可以吗？"萧矜反问。

陆书瑾呆呆地摇摇头，可眼睛还是不太老实，一会儿看着他持毛笔的左手，一会儿看着他纸上扎眼的字迹，百思不得其解。

萧矜也没惯着他，笔尖往陆书瑾脸上点了一下，凶巴巴地道："写你自己的，再乱看，我就把你的脸全涂上墨水。"

柔软湿润的笔尖在脸上滑过，陆书瑾如一只被惊吓的鸟，下意识地用手揉了一下，白嫩的脸蛋上留下长长的墨迹也未察觉，便赶紧扭头写字去了。陆书瑾怎么也想不明白，萧矜平日里翻书、揍人、拿东西用的都是右手，写字怎么会用左手呢？

陆书瑾一边想，一边低头写作文，却并不知两人方才的互动都落在乔百廉眼中。

他原本怕萧矜调来甲字堂后心情不虞，会欺负别的学生，便赶紧来瞧瞧，不承想他与陆书瑾坐在一起倒十分和谐。虽说两人不怎么说话，但这位置到底是萧矜自己挑的，且陆书瑾方才给他磨墨的时候动作也从容，显然不像是被欺负了。

乔百廉看着满意极了，深觉将萧矜调来甲字堂这件事是对的。

放课钟响起，带着笑容的乔百廉刚出学堂，萧矜就将笔随便一撂，转了转脖子，发出清脆的声响。他将桌子往前一推，起身离去，那些名贵的笔、墨、纸、砚就这么在桌上肆意摆着。

陆书瑾一点儿也不想多管闲事，但这些东西看着就贵，平日里就算是鸡毛做的笔他也会好好归整，此刻见这些宝贝被如此对待，实在心疼，便顺手整理，将白玉墨笔洗干净放置整齐后才离去。

蒋宿小舅的行动力比他想象的要快，本以为还要等个两日才会有结果，却没想到第二日蒋宿就告诉他，人找到了。

这日下学，陆书瑾吃了晚膳就径直出了海舟学府，直奔玉花馆。

玉花馆是城北长青区一带较为出名的青楼，每日酉时开馆，一直到巳时才歇业，整晚灯火通明，歌舞不断。

太阳还未落山，街道上十分喧闹，摩肩接踵。

陆书瑾刚给了车夫铜板，就听见旁边传来一道熟悉的声音："呀，这不是咱们陆小才子吗？怎么还能在这儿碰上？"

陆书瑾被吓了一跳，匆忙转头看去，见说话的人是季朔廷，但随后就对上了萧矜的眼睛，萧矜皱着眉看他，面上俱是迷惑不解的表情，显然他完全想不明白这个书呆子怎么会跑来青楼找乐子。

蒋宿的小舅之所以将这件事办得那么利索，都是那个男子在城北长青一带本身就是一个活络人物。

所以蒋宿的小舅将画像拿去询问的时候，长青区的捕快立即认出了那个男人，那几人知道他的姐夫中举为官，不敢怠慢，立马将那个男子的家底如实托出。

男子名青鸟，并无正经活做，平日就打些闲工，经常在街头巷尾乱逛，见人便称兄道弟，与几个捕快也有些交情，经常在一起喝酒。每次他来长青区，总在玉花馆出入。

蒋宿将消息带来的时候，还拍了拍陆书瑾的肩膀，让他小心行事。

看来要找沛儿，去玉花馆准没错。先前他就很疑惑，为何这些失踪的外地人口皆是年轻女子，现在想来，恐怕都是被人使用手段弄去了青楼。

青楼是吃人的地方，姑娘进去之后，就再也出不来了。陆书瑾不敢再耽搁，得到消息就立刻前往，谁知这么巧，刚到就遇见了萧矜等人。

纨绔子弟逛青楼、喝花酒是再正常不过的事，云城中干净华丽的秦楼楚馆很多，来玉花馆的客人多半是上了年纪的男人，抑或从云城路过的外地人，这楼中的姑娘姿色并不算好，手头有些银钱的并不会选择玉花馆，更别说是萧矜这种身份的世家子弟。

在这里遇见，双方脸上都满是诧异。

季朔廷觉得有意思极了，他上前围着陆书瑾转了一圈，啧啧道："真是瞧不出来啊，咱们陆小才子还有这等消遣？"

陆书瑾被他说得满脸通红，他本就非巧言善辩之人，此刻更是一个字也答不上来。

萧矜拧着眉毛站到他面前，身量高得如同一堵墙，问："你一个读书人，来这种地方做甚？"

陆书瑾心想大家都是读书人，你还教训起我来了？你不也在这门口站着吗？

陆书瑾还没开口，季朔廷就替他把话说了："读书人整日对着书本笔墨，日子枯燥乏味，偶尔来玩玩儿也属正常。"

"再过两个时辰,就是学府的宵禁时间。"萧矜说。

"莫说两个时辰,半个时辰也差不多,能赶回去。"季朔廷脸上浮现暧昧的笑。

"你半个时辰够?"萧矜没好气道。

季朔廷用肩头撞了撞他,眼神揶揄:"喔——难不成萧少爷得用一个时辰?"

萧矜这才察觉话被带偏了,推了他一把,骂道:"滚,爷起码要用一整夜,谁跟你似的肾亏体虚。"

骂走了季朔廷,他又睨了陆书瑾一眼,暗道这书呆子想去哪儿玩就去哪儿玩,管他那么多。

于是他转身往玉花馆走去,原本跟在他旁边的几个人也陆续进去,唯有蒋宿来到陆书瑾边上,招呼道:"走吧,陆兄弟,一道进去,若是逮到那个无赖,我帮你一同教训他,定让他还你银钱。"

陆书瑾眼看萧矜转头走了,这才暗松一口气,朝蒋宿笑笑,跟在他后头进了玉花馆。

一踏进玉楼馆,空中就飘来刺鼻的低劣香味儿,堂中的柱子和吊顶皆挂着大红大紫的花灯,颜色极其艳丽。当中有一方圆台,台上衣着轻薄的舞姬正拨动着古琴琵琶,台下围坐着一圈男人,模样看起来皆是三十岁以上的男子,他们瞪圆眼睛,恨不得将眼睛黏在姑娘们的嫩白腰肢上。

也有好一点儿的座位,呈半包圆形,但只用纱帘阻隔,颇为简陋。

浓烈的酒气混着廉价的熏香,周围充斥着男女的调笑声和乐曲声。

几个衣着华贵、模样俊朗的少年方踏入门,立即成了堂中十分惹眼的存在,引来旁人的频频注目。龟奴更是一个眼尖的,一眼就看出人群中萧矜的地位最高,立即笑脸相迎,在他跟前点头哈腰,说:"贵少尊临玉花馆,住店还是寻乐?"

萧矜眸光一动,先是将堂内的景象看了一遍,不咸不淡地说道:"自然是寻乐,住店至于来这里?"

龟奴忙将他往帘后的座位上引,又差人去将姑娘们喊来。

陆书瑾也跟在其中,挨着旁边的位置坐下,这里处处是不堪入目的景象，平日里陆书瑾看一眼都觉得刺痛，但眼下情况特殊，他必须细细从姑娘当中寻找，试图找到沛儿。

陆书瑾不动声色地打量着周围的一切，发现几个少年的脸上都带着嫌弃的情绪，但一向养尊处优的萧矜却泰然自若地落座，将双臂撑在矮桌上，说道："把你们馆里所有的姑娘都叫来。"

季朔廷也在旁边道："先上酒。"

陆书瑾对找乐子没有半点儿兴趣，来回看了几遍都没找到沛儿的身影，便想换到圆台的另一边去瞧瞧，谁知他刚一起身，旁边就传来萧矜的质问："你去哪儿？"

他那眼睛也不知怎么长的，分明正在与季朔廷说话，怎么他才动身就被他逮到了。

"我去另一头看看。"陆书瑾说。

"你老实待着，"谁知萧矜不同意，白他一眼，还威胁道，"敢乱跑就揍你。"

陆书瑾有些生气，心想他又不是那些狗腿子，凭什么要受萧矜的管束？但又怕萧矜当真在这里揍他，便寻思趁萧矜玩乐时再趁机溜走。

很快，老鸨便带着六个姑娘走过来，许是龟奴提前说过，带来的姑娘面容都是较为年轻的，与堂中其他姑娘相比，姿色好了不少，至少容貌没有那么平庸，腰身窈窕。

萧矜与季朔廷的模样都相当出众，一人浑身都是痞劲儿，一人笑容温润，又身着奢贵锦衣，是玉花馆里不曾出现的贵客。莫说是老鸨看了双眼放光，即便是这些姑娘看了也眉眼含情，暗送秋波。

同时酒壶也端上了桌子，还送上几盘小菜。

季朔廷掀开其中一壶酒，拿到近处闻了闻，笑着说："好浓郁，算得上烈酒。"

"这虽然不是什么名贵酒水，但味道是极好的，"老鸨摇着团扇，说，"这些姑娘都是馆里的上乘货色，少爷看看可有瞧上眼的？"

萧矜压根没往那些姑娘脸上看，而是不紧不慢地摸出一沓银票，往桌上一放，看得众人相当震惊，那老鸨更是恨不得把眼珠子瞪出来，死死地盯着银票。

"这是一千两。"萧矜拿起桌上的一个酒杯,说道,"一杯酒算一两银子,你们馆里的姑娘能喝多少杯酒,我便赏多少银子。"

他的话落刚落,就连一向不大喜形于色的陆书瑾此时也满眼惊异,呆呆地看着萧矜,心里反反复复只有三个大字:败家子。

陆书瑾以前在姨母家的时候,一年到头省吃俭用也存不了五两银子。逃出来之后,更是能省则省,银子都是掰碎,一点儿一点儿地花,连吃顿好的都舍不得,不承想萧矜一出手就是一千两,毫不夸张地说,陆书瑾活到现在还没见过这样多的银子。

这些银钱随便给哪个寻常人家,都能发生翻天覆地的变化,他拿出来,却只为在销金窟里挥霍取乐。

陆书瑾看着他满不在乎的神色,头一回真切地感受到他跟他的差距,虽不过咫尺的距离,却又恍若云泥之别。

老鸨高兴得仿佛癫狂,扇子摇得飞快,说:"公子此话可当真?"

"我连银票都摆出来了,你还问真假,会不会做生意?"蒋宿在一旁嫌弃道,"难怪你这楼馆破成这样。"

这种时候,就算是指着鼻子骂,老鸨也会龇着牙齿乐,她应和道:"是是是,奴家的脑子愚笨。"

萧矜道:"我也是有要求的。其一,酒里不可兑水;其二,凡接客的姑娘皆可来,但不可用外头的姑娘顶替。这两条若是违背,我便差人砸了你这楼馆。"

老鸨笑得眼睛都眯成了一条缝,自然满口答应:"自然自然,有此等天大的好事,奴家怎敢糊弄贵客。"

"那就喝吧。"萧矜也笑了,墨笔勾勒的眉眼若春风掠过,显得俊美非凡。

老鸨转了个身,摆着手小声道:"你们都给我往死里喝,谁喝得多我重重有赏!"

姑娘们哪见过这种事,当即兴奋地排起队来,走到桌前,挨个儿倒酒喝。在一桌俊朗少年的注视下,便是人尽可夫的风尘女子,也不免红了脸,举杯畅饮。

老鸨则忙不迭地去喊人,将玉花馆上下能够叫来的女子全部喊过来，甚至顾不得招呼别的客人，驱赶了不少人。

只不过这儿并不宽敞，姑娘们只能一批一批地来，这一批喝不下了撤去，换下一批上。如此一来，闹出的动静便不小，那些姑娘喝醉后脸红扑扑的，走起路来摇摇晃晃，是别有一番味道，没见过这等花样的人纷纷围在旁边，一同取乐。

围观的人逐渐增多，桌上的几个少年也玩得开心，一边起哄一边下注赌哪个姑娘喝得最多。季朔廷拿了纸笔记录姑娘喝了多少杯，萧矜则不吃也不喝，听着其他几人的闲聊，偶尔插两句话，大部分时间倒真像是看姑娘喝酒寻乐子的。

陆书瑾是桌上唯一的例外，他完全不参与，只一直东张西望，寻找沛儿。

虽说萧矜行事荒唐，但却给了他极大的便利，有这一出，那老鸨必定会将所有女子带来喝酒，但陆书瑾猜不准沛儿现在是什么情况，且时间本就不宽裕，若是等这些姑娘一个个都喝成醉鬼，今晚恐怕要错过学府的宵禁。

陆书瑾不想等了，他悄悄别过头，瞥向一旁的萧矜，见他方才换了个姿势，后脑勺正好对着他，正是他偷偷溜走的绝佳时机。

趁着周围人嬉闹，陆书瑾悄悄离席，弓着腰溜出了人群。

整个玉花馆的人几乎都在这里凑热闹，其他地方倒显得空旷起来，老鸨前前后后忙得脚不沾地，更没工夫注意自己，陆书瑾便在一楼大堂转了一圈，而后穿过走道往后院走去。

"哎，这位大哥，不知茅厕在何处？"陆书瑾随手拦住一个抬酒的伙计询问。

伙计忙得满头大汗，着急忙慌地给他指了路，便匆匆离去。

伙计离开后，陆书瑾却往茅厕相反的方向走去。

先前他就发现玉花馆并不大，一楼大堂供客人听曲儿取乐，二楼则是一间间挨着的留宿客房，拥挤而简陋，若是玉花馆想将那些失踪的女子藏起来，必定会藏在后院，且不可能在茅厕附近。

后院此时没人，估计是听说了前堂来的阔少在散财取乐，看热闹去了。

陆书瑾绕过后厨,发现后方还有一大片空地,几间屋舍并列着,像是柴房、库房之类的。此时已经入夜,那些房屋外只燃着一盏灯,灯旁摆着桌椅,桌面上还放置着酒碗与一些瓜子壳。

应当是这里没错了。陆书瑾心中明了,这一看就是有人专门在此处把守,但把守的人这会儿应该去了前堂。

陆书瑾左右看看,确认周围没人,便快步上前,压低声音唤道:"沛儿姐,沛儿姐!"

陆书瑾喊了几声,其中一个房屋里就传来了一声闷响,像是谁在里面敲了一下门。

陆书瑾赶忙过去,朝里面确认:"是沛儿姐吗?"

"是我。"里面果然传来了声音,虽说有些沙哑,但的确是沛儿的声音没错。

这一刻,陆书瑾总算松了一口气,一时间不知道是该高兴还是痛心,虽然隔着一扇门,看不到沛儿的情况,但她还活着终归是好事,但又不知她在这吃人的青楼里是否遭遇了痛苦的事情,一时间不知道如何开口。

"书瑾,我就知道你聪慧,定然能找来这儿!"沛儿显然也非常激动,像是将脸贴在了门上,声音从门缝里传出来。

"沛儿姐,你别怕,我一定想办法救你出去。"陆书瑾试着拽了拽门上的锁链,说道,"我找个东西把这锁砸了。"

"不,你别着急。"沛儿的声音很镇定,"我们都被迫签了卖身契,即便你砸了锁,走不走得出去还难说。且这馆里的东家与长青区的捕头勾结,官娼相护,断不可如此莽撞。"

陆书瑾心中一凛,暗道难怪之前他去捕房询问情况,捕头都是爱答不理的,还说这事他打听不了,原来这玉花馆的人竟然与那些捕快相互勾结,诱拐外地来的女子,逼良为娼。

陆书瑾当即明白沛儿能说出这样的话,显然是心里有主意,便直接问道:"你需要我如何做?"

时间紧迫,沛儿一句废话也没有,快速说道:"我屋子里头面朝北边的柜子后面有个木箱,里面是我所有的积蓄,你拿去找长青巷西头的容婆,她有个女婿,结交的好友在城南捕房当差,你且用那些银钱试试能不能活动一下,将我捞出去。"

"若是不够……"沛儿停顿了一下,语气变得恳切,哽咽道,"书瑾,我知道你手里的银钱不多,但是眼下我唯有这一次活命的机会了,若我真能化险为夷,出去之后必定涌泉相报,欠你的银子加倍奉还,还请你帮我这一回。"

陆书瑾听得揪心,立马道:"沛儿姐放心,我必定尽全力救你。"

"我杨沛儿在此先三叩谢过。"沛儿带着哭腔,在里面磕了三个头,又道,"你切记,千万要寻到容婆女婿那个当差的好友帮忙,这玉花馆有官员相护,寻常人来这儿根本没用,若都是捕头,或许相互之间会给些面子。昨日我月事刚来,还能拖个几日,我这条命就靠你了。"

陆书瑾听后心酸不已,又害怕逗留太久会被人发现,应了话后便匆匆离去。

杨沛儿虽说出了主意,但要找的人非亲非故,银子给少了必不可能帮这个忙,就算那八竿子打不着的人答应了,也只能救出杨沛儿一人,这半年来陆续失踪的外地女子,八成都在这青楼里,那些女子又该如何?

陆书瑾气恼自己这些没用的菩萨心肠,一个杨沛儿能不能救出来都未可知,还操心起其他人来了。

陆书瑾虽如此想,心中还是一阵一阵难受,走路时脚步匆匆又心神不宁,在转角处竟猝不及防撞上一人。

他的速度较快,这一下没防备,整个人几乎扑在来人身上,脸撞进了那人怀里,撞得鼻子一阵酸痛,恍然间闻到了一股奇怪的味道。

低廉的香气混杂着浓郁的酒气,其中还带着一丝乌梅的清香。

陆书瑾吓了一跳,赶忙往后退了几大步,揉着鼻子抬头,眼角都有些发红。只见面前这人站在灯下,红色的灯笼洒下温和的光,覆在他的玉冠和青丝上,给奢贵的锦衣披上一层暧昧。

他双手抱臂,似守株待兔有一会儿了,一开口便十分不客气:"书呆子,你跟哪个姑娘私会去了?"

叁 想办法解救杨沛儿

陆书瑾见是萧矜,方才吓得怦怦直跳的心脏慢慢缓和,他揉着发痛的鼻子,心中埋怨萧矜的胸膛像铁板,嘴上却道:"没有啊,我上茅房去了。"

也不知道萧矜怎么脱的身,现下他站在这阴暗窄小的走道中,头几乎要顶到墙边挂着的灯笼,遮住了一部分光。他看陆书瑾的时候,要微微低头垂眼,这样的姿态让他看起来没有平时那般倨傲。

他毫不留情地揭穿陆书瑾的谎话,指了指另一个方向,说:"茅房在那边。"

陆书瑾并未因此慌乱,回道:"前堂吵闹,我便来后院清静清静,所以去那边转了转。"

"你为何要来玉花馆?"这话虽然在门口的时候他就问过一遍,但当时没有得到答案,他就固执地又问一遍。

萧矜不觉得陆书瑾是来当嫖客的,但他觉得像他这种书呆子,很有可能被这楼馆的姑娘骗了心。

这是她们惯用的手段,骗嫖客为自己赎身或是多赏些银钱,手段高明的姑娘甚至能骗得男人倾家荡产。

陆书瑾一看就是涉世未深的少年,萧矜心想,若是他诚心悔过,也不是不能帮这书呆子一把,毕竟陆书瑾也是乔老看重的学生,平日里也算乖巧，说什么便应什么，萧矜自不会让青楼里的姑娘将他骗得团团转。当然，前提是陆书瑾肯实话实说，坦诚相待。

正想着，陆书瑾开口了。

"自然是跟萧少爷一样"，陆书瑾弯起那双黑如墨染的漂亮眼睛，笑盈盈道，"来找乐子的。"

萧矜的俊脸登时一沉，语气已经不大好："找乐子？你浑身上下摸不出十两银子，还敢说是来找乐子的？"

陆书瑾敏锐地察觉到他的情绪不对劲，收了笑意，抿了抿唇，道："若非手头拮据，我也用不着来玉花馆。"

"瞧不出来，你天天抱着干饼啃，就是为了这些事。"萧矜讥诮地笑。

陆书瑾听出他话中的嘲讽，并不在意，与他对视着，忽而心中一动。

杨沛儿现在的希望全在那八竿子打不着的捕快身上，但这事说起来容易，做起来却是很难的。

陆书瑾不知道杨沛儿到底存了多少银钱，更不知道多少银子会让那个捕快赏脸来这里捞人，若是能请动萧矜帮忙，此事必定有十成把握，哪还需要这么麻烦。

陆书瑾乌黑的眼眸轻转，没接他上一句话，而是状似随意道："萧少爷可知这段时间云城一直有外来女子接二连三地失踪？"

萧矜道："知道，又如何？"

"那若是失踪的女子正被锁在这楼馆里，萧少爷可会出手相救？"陆书瑾问。

萧矜眉毛一挑，像是一点儿没有考虑似的，说："你真当爷是菩萨心肠？这云城受苦受难的人那么多，我是不是每个都要出手相救？"

陆书瑾恍然愣住，原本以为萧矜不知道这些事，但从他的反应来看，应该是知道的，甚至有可能就是知晓玉花馆里的姑娘是强行拐来的良家女子，所以才来此处找乐子。如此也说得通，否则他这富贵少爷怎会来如此低档的楼馆。

陆书瑾垂下眼睫毛，也不知为何，心中隐秘之处竟冒出了一丝难以捕捉的情绪。

萧矜见他这副模样，啧了一声，说："怎么着，你还生气了？"

陆书瑾微微一笑，仍是恭恭敬敬地："不敢，萧少爷继续寻乐吧，我还要回学府，便不奉陪了。"

说完，陆书瑾便动身要走。

萧矜觉得话还没问完，不大想让他走，便站着没动，想以此拦住陆书瑾的路。不承想他的身形如此瘦小，从自己与墙壁的缝隙中轻而易举地侧身而过，甚至还撞歪了他的肩膀。他暗想这小子狗胆包天了，于是赶忙跟在陆书瑾后头。

陆书瑾想在学府宵禁之前去沛儿的住处，将那笔银钱取出来，脚步不免匆忙了一些，走到前堂时，忽而被一个人蹭到肩膀。那人摇摇晃晃，像是随时要倒下，陆书瑾还未仔细看，手却先伸出去，将那女子的上半身抱住，以免来人栽倒在地。

那女子模样算得上清秀，此时双颊通红，眼神迷离，浑身酒气冲天，显然是喝醉了。

陆书瑾想到这玉花馆的肮脏手段，不禁有些怜惜这些女子，便体贴地将她扶起来，温声道："你小心，别摔着了。"

那女子醉得迷糊，昏沉着站直身体，冲陆书瑾抿嘴一笑，说："奴家多谢公子。"

陆书瑾道一声"不必谢"，想了想，又添了一句："你喝些兑蜂蜜的水，可快些醒酒。"说完，便抬步离去，绕过乱成一团的大堂，目不斜视地出了玉花馆。

萧矜将这些看在眼里，在后门的位置站了一会儿，老鸨就马上寻来，摇着扇子，把身上的脂粉味儿往空中散开，笑道："少爷可是需要什么？尽管吩咐奴家就是。"

萧矜微微仰头，用眼神一指："那女子唤何名？"

老鸨循着方向望去，说道："这是杏儿，是馆里的年轻姑娘，有个傻大个一直想给她赎身呢。"说着，她招招手，"杏儿快过来，让少爷过过眼。"

名唤杏儿的姑娘正是方才撞了陆书瑾的女子，此刻正醉得蒙眬，却也乖巧地走到萧矜面前，含羞地抬眼看他，而后轻声细语道："公子安好，奴家名唤杏儿。"

萧矜稍稍别过头，看向老鸨没有说话。

老鸨是人精，立即懂了他的意思，往前一步，用暧昧的眼神看他，伸手比了一个数字，低声道："杏儿是在玉花馆里长大的，自小便被培养着琴、棋、书、画样样精通，年纪虽小，但很会服侍人，身子也柔软。一次一百文，一宿三百文。"

萧矜听了这个数，当即没忍住一声哧笑，心道这里的女子廉价到还没陆书瑾的一篇文章值钱。

"账上多记十两，包她四日不准接客。"萧矜道。

一宿三百文，十两包杏儿一个月都绰绰有余，阔少爷才包四日。老鸨顿时笑开了花，用扇子拍杏儿的嫩肩，说："还不快向少爷谢恩。"

杏儿面上的红蔓延到脖颈，软声道："奴家拜谢公子。"

萧矜垂下眼睛，眸光落在杏儿脸上，似在细细打量，心里想的却是，那书呆子好这口？扭扭捏捏，看起来颇为小家子气，眼睛也太小了。

老鸨笑着问："少爷今晚可要留宿？"

萧矜收回目光，摆摆手，说："你这破床板，我睡不惯。"说完，他抬步离去，走到堂中时停下脚步，刚想出声喊季朔廷离开，忽而肩膀被人一撞。

他转眼看去，就见那个二十多岁的高大男人与他隔了两步距离，直直地盯着他。

萧矜如今才十七岁，个子蹿高后便很少仰视别人，但对上这男子的时候，眼睛还得稍抬，心里顿时不爽起来。

那男子没有致歉，挑衅一般就这么盯着萧矜。

上一个这样盯着他的，还是捧着包子站在海舟学府门口的陆书瑾，上一个撞他肩膀的，也是陆书瑾。但陆书瑾身材瘦小，皮肤白嫩，一双大眼睛长得也漂亮，萧矜下不了手，怕打坏了人，而面前这个男子，显然不会让萧矜有那样的顾虑。

他瞥见男子左唇角的那道疤痕，有一刻的停顿。

随后他抬起腿，一脚踹在男子腹部，将人踹得后退了几步，膝盖

077

一软,半跪在地上,接着就是他骂骂咧咧的声音:"怎么着,你的狗眼瞎了?敢往小爷身上撞?"

萧矜虽然看起来年岁不大,身上还带着稚气,但这一脚分量却是实打实的,让青乌在没有防备的情况下硬生生疼出一脑门的冷汗。

这边他一动手,那边几个玩闹的少年也立马收了笑脸,纷纷起身,都是经常跟在萧矜身边的人,对找碴儿相当拿手,当下也顾不得取乐,都围到了萧矜身边。

青乌没想到自己会被一个少年踹得半跪着,但他也不敢在这时候站起来。方才他见杏儿低头含笑,站在这纨绔子弟的面前,才一时间被妒恨冲昏了头脑。现在他脑子清醒了,知道对上这帮穿得富贵的少爷们该有的恭敬还是得有。他只捂着腹部,低头认错:"对不住对不住,小的无意冲撞萧少爷。"

萧矜对他认识自己并不意外,也只有这玉花馆的外地老鸨和伙计认不出他来。城北这一带住的人大多贫苦,萧矜很少来这里,但青乌是闲汉,平日里城北、城南地跑,当然见过萧矜。

他将头压得很低,当季朔廷等人来的时候,根本看不见青乌的脸,所以蒋宿也没认出这个人就是陆书瑾给他的那幅画上的人。

"什么事?"季朔廷站在他边上问。

"无事。"萧矜瞥了青乌一眼,一脚踢过后并不打算再追究,只道,"她们喝了多少银子?账算得清楚吗?"

季朔廷道:"到目前为止,有二十一名女子饮酒,喝了七十九杯,共计七十九两。"

"给一百两。"萧矜撂下一句话,抬步就往外走,老鸨领着一众姑娘开口挽留,一直黏到门口也没能留住散财少爷,眼看着萧矜带着人离去,老鸨懊恼得眼睛都发红了。

楼中统共四十多个姑娘,全拉来喝酒的话,少说也能赚二百多两,却没想到来了一个倒霉蛋,打扰了阔少的心情,硬生生少赚一百两。

她狠狠地剜了青乌一眼,骂得难听:"你是死了爹还是死了娘,来这里败坏我的财运,真是晦气!"

青乌被骂,并未生气,只微微低头道:"花妈妈,我来找杏儿。"

"你倒不如去地府找你老舅娘！"老鸨骂了一句，气冲冲地往回走。

青鸟也赶忙跟上，低声下气道："花妈妈，我帮你弄了人来，去城西躲了六七日，你就让我见一见杏儿吧。"

"什么叫帮我，你那是为了自己。"老鸨压低声音，道，"你就死了这条心吧，杏儿被方才那个阔少包了，这几日都不准接客，谁也不见。"

青鸟急眼了，说："你不是说只要我给你弄五个人来，就将杏儿许给我吗？"

"那你倒是弄啊，才三个就想问我要人？"老鸨恶狠狠地道，"其中一个还咽土自尽，算不得数，你动作若是不快些，那阔少要花钱为杏儿赎身的话，我可不会给你留着！赶紧滚！"

青鸟被骂了一顿，眼看着老鸨拿着银票进了楼馆里，他死死地握紧拳头，眼中的怨恨难以掩饰，直直站了半响，才不甘心地离去。

陆书瑾出了玉花馆后直奔大院，找苗婶拿了钥匙，按照杨沛儿所言，在柜子后头找到了那个木盒。陆书瑾打开木盒，发现里面统共有二十两银子，是杨沛儿的所有积蓄。

这世道人命根本不值钱，二十两银子买个下等奴才绰绰有余，但若是用这些钱去买通捕快，却不知够不够用。

陆书瑾没敢停留，将盒子用一块灰色麻布包起来，从大院离开，回到学府舍房。

陆书瑾将自己的所有存银也拿出来，仔细一数，加起来也不过二十八两。又将这笔钱来来回回地规划，心中已经知道该如何做，但把握却不足四成。

萧矜不愿管这闲事，否则的话，事情就会简单很多，然而陆书瑾没有那个本事让萧矜帮忙，若是在他面前再提一遍，以他那脾气，极有可能当场发疯咬人。

算来算去，陆书瑾只能按照杨沛儿所说的去办。

陆书瑾有个坏毛病，一旦心中有事儿，就难以入眠，所以在床上辗转了大半夜才睡去。

没休息好，第二日看起来自然没有那么精神，萧矜一进门就看到了无精打采的陆书瑾。

他方才也发生了尴尬的事,往日里他是没有上早课的习惯的,但由于甲字堂规矩严格,不允许有人缺席早课,他打定主意先老实几天的,便只能按时来上早课。但今日他起得早,睡意未散,脑子还有点儿迷糊,按照以往的习惯拐去了丁字堂,结果刚进门,那帮小弟一个赛一个地高兴,围在他边上,问他是不是要回丁字堂了,他这才意识到自己走错了地方。

萧矜好面子,当然不会承认自己走错了路,只说回来看两眼,又在众人迷惑不解的目光中离开。

他的心情正不爽,又想起昨夜在玉花馆他那令人牙痒的态度,刚一落座便轻哼一声,说:"一大早你便摆出这副呆瓜模样,扫兴。"

陆书瑾哪里知道他在发什么疯,没搭理他,只将帮他代笔的文章拿出来,说:"萧少爷过目。"

萧矜把这当作对自己的致歉示好,脸色稍微缓和了一些,将东西接过来,粗略地看了一遍,心中尤为满意,嘴上却道:"勉勉强强。"

陆书瑾当然也觉得勉勉强强,这玩意儿写起来根本不费脑子,若真计较的话,还是手和眼睛比较累,毕竟要临摹出这样的字体也得费一番功夫。

将文章交上去后,唐学立却突然走进了学堂。

陆书瑾见到他,心中疑惑,今日应当上裴关所教的明文课才对,唐学立为何会出现在这里?

正想着,就听他扬声道:"裴夫子身体不适,与我的授课对调,现在所有人去皓学阁。"

唐学立极其严厉,授课一丝不苟,学生们都不大喜欢上他的课,一听风趣温柔的裴关夫子来不了,顿时一阵失落,当着唐学立的面又不敢哀号,只好陆续前往皓学阁。

萧矜更为消极,他摇着脑袋,低声喃喃:"糟了,怎么是这老头的课。"

唐学立授礼法,上课地点在皓学阁。

皓学阁没有桌椅,里面摆着一排排蒲垫,两面窗户几乎占了半面墙，上面还挂着细软的纱帘。众人去的时候，两面的窗户都开着，夏风穿堂而过，撩起纱帘轻轻飘荡，晨鸟啼叫的声音忽远忽近。

学生们将鞋靴脱下，摆在门口一层层的木柜里，进去之后，他们按照原本的座位找蒲垫坐下，唐学立坐在正前方的中央，一双如老鹰般的眼睛瞪着，所有人都不敢说话，安安静静地落座。

唐学立先前讲了正坐的礼节，今日他特地盯着学生们的坐姿，一个个看过去，脸上逐渐浮现出满意的神色，直到目光落在萧矜身上。

只见旁人皆上身直立，目视前方，双腿并拢，足背贴地，坐在小腿上，唯有萧矜一人盘着腿，两只手往后一撑，样子十分随性惬意，他的脸当即一黑，沉声道："萧矜，学不会正坐就站着听。"

萧矜暗道一声麻烦，只好正坐，唐学立这才没有继续找他的麻烦。

今日授课的内容是揖礼，唐学立讲课一本正经，枯燥而乏味，即便再有趣的先人事迹，到了他的嘴里也变得非常严肃。即便如此，也没人敢放松精神，皆紧紧地盯着唐学立。

可陆书瑾昨夜没睡好，加之唐学立的声音没有起伏，内容也相当无味，他强行驱赶的睡意很快又袭来，压得眼皮好似有千斤重，意识在不可阻挡的情况下越来越模糊，强撑了许久终于没撑住，闭上了眼睛，就这么坐着打起瞌睡。

萧矜本来觉得无趣透顶，别过头时忽然瞥见陆书瑾正低着头，闭着眼睛，身形不经意地晃动了一下。

虽然这一下晃得很不明显，他又很快就纠正了姿势，但萧矜还是发现了。观察了片刻，他心想这书呆子不会是在打瞌睡吧？

陆书瑾平日里上课眼睛瞪得跟铜铃似的，专心致志地盯着夫子，仿佛根本不会因此疲惫，没想到竟会在唐学立这个老头的课上偷懒睡觉。

萧矜顿时觉得稀奇，他俯低身子，歪着脑袋朝他的脸看去。就见他面容宁静，闭着眼时长长的睫毛乖巧地贴在脸上，浓密而墨黑，嘴轻张着，有一丝不同于平常的憨气。

他俩一人坐得端正却垂着头，一人斜着身子弯下腰，两人这模样立即引起了唐学立的注意，当即怒声道："萧矜、陆书瑾！你们二人在做甚？"

阁内所有学生都在听讲,本十分安静,而唐学立的嗓门又洪亮如钟,这样一喊直接吓了陆书瑾一大跳,猛地从瞌睡中惊醒,一抬头就看到唐学立黑着脸瞪他,学生们也投来疑惑的目光。

进了学府后,夫子们皆因他学习认真、天资聪慧而颇有偏爱,对他说话都是温和轻柔的,这还是头一次被夫子怒瞪着,况且他是真的犯了错,在课堂上公然睡觉。

陆书瑾瞪大了黑眸,惊吓之余赶忙低头认错:"学生知错。"

萧矜却是死猪不怕开水烫,根本不在意唐学立发怒,仍饶有兴趣地打量陆书瑾的神情,觉得害怕的书呆子颇为有趣。

"萧矜!"唐学立见状,果然越发生气,"你若是不想听我授课,日后皓学阁不必再来!"

萧矜一脸无辜道:"先生冤枉,我是真的很认真在听课。"

"你认真听课便是盯着陆书瑾不放,难不成我的课是写在他的脸上?"唐学立十分不留情面地揭穿他。

陆书瑾一听,脸颊立马染上了红色,然后蔓延至耳朵和脖子,在白嫩的肤色上尤其明显,伴着局促不安的神情,相当生动。

萧矜被揭穿,也没有半点儿不好意思,只笑得露出白白的牙齿:"我就看了一眼。"

"课堂上嬉皮笑脸成何体统!"唐学立手中的戒尺狠狠地往桌上敲了一下,发出脆响,"你与陆书瑾上来,将我方才所讲的礼节做给我看!"

陆书瑾惊得眼皮一跳,这才真的慌张起来,他方才在打瞌睡,哪知道唐学立讲的什么礼节。

但唐学立不是其他夫子,认错便能敷衍,在他的课堂上,必须遵守他的规矩,若是放过任何一个犯错的学生,对他来说都是有损威严的,所以即便陆书瑾方才认错很快,也难逃一劫。

陆书瑾心生懊恼,责怪自己不该这样大意,方才就是掐紫了大腿也不该打瞌睡。正想着,萧矜已经站起了身,陆书瑾怕又被责怪,也赶忙跟着站起来,跟在他后面。

两人的身量差了一大截,走在前面的昂首阔步,就更显得跟在后面的陆书瑾弱小无依，他耷拉着脑袋，一副认错悔过的可怜模样。

座前有一片空地，陆书瑾停下之后扫了一眼，见坐着的学生皆盯着他们，一时间更窘迫得手脚不知该怎么摆，便背着唐学立悄悄看萧矜，想先看他如何演示，再偷偷学习。

萧矜立马发现了陆书瑾的意图，装作不知，将双手交叠于身前，躬身弯腰，装模作样地向陆书瑾作揖，头上那顶精致的小玉冠经晨光的润泽，晃了陆书瑾的眼睛。

陆书瑾赶忙依葫芦画瓢，腰刚弯下去，就听见萧矜极轻地笑了一声。

紧接着唐学立的戒尺便狠狠地敲在桌上，生气的声音传来："荒唐，你们这是拜堂成亲吗？"

陆书瑾这才惊觉被捉弄，忙直起身抬起头，就见萧矜站在对面，眉眼带着浓郁的笑意，显然这刻意的逗弄让他很高兴。

陆书瑾心中生气，觉得这个人恶劣极了。

唐学立凶道："时揖是礼节中最为寻常的，你们都还能行错，可见心思皆不在学堂上，过来一人领三板子，回去好好反省！"

陆书瑾转过身，刚想老老实实认错领罚，却忽然听见萧矜在边上说："先生，陆书瑾出身寒门，何曾有人教他这些礼节，我方才见他垂头沉思，想必是在琢磨如何行礼，他这般好学，不该罚板子吧？"

唐学立黑着脸瞥他一眼，怎能不知他话外之意，问道："这么说，你要替他担错？"

"我可没有这么说。"萧矜否认得很快，他停顿了一下，又道，"只是实话实说罢了。"

"过来。"唐学立指着他。

萧矜走过去，熟练地伸出右手，被当众用戒尺打了五下，声音相当清脆。

唐学立又对陆书瑾说："他不能替你担所有惩罚。"

陆书瑾愣愣地走过去，伸出左手，掌心很快就挨了戒尺的打，火辣辣的痛感立即袭来。他瑟缩着肩膀，身体抖了一下，立马缩回了手，用另一只手的拇指轻轻揉着蜷缩起的手指。唐学立收了力道，打得并不算重，疼痛很快褪去，手心只剩一片麻木。

但疼痛还是让陆书瑾的双眸浮起一层雾蒙蒙的水汽，他怯怯地抬眼，去看满脸不在乎的萧矜时，脸颊脖子耳尖都像泡了热水，烫得厉害。

陆书瑾挨了打，领了罚，剩下的时间里，手心都隐隐作痛，他不敢再打瞌睡了，却也没法认真听课，一直心神不宁。

陆书瑾不是没挨过打。还小的时候，姨母对她冰冷而刻薄，她一旦犯错，姨母就会将她的两只手都打肿，而后罚跪。但她聪明，知道犯了错会挨打后，便不再犯，十多年的时间里，她也就挨过几次手板，每次心里都很平静，不再有害怕或是伤心之类的情绪。

但现在手心的麻木和热意让他很难忽视。他十分清楚，萧矜恶劣地逗弄他之后又替他承担了两个板子，纯粹是觉得有趣，就像他在玉花馆花银子让所有姑娘喝酒寻乐一样，毫无理由，可他仍不能集中精神。

萧矜也别过头看了他几回，但次次都见他一动不动地盯着唐学立，像是认真听讲，便收回目光，又觉得乏味了。

下了学，唐学立起身离去，所有学生同时松泛了身体，唉声叹气，谈论着等会儿吃什么或是旁的事。

没几个人再记着陆书瑾与萧矜方才在课堂上挨板子的事，就算记着，也只是觉得陆书瑾是被纨绔少爷拖累了。

陆书瑾坐得双腿麻木，换了一个坐姿缓了一会儿后，刚要起身，吴成运就偷偷摸摸地过来了。

"陆兄，你没事吧？"吴成运一边问，一边朝他的左手看去。

陆书瑾将左手往身后藏了藏，笑道："没什么事。"

吴成运对他深表同情，眼睛里的怜惜都要溢出来了，仿佛在他眼里，陆书瑾就是这天底下最可怜的人了，他低声道："你再忍几日，萧矜那个纨绔定然不会在甲字堂待太久，很快他就会回到以前的学堂去的。"

陆书瑾忙道："你当心祸从口出。"

虽说吴成运平日里啰唆了一点儿，一句话能反反复复地问很多遍，还没眼力见，压根看不出来自己的敷衍，但他到底是这甲字堂里关心他的人,他可不想看到他像刘全一样,被萧矜揍得鼻涕眼泪一大把。

吴成运说完,自己也吓得赶紧捂住嘴回头张望,萧矜已经离开许久,不会听到他方才的话。

"你等着瞧,"吴成运又小声说道,"萧矜肯定撑不过两日后的测验。"

陆书瑾休息好后,与吴成运一起前往食肆。

食肆人多,平日里赶在不早不晚的时候去,连位置都找不到,所以陆书瑾一直都是等一段时间再去,那时有一批人已吃完了饭回舍房休息,位子自然就空出来了。

今天,陆书瑾一进门,就看到了食肆的稀客。

夏季暑气强烈,食肆又蒸煮着热饭,热得像蒸笼,寻常人忍一忍也就过去了。但是萧少爷矜贵,自然不愿忍受这些,所以天热根本不来食肆。许是今日阴雨,凉风阵阵,他倒在食肆用起饭来。

此刻,他正听着旁人说话,面上带着轻笑,挽起的袖子露出白皙的胳膊,衣襟也被随意扯开,半掩锁骨,他还抢了季朔廷的扇子,有一搭没一搭地扇着,将额边的碎发扇得轻轻飞扬。

萧矜那一桌坐满了人,周身一圈也空出大片,旁人都绕着走,以至于他们的位置相当显眼,一眼就能看到。

吴成运瞧见了,因为方才说了萧矜的坏话而心虚,便缩着脑袋,拉着陆书瑾绕了一大圈,赶去打饭的窗口。

陆书瑾已经连续两日啃饼度日,现在他看到饼就没什么食欲,但是为了填饱肚子和省钱,他不会任性行事。

陆书瑾刚摸出铜板要买饼,吴成运就将他拦下,说:"你怎么还吃饼呢?"

陆书瑾转头看他,说道:"价廉。"

"今日你吃米饭吧,"吴成运道,"我给你出钱。"

陆书瑾当然是拒绝,并非他有不受嗟来之食的高洁品质,而是欠了吴成运的人情就要想办法还回去,这一来一回极是麻烦,他不想跟任何人交往过甚。于是婉拒吴成运的好意,买了一个饼走了出去。

萧矜视力好,在人群里看见了陆书瑾,眼睛往那儿瞟了两回,却被季朔廷发现了。

他转头看去，问道："听说你跟陆书瑾今日在课堂上挨板子了？"

"嗯"，萧矜答道，"他胆大包天，在唐学立的课上睡觉。"

"但他只挨打了一下，你挨了五下。"季朔廷说，"当真不是你拖累的他？"

"你也知道，这种书呆子，最受夫子偏爱。"萧矜轻哼一声，目光随着陆书瑾一转，就看到他捧了一个饼离开，于是对身边的人道，"你去那边给我买个饼来。"

他倒是要尝尝什么好吃的饼子，让这书呆子连吃三日。

很快饼子就送来了，到手的时候还热乎乎的，萧矜只吃了一口，就把剩下的丢在桌上，嫌弃地撂下两个字："难吃。"

萧矜觉得，陆书瑾肯定也不喜欢吃这个饼子，因为过了晌午去学堂之后，他发现陆书瑾一边啃着饼一边看书。虽吃得很慢，但是每一口都咬得很大，白嫩的脸颊变得圆鼓鼓的，每一口都要嚼很久，仿佛难以下咽。

萧矜落座后，将长腿一伸，掏出还没看完的《俏寡妇的二三事》。

下午的课上，陆书瑾不管是磨墨还是翻书找东西，皆将左手闲置，像是那一板子打痛了左手，右手闲下来时，还无意识地揉着左掌心。

萧矜在心里嘲笑这个书呆子像姑娘似的娇嫩，就一板子，至于这样？

下了学后，陆书瑾连东西都没顾得上吃，便匆忙回了舍房，将银子放在小书箱里，然后背着小书箱出了学府，去找杨沛儿所说的那位容婆。

陆书瑾上门时，容婆正坐在院中缝衣服，见了陆书瑾，容婆笑着招待他。

所幸容婆是热心肠的人，陆书瑾先是说了自己的难处，想要寻求容婆女婿的好友相助，又拿出一方帕子包的碎银，递给容婆。

容婆推脱了两句，终是应下来，本来说让陆书瑾回去等两日，但陆书瑾怕时间耽搁久了会发生变故，当即求容婆现在就带他去找女婿。

容婆见他模样诚恳，说到可怜处像是要落泪，当下就应了，便锁了门，带他去找女婿。

容婆的女婿是一名姓赵的男子，面相憨厚，听容婆说了来龙去脉后，就收下那一小包碎银，带陆书瑾去寻他那个在捕房当差的好友。

不知道是银子好使还是他们心地好，事情比想象中要顺利。就在陆书瑾暗松一口气的时候，变故出现了。

赵大哥进捕房好一会儿才出来，脸色不怎么好看，陆书瑾一看就知道情况不太好。

果然，他一走近就说："我那兄弟说，这几日城南区突然出现几例无故病死的案子，他们都在忙着办案排查，恐怕没有时间帮你的忙。"

陆书瑾急道："只需要去城北走一趟就行，不耽误时间的！银子……银子我可以再加些！"

赵大哥一脸为难，叹道："小兄弟，不是我不帮你，只是这几例病死案非同寻常，城南区的几个捕房从早查到晚，现在就怕是瘟疫，若真是瘟疫，上头的衙门怪罪下来，他们都要遭殃的，哪有工夫去管别的事，你另外想办法吧。"

陆书瑾不死心，拉下脸又央求了几句，赵大哥却只摇头，最后将那一小包银子还给了他。陆书瑾没有任何办法，只得背着那些银子回了学府。

救杨沛儿之事迫在眉睫，陆书瑾一夜难眠，眼下染上一片乌黑，因着皮肤白，乌黑尤其明显。

第二日一早，他就去丁字堂找了蒋宿，虽然再次麻烦他让陆书瑾觉得自己太过厚脸皮，但还是开口请他小舅帮忙。

蒋宿性子爽快，并未在意这些，只问他是否还是因为之前欠银子的事。

陆书瑾只道："并非，是我想在玉花馆里捞一个女子。"

"你要给青楼的姑娘赎身？"蒋宿大吃一惊，伸长脖子左右望望，将陆书瑾拉到一旁，小声道，"这种荒唐事萧哥都做不出来，你为何想不开？"

"此事复杂，我一时半会儿说不清楚，还需让我与蒋兄弟的小舅见一面才能详细说明。"陆书瑾没有说太多。

蒋宿应了此事，说今晚回去就跟小舅说，成或不成，明日就能给回复，陆书瑾也只能先回去等消息，若是蒋宿的小舅也帮不了忙，陆书瑾真不知道还有什么方法能够救杨沛儿。

整个上午，陆书瑾都像蔫了的花似的，垂着头时不时长叹，引得萧矜频频注目。

这件事蒋宿还没来得及跟小舅说，倒是晌午下学来找萧矜的时候，嘴上没把门，先将此事说了出来。

"他想从玉花馆里赎一个女子？"萧矜亦惊得睁大眼睛，他是真没想到被夫子们偏宠的陆书瑾胆子这样大，还敢做这种事。

"他瞧上谁了？"季朔廷也倍感疑惑，"玉花馆里并无容貌绝佳的姑娘啊。"

萧矜想到那个眼睛不大，身量矮，喝醉时脸红得跟猴屁股似的，名叫杏儿的女子。难不成陆书瑾是为了她？

他又想起这两日陆书瑾低着头蔫蔫儿的模样，不知为何，竟有些生气，他苛刻地批评道："这陆书瑾凭何考取功名？满脑子尽想着姑娘去了，色胆包天，心术不正。"

季朔廷难得没笑，摇着扇子想了一会儿，正经道："要不咱们顺道帮他一把？反正那玉花馆也留不了。"

萧矜瞪着他，说："帮他一把？让他抱着姑娘一头扎进温柔乡里，醉心色欲？那乔老还不得掐死我？"

"这小子看起来老实，没想到花花肠子不少，先前发觉我看《俏寡妇二三事》的时候，还露出嫌弃的神色，惯会装模作样。"萧矜仍在骂骂咧咧。

季朔廷道："行了，既然你不打算帮他，还骂他做甚，由着他去呗。"

"谁说我不打算帮他。"萧矜目露寒光，冷声道，"我不但要帮他，还要让他的脑子彻底清醒。"

另一头，陆书瑾艰难地啃完了今日的饼，转头看了眼窗外飘着乌云的天，也懒得回舍房，直接趴在桌上打盹睡。

晌午，甲字堂偶尔也会有留堂看书的人。海舟学府的学生或多或少都有些家世，但大多勤奋好学，满心想着考取功名、光宗耀祖的，甲字堂里的学生更甚。

这会儿堂内相当安静,偶尔有翻书的声音,陆书瑾就在这细微的声音中缓缓睡去。或许是这几天一直忧心杨沛儿的事情,睡得并不安稳。她梦到那个乌云密布,下着滂沱大雨的夜晚,身边唯一的丫鬟推开了门,哆嗦地拉着她的手,对她说:"小姐,你快逃跑吧!"

那日雷鸣不断,在天空砸下一声比一声高的巨响,陆书瑾就在狂风和大雨中出逃了,离开了生活了十几年的姨母家,自那以后,陆书瑾几乎没有睡过安稳觉。

"喂。"当陆书瑾被阴霾的梦境困扰的时候,手臂忽然被推了一下。

陆书瑾当即就醒了,从臂弯里抬起头,不大清明的眼睛向旁边看去,就看见萧矜坐在身边,手里正拿着一个红彤彤的水果,外壳一剥开,就露出里面白嫩嫩的果肉,空气中泛起一股清甜的香气。

陆书瑾没见过这种水果,但他读的书多,曾在书上看过有关荔枝的介绍,此刻看到萧矜手中的水果特征与荔枝吻合,当即猜出来是什么。这玩意儿无比稀少,向来是给皇室的贡品,光是有钱也不一定吃得到。

陆书瑾看了两眼,将目光移开,说:"萧少爷唤我何事?"

萧矜剥开一颗荔枝塞进嘴里,含糊地问道:"你要从玉花馆里捞人?"

陆书瑾听后,先是吃惊了一下,随后想到蒋宿整日跟在萧矜后头,把这事告诉他也属正常,陆书瑾敛了敛神色,道:"确有此事,不过此事没那么简单,还望萧少爷莫要告知他人。"

"你找蒋宿的小舅帮忙,没什么用。"萧矜咬着荔枝的果核,口齿有些不清楚,"你要从青楼赎人,少说也需要一百两,钱不够,就算你把官老爷请过去也带不走人。"

这正是陆书瑾一直忧心的事,他现在手上统共只有二十八两银子,蒋宿的小舅会为了这些钱得罪长青区的捕头吗?就算他愿意帮忙,至多也就让玉花馆卖个面子,将杨沛儿的卖身契卖给他,但二十八两哪够买一张卖身契。

陆书瑾没吭声,垂下眼睫,掩住了眸中的情绪,萧矜从斜上方看去,仍旧能看到他眉头间隐隐的忧愁。

萧矜让他想了一会儿，然后将口中的果核吐到盒盖里，说："我倒是可以帮你。"

陆书瑾倏地抬眸看他，眼睛似乎覆了一层光，"萧少爷愿意帮我？"

"自然不是无偿帮忙。"萧矜说。

"我身上只有二十八两余七百文。"陆书瑾赶忙说。

数值如此精确，像是数过很多遍得出的结论，萧矜顿时吃了一惊，把原本想说什么都忘记了，"你所有的银钱？"

陆书瑾点头后，说："其中二十两还是我借了旁人的。"

"你全部家当只有八两银子？"他的声音里满是震惊，他将陆书瑾看了又看，这才发现他穿的粗麻布衣是街边最低廉的店铺所卖，长发用一根灰色的发带绑着，全身上下找不出一个值钱的东西，显然陆书瑾这个寒门学子比他想象中的要贫困得多。

"八两七百文。"陆书瑾纠正。

许是因为他平日里安安静静，皮肤白嫩眼睛明亮，总是把自己收拾得干净，所以让人根本留意不到他这样穷苦。

难怪他之前偷瞄他撂在桌上的那盒葡萄，恐怕是没怎么吃过但又嘴馋，最终却碍于面子没有开口讨要，萧矜越看越觉得他那张小脸上写了"可怜"二字。

陆书瑾见萧矜好一会儿没说话，担心他反悔，顿时懊恼自己不该多嘴，连忙说："若是银钱不够，我还可以去借，萧少爷只管告诉我多少银钱够用就是。"

看着他急切的样子，萧矜一时又气又想笑。怎么这人都穷成这样了，脑子里还想着青楼里的姑娘，如此执迷不悟。

他很是纳闷，说："你就这些银子，就算真的把人买出来，往后拿什么吃喝？"

虽说如此，但银钱哪有人命重要，钱没了总有办法再赚的。

陆书瑾连道两声："无妨，无妨。"

萧矜又剥了一颗荔枝，没再深究，说道："我不需要你花银子，明日的测验你帮我应付过去，我就帮你去玉花馆捞人。"

"当真？"陆书瑾一喜，但是很快面上浮现迷惑，"我如何帮你应付测验？"

甲字堂每隔半月会有一次测验，测验的主要内容是明文，主考八股文、策论，抑或夫子自己出的题目，并不算什么重要的考试，但这算是开课之后的头一次测验，乔百廉比较重视，会亲自来监考。

萧矜本打算在测验之前就回丁字堂的，但乔百廉看出了他的心思，直接挑明了让他参加这场测验，若是不通过就不准回去。为此，他颇为头痛。

他说："你帮我写。"

"可是一场测验的时间不够写两份答卷。"

"那你就写快点儿呗。"萧矜显然不考虑这个问题，只道，"能不能做你自己考量，我不管这些。"

"能，"陆书瑾哪还会纠结这些，莫说是写两份答卷，写四份他也要争取一下，于是想都没想就答应道，"我能做到，还请萧少爷帮帮忙。"

萧矜勾着唇笑了一下，眉毛轻扬，说："自然。"

陆书瑾虽然面上没有表现出来，但是心中欢喜极了，他知道萧矜若是出手，救出杨沛儿一事就是十拿九稳了，哪怕帮助萧矜在测验上作弊一事有违品德，也计较不了那么多了。

萧矜带来的荔枝吃了半盒就觉得腻了，剩下的就搁在桌子上，一整个下午都没往那儿看一眼。他是不在意的，但是作为同桌的陆书瑾心里却纠结得不行。记得上次那盒葡萄也是如此，这含着金汤匙长大的小少爷压根不在乎这些，喜欢吃就吃，不喜欢吃就扔，不管这些价值几何或是多么珍贵。

当陆书瑾第十次朝盒子里的荔枝看时，已是临近下学的时间，夫子已经提前离开，让学生自行学习。

陆书瑾知道下学钟声一响，萧矜又会像上次一样，对这盒水果不闻不问，直到第二日再扔掉，上回是葡萄，这回是荔枝。

"萧少爷。"陆书瑾到底没忍住，压低了声音唤他。

萧矜看书正看得出神，听到声音也只将头微微一偏，说："嗯？"

"这些你不吃了吗？"陆书瑾指着荔枝，小心措辞，"夏季炎热，荔枝本就珍贵，若在这里放一夜，明日就不能吃了，与其白白浪费，倒不如……"

陆书瑾想说倒不如拿出去分给那几个整日围着他的小弟，但话还没说完，外面的钟声就响起了，已经到了下学的时间。

萧矜从书中抬起头，往窗外看了看，一边合上书一边站起身，舒展了一下肩膀，才转头看他，浑然不在意道："那你拿去吃了吧，你若吃完，便不算浪费。"

说完，便迫不及待地抬步走了，夫子没在学堂，下学钟声一落下，他便是第一个走出门去，跟忙着出狱似的。

陆书瑾的目光跟随着他的背影，直到他的背影消失才收回，陆书瑾盯着荔枝发愣。

学堂的人陆续离开，待人走得七七八八后，陆书瑾才回过神，开始收拾桌上的东西。从不接受旁人的施舍是她在姨母家养成的习惯，哪怕日子再苦，咬咬牙挺一挺就过去了，她的脊梁骨仍是硬的。

但这种情况不算，陆书瑾帮萧矜将笔墨纸砚归整好，收拾干净，那几颗荔枝就是他应得的报酬，不算施舍。他一边清理萧矜的桌子，一边想着。

最后那几颗荔枝被他拿走了，路上没忍住吃了一颗，果肉洁白而汁水充盈，入口尽是清甜的味道，没有半点儿酸涩，陆书瑾决定封荔枝为世间最美味的水果，葡萄次之。

由于萧矜答应帮忙救杨沛儿，陆书瑾这一晚睡得很香甜，第二日也起了个大早，出门的时候天还亮得不明显。

到甲字堂的时候，堂中还有一些昏暗，他从门后的柜子上取了一个烛台，刚点亮，一转身，就看到自己的座位上站了一个人，当下被吓了一大跳。

陆书瑾定睛一看，惊讶道："吴成运？"

"你来这么早啊？"吴成运挤出一个尴尬的笑容。

陆书瑾对他站在自己的座位上非常不解，刚想问，就见萧矜的桌上有一本书摊开了，显然是吴成运拿出来的："你在做什么？"

吴成运挠了挠头，像是很难启齿，支支吾吾道："我……这两日我见萧矜上课都在看书，就好奇他在看什么。"

陆书瑾沉默了，烛台搁在桌子上，烛光照亮书面，他的眼力是好的，只往下瞟一眼就看到其中一句：插手红裈，交脚翠被。两唇对口，一臂支头。

陆书瑾的眼睛像被烫到了似的，马上转移视线，耳根也烧起来。他绕到自己的位置坐下，语气也不大好："你别动他的书，若是他知道了，会发脾气。"

吴成运赶忙应了两声，将书合上后放回原处，匆匆离开。

陆书瑾翻开书愣神许久，脑子里都是方才在萧矜书里看到的那句话，无论如何都集中不了注意力，直到天色大亮，学堂里的人增多，才平复了思绪。

上课钟响前，萧矜携着一阵夏风进了学堂，学生们的讨论声瞬间压低不少，陆书瑾听到动静，抬起头，就见萧矜拿着一个串了红绳的翡翠玉雕，慢悠悠地往座位走来。他的步伐缓慢，好似很不情愿来学堂念书。

陆书瑾一看到他，又想起方才好不容易忘掉的那两句话，热意一阵一阵往脸上涌，陆书瑾低下头，专心驱逐杂念。

萧矜坐下来，将翡翠玉雕捏在手里把玩，同时把书拿出来，只看了一眼动作就顿住了，转头瞥向陆书瑾，就见他低着脑袋，露出侧脸，淡淡的红色从耳根往上染，眼睛也直直地盯着书上的某一处，一脸强装镇定。

"你……"萧矜刚出声，陆书瑾的身体就几不可察地僵硬起来，而后听到他问："你动我的书了？"

陆书瑾这时候还算镇定，说："昨日下学后，我整理了一下桌子。"

"你知道我不是这个意思，"萧矜微微挑眉，往旁一凑，声音几乎送到陆书瑾的耳朵里，低沉得很，"你翻开书看了，是不是？"

陆书瑾没吭声，也没敢抬头去看萧矜的眼睛，更没有说是吴成运翻开的。萧矜这脾气，若是知道了是吴成运翻他的书，指定要动手打人。

"你看了哪个部分？"萧矜没得到回答，也没有就此罢休，追问道，"是燕儿被王三郎压在了麦田，还是被李秀才扛去了床榻……"

"都没有，"陆书瑾只觉得他的脸像是被点燃了似的，再听不得萧矜说一个字，匆忙打断，并否认道，"我没有看。"

萧矜看着他的侧脸，白皙的脸染上火烧云一样的颜色，从脖颈往上晕开，耳尖都是通红的，这青涩害羞的反应只让他觉得有趣极了。

大小伙谁还没看过几本话本？季朔廷七岁就拿着这种话本往他家跑，被萧云业翻出来之后，两个人一起在院中罚跪。而陆书瑾却像是完全没有接触过这种东西，一说就脸红，敛起那双漂亮的眼眸，不敢抬头看人，直往龟壳里缩，就这还要去青楼赎人？

萧矜逗他："你喜欢看早说啊，何须偷偷摸摸，我给你带几本就是了。"

陆书瑾想把耳朵塞住，窘迫地握紧了拳头，非常果断地拒绝："我不看！"

"当真不看？"萧矜凑近了，唇角压着笑意，歪着头看他，哼了一声，装模作样地批评，"好哇，你小子就是嘴上假正经，又逛青楼，又偷看我的书，心思根本不在读书上。"

陆书瑾觉得自己冤枉死了。

乔百廉一进来就看到这样的画面。

晨起，阳光从大开的窗子洒进来，堪堪爬上桌角，正好落在萧矜雪白的衣衫上，上面以金丝所绣的花纹在光下闪着微芒，腰间的玉佩坠着黑色长穗，手上把玩的翡翠玉雕也在桌上投下长影，他全身上下哪怕只是衣襟旁的一颗盘扣，都是奢贵的。

而陆书瑾则一身深灰色布衣，长发用黑色发带竖起来，绾成发包，散下来的些许碎发为红透了的耳朵脸颊做了一些遮挡，腰带是杏色的，也是他身上唯一比较亮的颜色，脚上是黑色的布鞋，很干净，鞋梆是白色的，除此之外，他身上半点儿别的装饰物都没有，加之晨光被萧矜完全挡住，他仍坐在阴影里。

朝阳似将两人分割，一人锦衣华服，一人麻衣布鞋，形成无比鲜明的对比，恍若云泥之别，却又在同一个学堂里，坐在同一张桌子前。

萧矜此刻正斜着身子歪着脑袋，笑吟吟地看着陆书瑾，距离如此之近。陆书瑾却红着脸低着头，身子微微倾斜，往旁边缩去，摆明了一副被欺负的样子。

"萧矜！"乔百廉立即出声制止，"坐有坐相，歪身斜眼成何体统？"

萧矜只好歇了逗人的心思，坐正之后，将书合上，随手撂在一边，嘴角的笑意却久久不散。

陆书瑾只觉得这时候出来解围的乔百廉简直是再世父母，让他大大地松一口气，他用手背贴了贴滚烫的脸颊，在心中呐喊，萧矜真的好难对付，他没见过这样的人。

上课钟敲响，乔百廉开始授课。一整个上午，陆书瑾的头都没往旁边偏一下，除了看乔夫子就是盯着书。

下学之后，陆书瑾迫不及待地追了出去，拿请教夫子当幌子，生怕萧矜再追问自己是不是喜欢看那些乱七八糟的书。

乔百廉对陆书瑾一如既往的温和，先是耐心地解答了他的问题，确认他听明白之后，这才聊起了其他的。

"近日你与萧矜坐在一处，他可有欺负你？"

陆书瑾摇摇头，说道："萧少爷并未如传言中那般顽劣，他乐善好施，读书刻苦，慷慨大方，并不难相处。"

乔百廉听后非常惊讶，说："你说的当真是萧矜？我怎么不知道他还有这些长处？"

陆书瑾道："当然。"

乐善好施，他拿着一千两银票去玉花馆散财，想出让姑娘喝一杯酒就给一两银子的馊主意，拿钱不当钱；读书刻苦，除了乔百廉的课，其他夫子上课时，他都捧着《俏寡妇的二三事》看得头都不抬一下，下课时还抱怨脖子疼；慷慨大方，在得知他的话本被翻过，且认定是陆书瑾做的后，他慷慨地表示可以带几本话本给自己。

乔百廉一脸赞许，拍了拍他的肩膀，笑道："我听其他夫子说了，萧矜这几日的表现确实是好的，定是有你大半的功劳，倒是劳累你了。"

"不敢称劳累，"陆书瑾说，"学生只是做了应该做的事。"

他道："下午的测验你要认真对待，让我看看你在学府学习半月可有长进。"

陆书瑾道："学生定当全力以赴。"

乔百廉满意地离去，甚至高兴得想哼一首小曲儿。

陆书瑾照例去食肆买了一个饼，回到舍房，边看书边吃。

这饼子是真的无味，且有些硬，需要嚼上很久才能下咽，陆书瑾心中颇有抱怨，想着把杨沛儿救出来之后，他就奢侈一下，去吃点儿好东西，至于赚钱的法子，日后再想。

陆书瑾是真怕了萧矜，在舍房里躲到临近上课，才去了学堂。

下午的测验，统共两个时辰，由乔百廉监考。

进学堂之后，他把旁的东西全部收到书箱里，挂在桌子旁边，整个桌面就摆着笔、墨、纸、砚，整洁干净，与萧矜的桌子形成对比。

萧矜也不知道在哪里被乔百廉逮到了，领着他一起来的学堂。虽说乔百廉大部分时候都板着脸训斥萧矜，可这却是很多学生都望尘莫及的特殊对待。在乔百廉的眼中，其他学生只是学生，只有萧矜是自家孩子。

萧矜跟乔百廉笑着说了两句话，就往自己的座位走去，他把桌上的东西随便一拢，扔进书箱里，坐下来时语气随意道："你写的时候动笔快点儿，若是时间不够，我的测验没有通过，那忙我可帮不了。"

陆书瑾知道他说的是作弊一事，心中不免开始紧张，抿着唇微微点头。

虽说为了救杨沛儿可以舍弃这点儿品德，但真做起来还是一个巨大的考验，毕竟以前陆书瑾从未做过这种事。

许是看出了他的紧张，萧矜好心安慰了一句："你按我说的做就好，若是被发现，你就往自己身上揽。"

萧矜的名声早就一塌糊涂，多一条少一条罪名没什么要紧，他自然不是真的想把错误推到陆书瑾身上，就是觉得逗一逗这个书呆子颇为有趣。

陆书瑾惊得瞪大了杏眼，说："会被发现？"

萧矜想了想，说："如果你够机灵，应该就不会。"

陆书瑾想，他当然够机灵，若是在这张桌子上非要找一个脑子不好使的人，那必定是萧矜。

他没说出口，只低低应了，继而钟声一敲，乔百廉在台前说出了测验的题目，是写一篇关于治理水患的策论。

水患是天灾，自古便是难题，多少明君对此都束手无策，陆书瑾先前读过很多相关书籍，思考了片刻，就开始动手答题。

学堂里安静下来，所有学生皆低头作答，就连萧矜也拿起笔装模作样。

陆书瑾想着要写两篇文章时间紧凑，下笔的速度不免快了一些，时间过半的时候，他就已经把自己的那份写完了，随后舒了一口气，搁下笔，揉了揉发酸的手腕，转头去看萧矜。

萧矜发现他写完后，微微别过头，从自己乱写乱画的纸下抽了一张新纸，小声说："我们交换。"

陆书瑾下意识地抬头去看乔百廉，心中又开始紧张，如同擂起大鼓，深呼吸了三次后才迅速出手，与萧矜配合得非常默契，将纸张互换。换完纸后，陆书瑾压根不敢抬头去看乔百廉，也不敢动，在周围没有别的声音后，才提笔为萧矜答考卷。

相比陆书瑾的做贼心虚，萧矜就显得从容多了。他低头看着他的策论，甚至还能嘴欠地点评一句："你与俏寡妇治理水患的水平倒不相上下。"

陆书瑾这边心惊胆战地帮他写策论，却得到这样一句话，实在没忍住生气，别过头瞪了他一眼，哪知他把这一眼接了个正着，微微怔住。

他觉得奇怪，不是没有男子瞪过他，但那些人在生气下的瞪视多夹杂着痛恨和愤怒，是一种很强烈的情绪，但陆书瑾的这一眼却莫名带着娇气，像是姑娘的嗔怪。

萧矜收回目光，琢磨了一下，觉着许是陆书瑾太过白嫩瘦小，跟个小姑娘似的，就算是生气瞪人，也没有气势。随后他又想，这书呆子胆子真是越来越大了，竟然敢瞪他了。

陆书瑾哪知萧矜想那么多，现在他只想赶紧把他的答卷写完，反正他肚子里的墨水少之又少，随便写些废话应付就行。

但没想到就在他快写完的时候，坐在前头的乔百廉却忽然动身，站起来活动一番，这一下可把陆书瑾吓死了，僵直了身体不敢动弹，用余光去看乔百廉。

097

这时候萧矜低低的声音传来："糟了。"

陆书瑾心中咯噔一响，紧接着就看到乔百廉从台上走了下来，挨个儿看学生们的答卷。

萧矜小声说："他定然会着重看你的，待会儿在他转身的时候，咱俩把答卷换回来。"

陆书瑾手里这份答卷是仿着萧矜的字体写的，乔百廉只要看一眼就能立即发现，只有在他转过来之前换回去才行。

陆书瑾在紧张的时候有个下意识的小动作，紧咬着下唇，即便是相当用力，也感觉不到，他低着头，用余光盯着乔百廉。

就在乔百廉走到最后面，背过身去看另一排学生的答卷时，萧矜动作飞快，从他的笔下抽走了纸，再将他的答卷扔回来，来回不过一眨眼的时间。

陆书瑾赶紧拿好自己的答卷，不过他仍处在紧张和害怕中，没缓过来。

这时，斜后方突然传来严厉的声音："萧矜，陆书瑾，你们二人在干什么？"

陆书瑾本就在做亏心事，紧张得不行，听见这道声音的一瞬间，整个身子猛然抖了一下，被吓得一个激灵，笔也脱了手，落在桌子上，在答卷上染上一片墨迹。

紧接着所有学生同时抬头看来，乔百廉也被吸引了注意力，朝窗外问道："唐夫子，发生了何事？"

原是陆书瑾和萧矜这样不凑巧，撞上了唐学立来考场巡查，他看到两人交换考卷的行为，这才厉声喝止。

唐学立拧着眉怒道："你们二人站起来，告诉乔老，你们做了什么！"

陆书瑾一下就站了起来，脸更是红了个彻底，萧矜面色如常，但是态度也算端正，也跟着站起身，只是两人都没有开口。

唐学立从窗边离开，从前门进来，说道："他们交换考卷，正被我看见。"

乔百廉一听，当即绕过来站在陆书瑾前方，严厉地道："当真如此？"

陆书瑾自打进了学府，每回看到乔百廉的时候，他脸上都是温和的笑容，跟关爱孩子的长辈似的，说话也轻声细语，从不曾像训斥萧矜那般训斥他。也正因为如此，陆书瑾听了他的质问才更不敢开口，心中既害怕又羞愧，无颜面对乔院长的厚望。

乔百廉道："陆书瑾，你来说。"

他当然不是在质疑唐学立的话，问这一嘴不过是要陆书瑾亲口承认。

陆书瑾这才抬起头，下意识朝萧矜看去，乌黑的眼眸亮盈盈的，盛满了一层水润。

萧矜眸色一沉，刚想说话，却听他低声说："学生愧对夫子厚望，一切皆由我所为，与萧少爷无关。"

正如他先前所要求的，若是被发现，皆由陆书瑾自己揽去。

他的话音刚落下，萧矜就立马开口："不关他的事，是我……"

"你闭嘴。"乔百廉却打断了他的话，"你们二人同错论处，这场测验作废，改日重考，现在去门口罚站！"

接下来就没什么好说的了，测验还要继续，当着这么多学生的面，乔百廉不会偏袒任何一人，只让他们先去门口罚站。

陆书瑾耷拉着脑袋，跟在萧矜身后出了学堂。唐学立接替监考，乔百廉则出来训斥两人。

"如今你的胆子越发大了，写一篇策论能累死你？"乔百廉一出来，就对着萧矜道，"海舟学府的测验你能用这个方法蒙混过去，日后科举去了殿堂，你还能如此？朽木不可雕也！"

萧矜像往日一样，说："先生，我知道错了。"

"你回回都说知道错了，下次还是犯错，现如今铁刀都刮不动你的脸皮，我治不了你，等着你爹回来治你！"乔百廉恨声道。

"别啊，我爹忙于官场，哪有闲工夫管我。"

"再不管你，你这萧家唯一的嫡子就彻底废了！"乔百廉道，"今日我便修书给他，让他好好收拾你。"

萧矜呱呱嘴，刚想说话，身边却传来低低的啜泣声，他惊讶地转过头,就见陆书瑾正在用袖子擦眼泪,脸颊眼角红成一片,他小声地吸着鼻子哭泣,像是在极力压制哭声。

陆书瑾并非害怕受到惩罚,只是从小到大,从不会有人将期盼的目光落在她的身上。姨母刻薄,表姐妹冷漠,那些人对她唯一的要求就是模样出落得漂亮,聘礼能够谈个好价钱,姨母对她也只是将吃穿备好,多余的关心从来没有。

乔百廉打一见到他,就像一位温柔的长辈,每次看向他的目光都充满赞许和鼓励。见惯了冷眼与无视,这样少有的温暖目光让陆书瑾充满干劲,所以他认真听课,挑灯读书,想以此回应夫子们对自己的期望。如今做出了这种事,陆书瑾怕那些鼓励的眼神变成失望的眼神,更怕萧矜就此毁约,不帮自己救杨沛儿,怕自己搞砸所有事。

乔百廉见他这副可怜模样,也不免心疼,叹了一口气,道:"书瑾啊,你别害怕。"

陆书瑾抬起头,带着浓浓的哭腔,低声道:"夫子,学生有错。"

"我知道错不在你,这小子什么性子我能不清楚?此事定然是他强迫你而为之,不能怪你。"乔百廉说,"但你考场助萧矜作弊,又在众目之下被抓,此事若不罚你,难以服众,你要与萧矜同受处罚。"

陆书瑾讷讷道:"学生甘愿受罚。"

"你们二人先在这里站到下学,待常假之后再领他罚。"乔百廉说完,狠狠地瞪了萧矜一眼,指着另一处,语气大变,"你站到那边去,离书瑾远一点儿。"

萧矜听话地走到另一边,隔了十来步的距离站定。

乔百廉离去后,两人就站在门外,偶尔听别的学堂传来朗朗读书声。

他们没站一会儿,下学的钟声就传来了,在院中回荡。

站在旁边一直默不作声的萧矜在钟声敲响的第一下就转身离去,陆书瑾看到了,也连忙跟上,他的腿不及萧矜的腿长,步伐也小,快速小跑了一段,追上他的时候,着急之下拉了一下他的手。

萧矜手指修长,手掌干燥温暖,并不柔嫩,在陆书瑾拉住他的一刹那,他立即停下脚步,别过头看他。

就见陆书瑾又密又长的眼睫毛上还挂着细碎的泪珠,被金灿灿的夕阳笼罩着,泛着似有似无的光芒,光落进他的眼睛里,那双墨染一般的眸子没有以往那么黑了,经泪水一洗,更加明亮。

"对不住。"陆书瑾握紧他的手,生怕他甩手离开,紧张地盯着他的眼睛说,"你之前答应我的,还作数吗?"

萧矜看着他,心里清楚那句对不住应该由他来说。

"作数。"他似乎没察觉自己声音的柔软,缓声说,"你戌时去玉花馆等着我。"他抽出手,继续往前走着,走了几步却又停下,转身对他凶道,"你不准再哭了,旁人看了还以为是我欺负你。"

"啧,畜生啊。"季朔廷摇头叹息,"你自己当个废物也就罢了,拉上陆书瑾做甚?前两日他才因你挨了手板,今日又遇到这事,夫子岂能轻易放过他?"

萧矜面上没什么表情,他伸展双臂,身边的两个随从正将茶白的织锦外衣套在他身上,稍一抚平,上头金线所绣的花纹在灯下泛着光。

"我已经跟乔老解释清楚。"他慢慢地说道。

"当着那么多人的面被抓起来,就算是解释清楚,他一样要受罚。"

萧矜微微仰头,自己动手系衣襟的盘扣,说道:"我的书被翻过了,甲字堂不干净,只能委屈他跟我演一场。"

"你知道是谁吗?"季朔廷摇着扇子问。

"不知,"萧矜说,"但是陆书瑾知道,我现在还不能问,会打草惊蛇。"

"会不会那个人就是陆书瑾?"季朔廷想了想,说,"他先前不就用你做局?这点就很可疑。"

萧矜此时已经换好了衣裳,茶白的锦袍极衬他的肤色,加之身量高挑,一张脸生得相当俊美,虽说平日里没个正经,但到底是名门望族出生的嫡子,与街头的地痞无赖有着天壤之别。

他走到季朔廷身边,一抬手就将他的白玉扇子夺过来,一副世家子弟的模样,说:"他是干净的。"

"人模狗样,也不怪你的名声都臭成那样,还有瞎了眼的姑娘要与你定亲。"季朔廷哼了一声。

季朔廷在这方面一直是很不服气的。季家在云城也是数一数二的大族，再加上他为人斯文、模样周正，除却"整日跟萧家小浑球厮混在一起"这一条缺点，便没什么难听的名声，怎么这城中的姑娘一个接一个地向萧矜示爱？

萧矜觑他一眼，似乎不大想搭理这种话题，说道："走吧，去玉花馆。"

陆书瑾因为心里着急，没到戌时就来了玉花馆。虽说今日作弊被抓一事让他心情低落，但当务之急还是先救杨沛儿，好在萧矜还有一点儿信守承诺的良好品德，让他受到不小的安慰。

夜幕下，云城比白日里看起来更为繁华，即便是城北这种人和外地人的聚集地，街道上也是张灯结彩，吆喝买卖声此起彼伏。

若是赶在平时，碰上这等热闹的街景，陆书瑾肯定要去逛一逛的，哪怕他手里压根没有几两银子，买不了什么东西。可惜，今夜他要办正事，只好目不斜视，从街道上穿过来到玉花馆。

玉花馆的门口照例站着几个招揽客人的女子，见着陆书瑾后就往他脸上甩手帕，低廉的香气扑鼻而来，让他边往里面走边打了一个喷嚏。

这次来，这儿倒是与前几日的场景不同了。大堂中央的圆台被艳丽的纱帐笼罩着，一层一层地叠起来，看不清里面的情况，大堂的北角还有个方角台，台上的姑娘伴着丝竹管乐舞动着婀娜的身姿，下头围坐着一圈男人，他们拍手叫好，场景极为热闹。

"小公子，住店还是寻乐啊？"龟奴很快迎上来招待他。

陆书瑾指了指北角，问道："为何今日都到那儿热闹去了？"

龟奴笑道："今儿有少爷包了馆里二十个姑娘轮番在台上起舞，还说待姑娘们跳累了，便挑着赏给台下坐着的客人们，小公子，你也可以去瞧瞧热闹，遇上慷慨的主儿，算是今日走运。"

陆书瑾一点儿也不觉得走运，甚至有点儿犯恶心，他不大想去凑这个热闹，但眼力极好的他，在人群中似乎看到了杨沛儿的身影。

为解心头疑惑，他应了龟奴的话，走去了北角。方角台附近的男子大多是席地而坐，当中摆了一把椅子，其后站着一群男人，那椅子上坐的人，估计就是那位慷慨的少爷。

陆书瑾随意扫了一眼，在男人们高昂的欢呼和口哨声中，他从后方绕到了斜角处，就见方角台的后头站着七八名女子。

其中一个女子身着水青色纱袖长裙，面上描眉敷粉，虽是浓妆艳抹，但陆书瑾还是能够认出她是杨沛儿。

杨沛儿看起来心神不宁，愣愣地站在最后面，并不与旁人交流。

陆书瑾没急着去找她，先是在周围观察了许久，发现老鸨正忙着介绍台上的姑娘，下方一圈男人也看得正起劲儿，倒是没人注意到斜角后方。

他小心地绕过去，站在杨沛儿身后不远处，小声唤道："沛儿姐。"

杨沛儿听到声音，惊讶地转过头，就看到陆书瑾突然出现，她吓了一跳，连忙东张西望，随后推着他往旁边走了两步，急道："书瑾，先前我求你办的事如何？那捕快答应出手相助吗？"

陆书瑾想说他根本连那个捕头的面都没见到，更别说答应帮忙了。

"没有。"陆书瑾说。

杨沛儿脸色一白，说："那捕快是嫌弃银子少还是什么？玉花馆比你想象的要危险，若无人相助，根本救不出我，还会把自己搭进来，趁还没人发现你，快些离去！"

陆书瑾察觉到她害怕的情绪，说道："沛儿姐，你先别急，那捕快虽然没有答应帮我们，但我请了别人帮忙，并非我自己一个人。"

"你请的是何人？可有把握？"杨沛儿压低了声音，说道，"我今日才发现玉花馆恐怕没有我先前猜的那么简单，似乎不是简单地与捕房勾结。"

陆书瑾想起了萧矝，点头道："有把握的。"

杨沛儿满脸担忧，并非她怀疑陆书瑾，而是陆书瑾孤身来到云城，住在租赁的大院里，鲜少出门。当初杨沛儿就是看他年纪小才心软，时常烧了饭喊他一起吃。

眼下她陷入这泥潭，还要恬不知耻地拖累陆书瑾，已叫她过意不去，若是再将陆书瑾推到危险的境地，她如何能心安？

想着想着她就悲从中来，湿了眼睛，咽下哭声道："书瑾，是我拖累了你。"

四周歌舞升平，一片吵闹，杨沛儿哽咽的声音传到陆书瑾耳中，让他心里一软，柔声道："沛儿姐别担心，我既答应了救你，定会想办法尽全力，且事情已经办得差不多，我来就是想让你先安心，我定会将你救出去。"

"好好好。"杨沛儿连应了三声好，下一句话还没出口，却突然被一声厉喝打断。

"陆书瑾！"喧闹声中，有人怒喊他的名字。

所有人俱是一惊，欢呼的声音骤然停住，陆书瑾惊讶地转头看去，这才发现坐在那把椅子上的阔少竟然是刘全。

要不说冤家路窄呢，在玉花馆还能碰上他，属实是有些缘分的。

刘全先前被折断了手臂，而今右臂还夹着木板挂在脖子上，臃肿的身体挤在椅子上，正咬牙切齿地盯着陆书瑾，脸上的横肉都气得抖了起来。

老鸨见状，忙摆手让台上的奏乐停止，玉花馆一下子变得安静，所有人都盯着陆书瑾。

"你竟敢来这种地方！"刘全恨声道，"海舟学府里的夫子当真是瞎了眼，如何会以为你是品行端正的学生，对你还颇有偏爱，不承想你如此人模狗样！"

陆书瑾惊了一下，但很快就恢复了神色，冲刘全揖礼："刘公子此言差矣，若是来玉花馆便是人模狗样，那刘公子在此处做甚？"

"大胆！小爷来这里关你什么事，你这般伶牙俐齿，我今儿就拔了你的牙齿！"他猛地从椅子上站起来，结果因为身上的肥肉太多，卡住了椅子，起来的样子滑稽又狼狈，人群中不免传出两声笑。

刘全更加愤怒，脸涨得通红，愤恨地将椅子从身上剥下去，还因牵扯了伤口痛得面目狰狞，越发觉得陆书瑾可恨，喊道："将他给我拿下！"

刘全带来的几个随从应声而动，左右擒住陆书瑾的肩膀，将他按跪在地上。

杨沛儿惊叫一声，扑上去喊道："你们做甚！"立马就被其中一个随从扬手扇了一巴掌，不知那随从使了多大的力气，杨沛儿被扇昏在地上。

姑娘们惊呼着,匆忙往角落里缩去,远离了陆书瑾所在之地,台下原本欢笑取乐的男子纷纷站起来,朝着台子的另一边走去,中间很快就空出一大块地方来。

陆书瑾看了一眼被打晕的杨沛儿,心生恼怒,挣扎了一下臂膀,却被死死按住,一对膝盖都涌起痛意。

刘全一想到那日他被萧矜殴打,陆书瑾站在旁边对他的求救视而不见,就恨得用钳子拔下陆书瑾的牙齿。

"如今你在这花柳之地,就算把你打死,也没人会追究我什么。"刘全还是想看陆书瑾低下倔强的头颅,哭喊着向他求饶认错,便说,"若是你肯磕头认错,我或许能留你一条命!"

"你做梦。"陆书瑾如此说道。

"你了不起!"刘全气得团团转,道,"给我拿棍子来,我先揍他一顿再说!"

陆书瑾看他如一只胖鹌鹑般转起来,用十分认真的神色道:"刘公子,你右臂的伤好些了吗?"

刘全道:"我便是右手不能用,左手一样打你!"

陆书瑾用乌黑的眼睛看着他,说:"那你的右手废了,还需要我帮你代笔策论吗?"

"用不着你假好心!"

陆书瑾是有些想笑的,但却忍住了笑意,说道:"看来刘公子到现在还没想明白那日究竟为何挨了揍。"

提起那日,刘全心中还是有些惧怕,面上的表情有一瞬间僵硬,但很快他就察觉自己丢了面子,怒道:"那日是不巧撞上了萧矜,与你又无关系。"

"当真是不巧吗?"陆书瑾说,"不承想你这般蠢笨,就算是挨了打,都还没想明白为什么挨打。"

"你!"刘全气个半死,他找不到别的东西,就想将右臂夹着的木板抽出来砸他的脑袋,却扯动了右臂的伤口,痛得他面目狰狞。

"你难道从未想过,那日萧矜为何会出现在百里池?"陆书瑾趁此提高了音量。

刘全动作一顿,脑中又浮现出那日在百里池的遭遇,那场景如同梦魇般死死地纠缠他,让他夜夜难眠。

"百里池地处偏僻,平日里鲜少有人去,更何况是烈阳高挂的大晌午,你以为萧矜这等大少爷为何会在那个时间出现?"陆书瑾盯着他,缓声道,"皆因他知道我给你代笔策论,所以才要帮我惩治你,你三次挨揍我皆在旁边,为什么我就能安然无恙?萧矜已亲口说日后会在云城庇护我,若是谁敢欺辱我,他便会收拾谁,你还敢动我?"这些话越说到后面,声音越高,带着一些强势的气魄,重重砸在刘全的心头。

"怎会!你无家世背景,那个浑球怎么可能管你的闲事?"

"是与不是你稍加打听便知,萧矜如今在甲字堂与我同桌,我今日来玉花馆也是应他戌时的邀约。"陆书瑾神色凛然,当真有几分凶相,"眼下时间已经到了,你若不信,大可在此处等着他。"

刘全已然被萧矜打出了心理阴影,如今听到这名字,双腿都忍不住发抖,右臂更是一阵一阵要命般痛起来,赶忙指派随从,说:"你快去门口瞧瞧他来没来!"

随从领命,在众人的注目下飞快地跑出玉花馆的大门,方出去不到半刻,便摔进了馆内,在地上翻了两个跟头才停下,胸前的衣裳还印着一个灰色的脚印,他跪起来求饶道:"少爷饶命,少爷饶命!"

周围立即响起一片议论声,刘全吓得脸色发白,死死地盯着门口。紧接着一身茶白锦衣的萧矜便大步跨进来,手中那柄白玉扇有一搭没一搭地摇着,他指着地上的随从凶道:"你瞧见小爷掉头就跑,还敢说心里没鬼?又起来!"

他身后的侍卫立即上前,用两把长剑将随从架起来。

萧矜这才侧过身,发现所有人都聚在大堂北角,眸光一瞥,先是瞧见了刘全,而后就看到陆书瑾被两人压着跪在地上,好似在向他求助。

他的俊脸当即沉下。

"刘全,"萧矜的声音穿过半个大堂,落到北角众人耳中,"你找死吗?"

刘全此刻见了萧矜,跟见了活阎王似的,身体都抑制不住地抖了起来。他知道萧矜会再来玉花馆，但没想到是今日，更没想到来得这么快！他本以为将东西转移完就能神不知鬼不觉地离开，却没想到这下连跑路的机会都没有了！

萧矜挑在今日带着侍卫前来绝非巧合，若是他再不想办法，刘家只怕要全完了！

"你……你又想如何？"刘全努力压制着心中的恐惧，大声喊着给自己壮胆，"我不过是来这里玩乐，碍着你何事了？"

萧矜才是真的要气死了，他与陆书瑾约定的戌时，这城中戌时的钟才刚敲响，他不过前后脚的工夫进到玉花馆，结果一进来就看到陆书瑾被按跪在地上，也不知他被刘全欺辱了多久。

他将扇子一合，凶神恶煞地指着刘全道："我就是看到你这张猪头脸就想打，如何？"

刘全被吓个半死，尖声叫起来："报官！快去报官！"

"把门关上！"萧矜冷声吩咐，而后进来了一大批带刀侍卫，迅速分成两边站成队列，再将玉花馆的门重闭上。

萧矜这次来，带的不是上回那几个一同玩乐的子弟，而是一批身强体壮的侍卫，单单站在那儿就骇人至极。大堂中还有不少来此玩乐的男人，此刻也慌了神，堆聚在角落里不敢说话。

老鸨见形势不妙，赶忙打着扇子走出来，笑哈哈道："萧少爷消消气儿，消消气儿，小打小闹犯不着如此动气，再说我这馆里还要做生意呢，你带人围了楼馆，日后谁还敢来？萧少爷给咱们可怜人一条活路吧！不若两位少爷各退一步，"他在中间两面讨好，冲刘全挤眉弄眼，往陆书瑾身上打眼色，"刘少爷将这位公子送还，萧少爷也大人有大量……"

刘全这会儿虽然怕得要死，但还是勉强转动了一下糨糊脑袋，尖声拒绝："不成！"

萧矜方才进来的时候脸色还没有这么难看，明显没有动怒，但瞧见陆书瑾被按跪在地上之后，那表情瞬间变化，就算刘全是蠢猪，也看出来他是为何发怒。若真如陆书瑾所言，现在萧矜庇护他，那就更不能轻易把他送出去，捏在手里还算有个筹码，只要他能安全走出玉花馆回到家里，事情说不定还有转机。

刘全打定了主意，下令道："让他站起来。"

陆书瑾双肩上的压力瞬间消失，被人拉着站了起来。陆书瑾并不想给萧矜增添不必要的麻烦，只是他完全没想到今晚会在这里撞上刘全。正想着，脖子突然抵上了一抹冰凉，陆书瑾身体一僵，下意识地仰起头，朝后面挪了挪，立即猜出有一柄刀抵在了自己的脖子处。

"萧矜，让我离开玉花馆，我便将陆书瑾安然无恙地还给你。"刘全的声音听起来镇定不少，他与萧矜谈判。

萧矜眸色沉沉，盯着刘全说："你动了他，就别想走出这楼馆的门。"

"那陆书瑾也同样别想走出去"，刘全一脸阴狠道，"你仗着家世欺压我，我要有个意外，左右有这个状元苗子给我作伴，不算吃亏。"

老鸨见事情闹到这种地步，急得满头大汗："两位少爷，咱们可以坐下来好好聊，没必要闹出人命！"

刘全让人用刀架着陆书瑾的脖子，以此要求萧矜放他离开。眼下所有人都瞪着眼睛看，只等萧矜做出决定。

却见萧矜冷哼一声，并不接刘全的招，而是往前走了几步，找了把椅子坐下，又随手摸出一块翡翠玉佩，玉佩色泽温润而纯粹，雕工栩栩如生，就算是外行人也能看出这玉佩的金贵。他将玉佩捏在指尖，对老鸨晃了晃，说："这玉佩本是一对，前几日我来玉花馆时丢了一块，今日便带人来寻。"

老鸨惊得语无伦次："这这这，萧少爷莫不是在说笑，玉花馆每日来客难以计量，且已经过了几日，若真是掉在楼馆也早就被人捡走了呀！我楼馆里的人手脚都干净，绝不敢私藏这等贵重之物！"

"敢不敢私藏，我难道还要听你的一面之词？"萧矜拍了拍桌面，凛声道，"去搜！"

他身后站着的侍卫闻声而动，立即四散而去，开始粗暴地搜索，他们将大堂的桌椅以及从吊顶垂下来的纱帐全部扯掉，另一批人则直奔二楼，踹开房门一间间搜索，动静大得如野匪入城。

老鸨脸色煞白，扑到萧矜腿边苦苦哀求："使不得使不得！萧少爷给条活路！"

她被萧矜蹬了一脚，说："滚开！"

刘全见状，也急眼了，说："萧矜，你究竟有没有听到我说话？"他的声音尖利而激昂，萧矜只要不是残疾人，是绝对能听见的。

但他就是装聋，压根不搭理刘全，修长的手指把玩着白玉扇，在指尖轻盈地转来转去，冷眼看着一楼大堂的东西俱被砸得稀碎，像个十足的恶霸。

刘全喊了两嗓子都没被理睬，急出一脑门的汗，脸涨得通红，狠狠瞪了陆书瑾好几眼。

陆书瑾见他咬牙切齿，只得尝试与刘全交流："你喊得再大声也没用，他是不想理你，并非失聪。"

刘全险些气晕，说："我知道，用得着你说？"

"我有一个法子，或许可以帮你离开这楼馆。"陆书瑾说。

刘全还没气糊涂，剜了他一眼，恶狠狠道："别想用你那伶牙俐齿来迷惑我，若是我走不出去，你也别想活着！"

"刘公子，你心知肚明，萧少爷不会在这里杀了你，但他说了不会让你走出楼馆，并非恐吓，只怕他会打断你一双腿，让你后半生再不能走路。"陆书瑾脖子上架着刀，生死皆在一线间，语气却无比平静。

刘全的双眼瞪得仿佛要出血，恨不得拿刀捅死陆书瑾，额上的青筋暴起，却终是没有动作。

"你懦弱胆小，莫说我这一条命，就算是十条命相抵，你不敢，也不愿拿双腿做交换。"陆书瑾继续说着，"所以表面上是你逼萧少爷做选择，实际上你却根本没得选，此选择不是保不保全我的性命，而是看他愿不愿意放你一马。萧少爷自然也看出了这一点，才不理睬你。"

刘全的脸色极其难看，他知道陆书瑾说的都是对的。

"但是，"陆书瑾话锋一转，朝旁边扫视一圈，说道，"萧少爷命人搜查楼馆，那些侍卫却没有来这一处，说明你挟持我的确有用，至少他心中有忌惮，只能晾着你，并非想逼你上绝路从而伤我，说明我在萧少爷心中还是有些分量的。"

"你究竟想说什么？"刘全听不懂他话中之意。

"在楼馆搜查结束之前,他不会搭理你,这便是你最好的离开时机,若是等搜查结束,他解决完手中的事,你便没有机会了。"陆书瑾说,"是否要听我的方法,刘公子自己定夺。"

刘公子先前被他的伶牙俐齿骗过,便是吃一堑长一智,无论如何也不敢轻易信他。但那群侍卫的动作极快,不过一会儿,便将这两层的简陋楼馆翻了个底朝天,跟抄家似的,一件完好的东西都没有,还奉上一个木盒,放在萧矜手边的桌子上,萧矜将盒子打开,里头放的是一沓纸,他拿起来一瞧,全是签了名字按了手印的卖身契。

他拿出那一沓纸,冲着老鸨道:"玉佩没找到,这些卖身契勉强抵债。"

老鸨登时哭天抢地,死死抱住萧矜的小腿,说:"这可是我们楼里全部的姑娘了!"

萧矜甩了几下,竟没能甩开,纠缠起来:"喂,撒手!"

陆书瑾从吵闹处收回视线,对刘全道:"你快要没时间了。"

刘全急得在原地转了几圈,抹了一把额头的大汗,恶狠狠地道:"你若是骗我,我便是下半辈子当个残疾也要杀了你!"

陆书瑾半点儿没被他的威胁吓到,指了指刘全的背后,说:"我先前看过,这楼馆里的所有吊帘和花灯都是对称的,北角所有的陈设都与西角一模一样,但唯独你身后的纱帘是多出来的。我猜想,那纱帘后头应该是侧门,青楼楚馆大都会留有一扇不沿街的侧门,以供一些达官贵人悄无声息地进入,来保全名声。这玉花馆虽然破旧低廉,但应是同样留了侧门的。"

刘全一听,顿时跟做贼似的瞄了萧矜好几眼,见他还在与老鸨撕扯,没空看这边,便赶忙几个大步上前,撩开墨青的纱帐一瞧,后头果然有一扇窄门,虽然没玉花馆正门一半大,但也能让人通行,他回过头,用指头点了点陆书瑾,撂下一句话:"算你识相!"

随后他飞快地打开门,从侧门溜了出去,余下几个随从也紧跟着溜走。

与此同时,在北角聚集的男子们也不敢再看热闹,争先恐后地从侧门离开。

那边的萧矜甩不掉老鸨,便喊来两个侍卫,左右架住他的手臂,硬是将他从萧矜的脚上拔走,还脱走了他的一只锦靴。

萧矜边骂边穿鞋,抬头一看,北角的人几乎走光了,只剩下一群缩成一团的姑娘,还有被刀架着的陆书瑾。

他十分纳闷,对那人道:"你的主子都跑了,你还挟持他干吗?"

陆书瑾也极想问这个问题,那刘全的几个随从不是都跟着跑了吗?怎么这个拿刀抵着陆书瑾脖子的人还不走?岂不是白白给刘全献计了?

却见那人攥着陆书瑾的后脖子转了半个圈,抬头正对着萧矜,冷笑道:"那种笨蛋才不是我的主子。"

陆书瑾看不到身后这人的脸,但见萧矜面上的神色瞬间一变,紧紧皱起眉头,仿佛事态一下子变得严重了,陆书瑾也跟着胆寒起来。

刘全好骗好拿捏,所以方才萧矜只是生气,却并不把他当回事。可现在挟持陆书瑾的人却让萧矜露出了凝重之色,那就说明此人是一个亡命之徒,极有可能手起刀落,取自己的性命。

"你想如何?"萧矜沉声问。

"将卖身契给我。"那人说。

"这里有很多,你要哪一个?"萧矜抬了抬手,侍卫立即将一沓卖身契送到他手上。

"杏儿的。"他道。

萧矜低下头,俊俏的眉眼攀上无比讥诮的笑意,哧道:"你倒是一个痴情种,先前拐几个女子进馆里,就是为了赎她?"

"我本想等着给楼馆送够五个人,就带着杏儿出去过安稳日子,"他的语气冷硬,掐着陆书瑾后脖子的手猛然用力,巨大的疼痛瞬间袭来,"若不是这家伙追查此事,也不会将你引到这里,彻底坏了我的好事!我杀他十次都不够解恨!"

陆书瑾痛得紧紧拧起眉毛,咬紧牙关没痛呼出声。

萧矜仍然翻找着卖身契,没有抬头,说道:"那你可真是冤枉他了。"

说着,他抽出一张卖身契,夹在指尖,扬起给青乌看:"这是你要的东西,放了他。"

青乌道:"你先将东西给我。"

"我怎么知道你会不会食言？"萧矜此时收敛了平日的不正经，俊俏的面容恍若乌云密布，散发着凶戾之气，"我萧矜向来说到便做到，你放了他，我就将卖身契给你，让你和你的心上人出这楼馆。"

青乌的警惕心很强，并不好骗，听后立即激动起来："我不是在与你谈判！且我来了这里，便没打算活着离开，你别浪费时间，否则我一刀就能扎透这家伙的脖子！"说话的同时，他将刀刃往里推动了些许，锋利无比的刀刃登时就划破了陆书瑾的侧颈，血液瞬间渗出来。陆书瑾条件反射，往后面弹了一下，却被青乌的手捏得死紧，陆书瑾第一次感觉到死亡近在咫尺，侧颈传来的痛楚如此强烈，不可忽视，他难以抑制地恐惧起来。

此人似乎是抱了必死的决心来的，现在说任何话都会成为他动手的契机，陆书瑾不敢轻举妄动，不知所措地盯着萧矜。

萧矜的目光在他的脖子上扫过，最终退了一步，说道："我将卖身契扔给你，你要同时放开他。"

青乌接受了这个提议，点了点头。

但一张纸太过轻薄，即便是团成团也很难扔过去，萧矜索性从桌上拿了个杯子，将纸折起来放在里头，又向侍卫要了一方锦帕，堵住杯口，然后举起杯子，说："我数三个数。"

"三、二、一！"

萧矜在最后一个数字落下的时候，将杯子扔出去，与此同时，陆书瑾也被一股大力猛地一推，重重地摔在地上，发出闷响。

青乌接住了杯子，动作急切地将里面的卖身契掏出来，展开一看，果然是杏儿的卖身契，他一阵狂喜，转头对站在姑娘群里的杏儿笑道："杏儿，我先前答应定会让你恢复自由身，如今做到了！"

说着，他便将卖身契撕了个粉碎，再抬头望向杏儿的目光变得非常柔情，再没有方才那般凶恶："我还给你留了一笔银子，日后你便自由了，拿着银子去好好过日子。"

杏儿站在人群中与他相望，泪珠从眼中滑落，哀伤道："青乌哥，你这又是何苦。"

陆书瑾摔得重，膝盖和手肘一时缓不过来，没能立即爬起，他正费力挣扎时,一双黑色锦靴出现在他面前,紧接着一双手捏住他的双臂,以一种非常稳健轻松的力道将他从地上径直拉了起来,他也顺势站直身体。

萧矜站在他面前,低头看他,说:"你不过是受了一点儿小伤,摔了一跤,哭哭啼啼像什么样子,一点儿都不男人。"

陆书瑾一只手捂着侧颈的伤口,一只手抬起来往脸上一摸,这才发现脸上湿润,自己不知道什么时候哭了。

陆书瑾虽然不算是娇养着长大的,但在姨母家磕着碰着或是生了病,从来都是自己硬扛,没人给她请郎中。所以这十几年都颇为小心翼翼地生活,极少让自己受伤,如今乍然被锋利的刀刃所伤,又狠狠地摔了一跤,浑身哪哪都是痛的。她吸了一下鼻子,泪水从白嫩的脸颊滚落,没有说话。

"让我瞧瞧伤口。"萧矜轻轻地推了一下他捂着伤口的手腕处,他也乖顺地将手拿开,露出伤口。

他别过头查看,说道:"不深,捂一会儿应该会止血。"说着,就将自己的锦帕拿出来,按在了陆书瑾的伤口处。

那锦帕被他放在衣襟里,仿佛沾染了他胸膛炽热的温度,覆在脖子上时,传递来一股暖洋洋的热度,还有他身上那股淡淡的檀香味道。陆书瑾按着柔软昂贵的锦帕,只觉得心里的恐惧情绪都被这温度和檀香一寸寸抚平。这种陌生而又不大适应的关怀,让他心中多了一些莫名其妙的心安。

"怎么回事,嗯?"萧矜的声音低低地,问他,"我不是让你戌时来,你提前来做什么?"

"我也未提早多久,只是没想到刘全会在此处,也不知这歹人混进了刘全的随从里。"陆书瑾耷拉着眉眼,回答,"对不住,我把人放走了。"

陆书瑾指的是刘全。

"那笨蛋能跑得了才怪。"萧矜提到他就变得烦躁。

他知道此事根本怪不得陆书瑾,但他心中还是气恼的,毕竟他刚决定要将陆书瑾收做小弟,日后保他不受欺负,却没想到这才没多久,

113

他的脖子上就多了一道刀口。

此时正抱着哭泣的杏儿安慰的青乌打断了两人的对话，问萧矜："萧少爷方才说要放我们二人离开，此话可还作数？"

萧矜心里憋着火没处发泄，没好气地道："赶紧滚。"

"萧少爷果真言出必行，如此明事理且风度翩翩，传闻必定十有九虚。"青乌本打算赴死，却没想到救出了杏儿还有生路，顿时喜上眉梢，即便萧矜态度极烂，也闭眼将他夸了一通。

陆书瑾却一下就急了，抓住萧矜的衣袖，说："他拐骗女子入青楼，手上定然沾着不少人命，绝不可轻易放他离开！"

萧矜道："你把伤口捂好。"

陆书瑾又重新捂住伤口，仍满眼焦急地盯着他。

"此事不用你管。"萧矜对他说，随后又吩咐侍卫，"去请一名大夫来。"

陆书瑾是想管，但根本管不了，只能眼睁睁地看着青乌抱着杏儿从侧门离开玉花馆，纵然他心中不甘，也没有办法。他见昏倒在地的杨沛儿被其他几个女子扶起来，便想去查看她的情况，却被萧矜一把拽住了手臂，说道："你急什么，跟了我还能让你委屈不成？账还得一笔笔地算。"

陆书瑾的脸颊瞬间涨红，惊道："什么叫跟了你？"

萧矜却一点儿不觉得自己的说法有问题，只以为这书呆子仍执迷不悟，要去追杏儿，便强行将他按坐在椅子上，说道："你瞧好了就是。"

陆书瑾一头雾水，就听他对侍卫道："把人带进来。"

继而玉花馆的大门被推开，侍卫压着拼命挣扎的刘全以及一众随从，后头就是青乌与杏儿，他们排着队被压进了堂中，一个都没能跑掉。

刘全被押在最前头，刚走到堂中，就被萧矜拿着扇子一顿乱敲，打得他嗷嗷直叫。

萧矜这才觉得憋着的火消散了些许，喟叹一声："还是得打人才能解气。"

肆 突然造访的新室友

刘全的脸涨得红紫,被劈头盖脸打了一通,挣扎中右臂的剧痛让他惨叫不止,破口大骂:"萧矜,你出尔反尔!枉为男人!"

"你说什么呢?"萧矜疑惑地挑眉,"我何时说要放你走了?"

"若不是你授意,陆书瑾又怎会告诉我那边有扇侧门?"刘全恼怒地质问。

"是我自己的主意,"陆书瑾望着他说道,"我只说你能从侧门出去,并不代表你能逃脱。"

陆书瑾原本想的是,萧矜带来的这批侍卫个个人高马大,身强体壮,刘全又有伤在身,纵然让他先跑半条街,萧矜的那些侍卫也能将人抓进来。但现在看来,他似乎在玉花馆的外面也留了守卫,所以刘全刚出去,就被押住了。

陆书瑾看到方才跑出去的青乌也在其中,心头的焦急和不甘被冲刷了个干净,即便是侧颈的伤口仍有些难以忍受,也没在面容上体现分毫。他捂着伤口静坐,深灰的布衣稍稍凌乱,在华彩一般的灯下映衬着白皙的肌肤,浓黑的眉眼也变得尤其精致。

刘全当即大骂:"陆书瑾,你这小人竟敢……"他的话还没说完,萧矜就用手中合上的扇子狠狠往他嘴上敲了一下,他凄惨地号叫起来。

方才那下意识的出手,萧矜自己也吓了一跳,他连忙低头去查看

115

扇子是否有损坏,嘴里念叨着:"坏了坏了,这下打重了,这可是季朔廷的小心肝……"

刘全的嘴被打得麻木,整张肥脸狰狞地拧成一团,模样极为丑陋。

萧矜只觉得碍眼,挥了挥手,道:"把他的嘴塞上,叉到边上去。"

侍卫找了一块布,把刘全的嘴塞得满当,架着退到后方,只发出呜呜的声音。

紧接着青乌和杏儿两人就被押了上来,青乌是半点儿不惧怕的模样,还怒瞪着萧矜,似乎在愤恨他言而无信。

萧矜觉得有必要为自己解释一下:"我只说你能出了这玉花馆,没说放你们走。"

也不知道他说完之后使了什么眼神,那侍卫抬起腿,冲着青乌的腿窝就是一脚,将这个高大的男人踹得跪在了地上,萧矜满意地点点头,说:"现在我看你倒是顺眼一些了。"

事到如今,青乌只能认栽:"杏儿是无辜的,还请萧少爷放她一条生路。"

萧矜勾起一个嘲讽的笑,在桌子的另一边坐下来,从袖中摸出早就准备好的一沓银票,对满脸泪水的杏儿说道:"杏儿姑娘,这是一千两,你想要吗?"

杏儿一脸错愕,说:"什么?"

陆书瑾想转头去看他,但由于脖子上还有伤,转不动脖颈,只能整个身子侧过一半,望向萧矜。陆书瑾心想:他应当没有蠢到这种地步,白白给人送银子。

果不其然,只听他说:"但你的情郎与这一千两,只能选一个,你选了银子,他便会死;你若选了人,我就放你们二人离开。"

陆书瑾下意识去看杏儿的神色,一千两,足够她后半辈子衣食无忧,若是将银子拿去经商,抑或嫁个干净人家,余生就安稳了。

陆书瑾觉得这摆在面上的选择并非一千两,而是萧矜递出的隐晦枝条,若是杏儿顺着枝条爬,说不定能爬进萧家后院,毕竟她经常听说富家子弟养一堆外室的风流事迹。当然,萧矜这样做也是为了羞辱青乌。

杏儿盯着那一千两银票,眼中的渴望已经掩饰不住,却仍像顾虑着什么，含泪去看青鸟，那双不算大的眼睛恍若秋水藏情，让人怜爱，萧矜看出她的犹豫，并不催促，倚在椅子上好整以暇地看戏。

"杏儿，"青鸟盯着她，双眸满是希冀和哀求，低声道，"你想要什么，我都给你。"

杏儿轻轻地摇了摇头，泪水还挂在眼睫处，似万般无奈："奴家不敢奢望情爱。"

此话一出，青鸟显然接受不了这样的结果，他激动地挥舞双臂，却被侍卫按得死死的："杏儿，不过是一千两，我日后定能想法子发家，让你过上锦衣玉食的生活！你为何不选我？"

萧矜像是觉得很有趣，笑着将银票收起来，换成一锭银子，又道："我仔细想了想，他这条烂命值不了一千两，最多值个十两，你可重新选择。"

陆书瑾静静地看着杏儿，却见她这次反而没有方才那般犹豫，很快就道："奴家并不想改变选择。"

她这次甚至没再看青鸟一眼，青鸟的眼睛红得像是滴血，死死地盯着杏儿。

"你看，你连十两银子都不如。"萧矜肆无忌惮地讥讽他，"你一厢情愿为她赴死，结果她压根不愿领情，你当你是什么盖世英雄不成？你方才那副气势我还以为你多了不起呢，不过也是被踩入尘埃的烂泥，让人看不起的可怜人罢了。"

他说话相当不留情面，无异于给青鸟的心头重重地刺了一刀。心上人为了十两银子抛弃自己，还要被如此嘲笑，青鸟的尊严被狠狠碾碎在地上，他发出一声极其刺耳的吼叫，模样疯癫。

"爷向来言出必行，她既选了银子，那你这条命也就留不得了。你拐骗进玉花馆的女子统共四个，其中两个女子不肯折服，一人被虐打至死，一人咽土自尽，"萧矜笑容俊美，却又带着一点儿凶残，"我就在此代官老爷断了这桩案子，让你也体会一下筋骨寸断，咽土窒息而亡的感觉。"说罢，他挥了一下手，让侍卫将人拖去了后院。

陆书瑾自始至终都在旁观，一言未出。他原本已经想好了如何痛骂青鸟一顿，以解心头之恨，但没想到这件事萧矜比他摸得清，甚至

117

知道青乌拐了几名女子，又是如何惨死的。青乌被心上人抛弃，又受此酷刑而死，只觉得异常痛快。陆书瑾想，或许自己也不算什么好人，他甚至希望杏儿也没什么好下场。

陆书瑾正想得出神，却见萧矜不知道从哪里又摸出五个小银锭放在桌上。先前陆书瑾给他代笔策论的时候，一篇策论能换一个这样的小银锭，也就是一两银子。

他拿出五两银子，忽而指着陆书瑾对杏儿问："他和这五两银子，你选哪一个？"

这一瞬间，陆书瑾的脑子是蒙的，脸上出现无比诧异的神色，向萧矜投去疑惑的目光。

杏儿方才面对情郎和十两银子都选得如此快，换成陆书瑾则更不费脑力，几乎马上选了银子。

萧矜的半身倚在桌子上，往他这边凑，小声道："你可看明白了？青楼女子多薄情，你费尽心思也换不得她注目，你比那蠢人还廉价，你才值五两银子呢。"

陆书瑾皱着眉，感觉萧矜如方才羞辱青乌那般来羞辱自己，但他的目光落在萧矜举起的五根手指上，又转回他充满认真的眉眼中，又觉得他像在正经地劝说自己。

萧矜见他的脸色变得难看，又想了想，仔细措辞，将声音压得更低："我也并非说你廉价，只是风尘女子总有多重顾虑。她们肯定先考虑从良后的衣食住行，再考量夫家的地位，你如今还是一介书生，手中也就八两七百文。当然，我并非嘲笑你穷，古人云：'莫欺少年穷。'是她有眼不识泰山，正好你也能去除杂念，日后专心读书，金榜题名指日可待……"

"你到底想说什么？"陆书瑾越听越糊涂，小脸皱成一团，打断了他的话。

"你就断了赎她的心思吧。"萧矜总算说出重点，仔细地瞧着他的神色，仿佛是怕他因此不高兴。

"我当然不会赎她，"陆书瑾只觉得他莫名其妙，"我根本就不认识她。"

"什么！"萧矜一下子退回去坐正，惊道，"你不是说要从玉花馆里赎一个人吗？"

陆书瑾道："不错，那人名唤杨沛儿，是被青乌拐骗进来的，她在城北的租赁大院里与我是邻居，待我如自家弟弟。"

"当真如此？"

"自然，我骗你做甚。"陆书瑾一脸奇怪，看他一眼，而后站起身道，"方才她被打晕了，我得去瞧瞧。"说着，便起身，走去北角处寻杨沛儿，留萧矜满面茫然。

其实方才那个让杏儿选择的招数，他本打算用在陆书瑾身上，好让这人从那些情爱的蒙骗中清醒，不再往歪路上走。却没想到他从头至尾都搞错了，陆书瑾压根就不是要赎哪个青楼女子，而是为了救人！

萧矜的手指无意识地在桌上轻敲着，一时间思绪纷杂。他就说陆书瑾这种每日来了学堂坐下就开始看书写字，稍稍提一句俏寡妇便会面红耳赤，头都抬不起来的人，怎会被风尘女子迷了心智。他想着想着，忽而哼笑一声。

此时侍卫推门而入，带了郎中来复命。萧矜便站起身，打算领着大夫往陆书瑾的方向去，就听见杏儿在后方叫住了他："萧少爷。"

萧矜回过头，杏儿福了福身，轻柔道："奴家日后是何去处？"

"是何去处？"萧矜倒像是认真想了想，说，"当然是在牢狱中度过余生。"

杏儿神色剧变，面上的娇羞全然消失，惊异地问道："萧少爷何出此言？奴家干干净净，并未做伤天害理之事啊！"

"你当真觉得我什么都不知？"萧矜侧身而立，颀长的身影被拢在华灯下，半边脸隐在暗处，如画般的眉眼含着笑意，看起来俊俏极了，他声音低沉，"除却青乌，还有两个男子想为你赎身，你与老鸨约定好，拐骗五个女子进来就能将你赎出去，你身上沾满了血，还敢说自己干净？"

"可奴家在这楼馆中亦是身不由己，命如浮萍，又如何管得了那些事？"杏儿颤抖着身体，泪珠一滴滴地落下来，我见犹怜。

萧矜却压根不理睬他的解释，哼了一声，摇起扇子大摇大摆而去，喊道："陆书瑾，过来看伤！你牵着那女子的手干什么，不知道男女授受不亲啊？"

杨沛儿被一巴掌扇晕，到现在还没缓过劲儿来，被人扶着靠在桌边，并无多的人关心她。

陆书瑾以前看了一些医书，约莫能猜出杨沛儿并非被打晕的，极有可能是在玉花馆这些日子吃不好也睡不好，过度劳累虚弱，再加上方才受了惊吓，所以被扇一巴掌就晕了过去。

得了空闲后，陆书瑾赶忙来查看，见杨沛儿被孤零零地搁在桌边，不免有几分心疼，便走过去捞起她的手，按上她的脉搏。

以前有段时日陆书瑾对医术颇感兴趣，但奈何能拿到手的医书实在太少，关于诊脉的知识看得也不多，本想试试能不能诊出个所以然来，结果只能模糊感受到杨沛儿跳动的脉搏。隔行如隔山，光看几行字，自然学不到半点儿本领。

旁边站着的女子见他专心致志地诊脉，好奇地问道："小公子，把出什么门道了吗？"

当然是一点儿门道都把不出来，陆书瑾颇有些不好意思，便佯装没听见，只将杨沛儿的衣袖拉下来，刚将她的手放下，萧矜就在那边叫喊。

陆书瑾回过身，就见他朝这边大步走来，身后还带着挎着药箱的郎中，他瞧了杨沛儿一眼，问道："是她？"

陆书瑾点点头，刚一动又扯动了伤口，痛得他眉头紧皱。

"大夫，给他瞧瞧脖子上的伤口。"萧矜说道。

这郎中已然胡须发白，年岁不小，被侍卫提着一路赶来青楼，这会儿出了一头汗，一面是热的，一面是窘迫，生怕晚节不保。

陆书瑾仰了仰头，将刀口给郎中看。

"这伤口浅，血已经凝结，倒不必再动它，老夫给你配支药膏，回去之后用清水洗净血污，每日涂三次，头两日先用纱布包住，后头伤口愈合便不用了，不出几日就能愈合了。"郎中一边说，一边打开药箱，拿出一堆瓶瓶罐罐开始配药，说道，"你将舌头伸出来我瞧瞧。"

陆书瑾听话地伸出舌头。

郎中看了看，说道："小伙子，你面色苍白，唇甲淡无血色，舌薄且有白苔，是气血亏空之相，这个年纪正是长身体的时候，要多吃多补,不可纵欲。"

"啊?"陆书瑾愣住了,下一刻脸蹭地红了,不知如何辩驳。

偏生萧矜还在一旁道:"不可纵欲,你听到没有,谁不听大夫的话谁短命。"

郎中笑了一下,将调配好的药膏放在桌上,说道:"不算是大毛病,就是体虚容易患病,多注意一些就好。"

"大夫,"陆书瑾指着杨沛儿道,"能不能给她也瞧瞧,方才她挨了一巴掌,晕过去了。"

郎中走上前,给杨沛儿号脉,又扒开她的眼皮细看,随后道:"她怕是惊累过度加上身体虚弱才会如此,不必吃药,回去好好休息调养即可。"

陆书瑾颔首道谢,萧矜便在一旁给了银子,让侍卫将郎中送出去。

侧颈还是痛的,但这会儿陆书瑾情绪已经完全放松,他手脚发软,坐在近旁的椅子上,长长地舒出一口气,竟觉得无比疲惫,几近虚脱。

原本他想着赎出杨沛儿便可离开,不承想居然发生这么一出闹剧,还差点儿丧命,荒谬又惊险。

萧矜就站在三步远的地方,看着陆书瑾垮着肩膀,耷拉着脑袋,没忍住轻笑一声,说道:"这才哪到哪啊。"

陆书瑾恍惚抬头,一脸疑惑地看向萧矜,不明白他在说什么。

就见一个侍卫快步走上前,在萧矜耳边低低说了一句话,继而他朝后方招了招手,扬高声音道:"都押进来。"

萧矜随手搬了一把椅子,坐在陆书瑾边上。他刚落座,一批侍卫便从后院押着一伙人,排着队走进了大堂,进来就给按跪在地上,再后头则是几个大箱子,一一摆放在他的面前,刘全见了这场景,顿时呜呜了几声,面色通红发紫,双腿开始剧烈颤抖。

这时萧矜歪了歪身体,凑到陆书瑾耳边小声道:"你看刘全的脸,像不像蒸熟的猪头?"

陆书瑾观察了一下,认真回道:"倒更像冬日里挂在墙边的吊柿子。"

萧矜想了想,表示赞同:"确实。"

说完他就坐正了身体,问刘全:"方才我的侍卫搜查玉花馆,在后院抓住了这批搬运箱子的人,是你带来的人,刘家在这破破烂烂的小楼馆藏了什么东西?"

刘全撕扯着嗓子大喊,声音却被捂在口中,根本听不清楚。

萧矜看着他浑身发抖的模样,脑中浮现出一个吊在墙头的柿子,忍不住又笑道:"确实像啊。"

陆书瑾看不懂他的行为,也没有开口询问的打算,他恍然明白萧矜今夜来此,恐怕不止是帮自己赎人那么简单。或许他前几日来玉花馆散财就别有目的,先来此处玩乐,然后今日借口玉佩丢在楼里,命人砸楼搜馆,为的就是找出这几箱东西。

陆书瑾正想着,门口突然传来一声高喊:"云府允判到——"

萧矜听后站起身,往前迎了两步,就见一个年轻男子从门外走了进来。男子身着深色官袍,身后跟着一排衙门的人,身上所穿皆为统一制服,且腰间佩刀,走起路来相当威风。

男子大步走来,冲萧矜笑道:"萧少爷,难得一见啊。"

季朔廷跟在后头,一来就抢回了自己的扇子,打开细细查看,生怕被萧矜糟蹋,丝毫不知这扇子方才被萧矜拿去扇刘全的大嘴巴。

萧矜也笑了,揖礼道:"方大人,等你许久了,来来来。"

云府允判,官职位于通判之下,为知府僚属。此男子名唤方晋,是季朔廷的表姐夫。

萧矜指着摆在地上的箱子,说道:"前两日我在玉花馆作乐时丢了一块玉佩,今日来找,正好撞上刘全带人在楼馆后院,从地下往外面搬东西,我觉得不对劲便让人拦下,东西全在此处了,还未打开,请方大人查看。"

方晋瞥了刘全一眼,招手道:"来人,把箱子全部打开!"

衙门的人一拥而上,将箱子上的封条撕碎并掀开盖子,忽而一排排白花花的银锭骤然出现在眼前,在华灯下闪烁着耀眼的光芒,晃得陆书瑾的眼睛下意识闭了闭。

周围响起一片抽气声。陆书瑾也没见过这么多码列整齐的银子,每一个都有手掌大小,看起来像是五十两的那种银锭,崭新崭新的。

方晋走上前,拿起其中一个银锭细细查看,片刻后寒声问道:"这是官银。"

"哇——"萧矜佯装惊讶，对刘全道，"你们刘家好大的胆子，竟敢私藏官银，这可是掉脑袋的大罪啊！"

刘全惊恐地瞪着眼睛，将头摇得跟拨浪鼓似的，俨然吓了个半死，连半句辩解的话都说不出来。

方晋冷哼一声，说："官银到底从何处来，衙门会查个清楚，先将银子带回去清点，所有人押回衙门审问！"

衙门侍卫听后，便开始动身，压着人抬着箱子往外走。

方晋转身对上萧矜，表情带了笑，客客气气地道："也要麻烦萧少爷走一趟，将事情的来龙去脉阐明。"

"这是自然。"萧矜拱了拱手，推了季朔廷一把，"你先跟去，我随后就到。"

季朔廷忙前忙后，还来不及坐下喝杯茶，又被使唤走，气得直哼哼。

萧矜这才转头看向陆书瑾，走到他面前，低声说："我差人把你送回学府，你哪儿都别去，老实待在舍房里。"

陆书瑾听了他的话，才恍然从方才看到那一箱箱银子的震惊里回过神，指了一下杨沛儿，说："那沛儿姐……"

"我也会安排人送她离去。"萧矜想了想，又叮嘱道，"你千万不可碰她，现在外头造谣厉害得很，去年庙会有个女子走到我边上的时候鞋被人踩掉了，因着人多，被往前推着走了几步，我顺手捡起鞋子要还给她，自那之后，云城皆传我偷藏女子鞋袜拿回家闻……"

他露出忌惮的神色，说："人言可畏。"

陆书瑾当然不信，若萧矜当真感觉人言可畏，就不会行事如此荒唐，但自己现在的身份是男子，的确该注意男女大防，便点头称是。

陆书瑾这副模样落在萧矜眼中，真是乖巧至极，他满意一笑，说："你快回去吧。"

"我想跟刘全再说两句话。"陆书瑾突然提出了个要求。

萧矜想都没想直接答应，他喊住押着刘全的侍卫，将吓得半死不活的人拖了回来。

萧矜去外头找方晋说话，堂中的侍卫带着一群女子也基本走空，只余下寥寥几个人。

陆书瑾对他说："刘全，其实我骗了你。"

刘全现在的脑子乱成一团，吓得全身发软，哪还顾得上陆书瑾说的话，但陆书瑾还是继续道："先前我在给你代笔策论的同时，也在为萧矜代笔。那日我故意将你们二人的策论调换，再告知我的同桌，我晌午会去百里池。萧矜交上去的策论引得夫子大怒，将他提去悔室训斥后，他必定会去甲字堂找我，届时再由我同桌告诉他，我去了何处。"

"我一早便在百里池等着了，看见你伙同别人殴打梁春堰，一直等到萧矜出现，我才去你面前，故意说话激怒你，惹得你大喊大叫引来萧矜。"陆书瑾将那日的计划全盘托出，"我原以为你挨了顿打应当会想清楚，不承想你竟如此蠢笨，今日我问你时，你还满脸糊涂。"

刘全像见鬼似的瞪着他，忽而想起两人半个月前的第一次见面，这人捧着包子站在人群里，毫无存在感。后来被他带人拦下，他非常惊慌，逃跑时还狼狈地摔了一跤，其后又主动低头，向他示弱，提出帮他代笔策论。

一直以来，刘全都以为陆书瑾这个穷苦人家的孩子是极好欺负的，甚至比他以前所欺辱的人都要卑微，像只随便就能碾死的蝼蚁。然而此刻与他对视，他才明白他虽然看上去乖巧老实，但心眼是黑的，远不如表面看上去干净清澈。他的话只会说一半，剩下的一半藏在肚子里，变为算计。

他不明白陆书瑾说这话的目的，正想着，就听他认真道："当日萧矜并非为我出头才打你，也从未说过要在云城庇佑我，保我不受欺负。我与他不是一伙的，你下了地府化成鬼要报仇，可别来找我。"

刘全差点儿被陆书瑾气得先走一步，他仰着脖子，红着脸，呜呜叫个不停，也不知道在骂什么难听的话，就被侍卫叉走了。

陆书瑾看着刘全远去的背影，知道他肯定会找机会将这些话添油加醋地说给萧矜听，这正如他所愿，他需要借此来印证心中的一个猜想。

陆书瑾将郎中配的药膏收好，但到底还是放心不下杨沛儿，去楼上的废墟中找了一件女子的衣裳给她穿上，又对将她送回大院的侍卫详细描述了一下住址,为了她的名声,陆书瑾再三强调送人回去的时候若旁人问起,让侍卫不可作答。

叮嘱完这些,他才稍稍放心,想着今晚没有时间去照看她了,只能等明日再来,顺道还能在街上给她买些吃的补一补身体。陆书瑾一边想着,一边往外面走,刚出门就看到萧矜双手抱臂,站在路边。

门口站了很多侍卫和官兵,楼馆附近的小摊贩被清理了个干净,不再是来时那般热闹的样子,街头的群众隔着老远聚成一团,朝此处张望,皆好奇发生了什么事。

萧矜身后有一辆墨黑的马车,车身雕刻着镂空的花纹与精致的图案,车顶坠着一圈金华流苏,车轮都赶得上半人高,前头是一匹皮毛亮丽、肌肉雄健的黑马。

见陆书瑾出来,萧矜一下子皱起眉头,冲他招手:"你干什么去了?怎么才出来?"

陆书瑾愣愣地走过去,问道:"萧少爷是在等我?"

"我在等里头的桌椅成精。"萧矜没好气地说道。

陆书瑾听出他故意阴阳怪气,没有计较,只说:"我还以为你已经去了衙门。"

"去衙门和去学府不顺路,我便不与你同行,你自己先回去吧。"萧矜说。

陆书瑾点点头应了,还在心里纳闷,萧矜在外头等他,难道就是为了这么一句话?

正当陆书瑾打算往前走时,却看见面前的侍卫打开马车的门,将纱帘掀起,对他道:"小公子请。"

他惊讶地瞪大眼睛,转头朝萧矜看去,只见一个侍卫牵着一匹通体雪白的马走过来,马背上装了华贵的马鞍,黑长缨坠在皮毛漂亮的马腹上,看上去像是品种名贵的宝马。萧矜拉着缰绳,踩着脚蹬,轻松翻身上马,坐在马上后,整个人就高了一大截,陆书瑾仰头看去,还扯动了伤口,传来微微的疼痛。

"小公子。"侍卫又唤了他一声,似作提醒。

他猛然回过神,明白了这辆马车是萧矜留给自己的,便搭着侍卫的手，踩着阶梯进了马车。

马车里面无比宽敞，有一股浓郁的檀香味，还有一方四角桌，桌上摆着瓜子果干等零食，还有葡萄梨子等新鲜水果，中间放置着一套茶具，应有尽有。

车壁上雕刻着精美的图案，座椅处还垫了软竹凉席，两边各有一扇往里开的小窗，坠着金丝纱帘。富贵人家永远懂得如何享受，单是这一辆小小马车，陆书瑾觉得比他这些年住过的房间都好了不知多少。

他靠着窗边坐下，将金丝纱帘撩起，窗户打开些许，外头的喧闹声瞬间涌入，一下就看到萧矜的侧脸，他正坐于马背上与侍卫说话。

许是察觉到这边的动静，他的话说了一半就停下，别过头来，逮住陆书瑾的视线，见他缩在小窗后面，露出那双点漆般的杏眼，顿了顿，道："记住我的话，待在舍房里，哪里都别去。"

陆书瑾看着他被华灯晕染的俊脸，回道："我知晓了。"

随后陆书瑾闭上窗户，马车也缓慢启动，而萧矜则掉转马头，往另一个方向去了。

马车行驶得不快，路上平稳，陆书瑾在马车中颇为无趣，左看看右看看，目光多次从桌上那些零食水果上扫过，研究起那些他从未看过的，也叫不出名字的食物。

摇摇晃晃小半个时辰才到海舟学府，门口看守认出这是萧家的马车，自然没人敢阻拦，马车一路畅通无阻地来到舍房，侍卫在外头问："小公子，请问你住哪一间房？"

陆书瑾从昏昏欲睡中回过神，撩开帘子一看竟是到了，不敢再麻烦别人，便从马车上下来，说道："不劳烦，我自己走进去就好。"

"少爷吩咐了一定要把你送到门口。"侍卫也从驾车位上跳下来，用不容置喙的口吻说道，"请吧。"

陆书瑾现在十分疲惫，想马上回房休息，并不打算在这种事上推脱，便自顾自地往前走，来到自己房前，一边拿出钥匙一边回头道："多谢。"

侍卫见他开了锁打开门，确保自己的任务完成，这才颔首回应，转身离去。

回到房里，陆书瑾只觉得好像经历了一场让他精疲力竭的奔跑，恨不得马上躺在床上睡觉。他坐在椅子上休息了片刻，强打起精神出门打水，在浴房烧热了水，开始慢慢清理自己的身体。

由于屋内没有镜子，陆书瑾无法看见自己的伤口，清理起来需要格外小心，用温水洗的时候，不知道怎么又扯裂了伤口，血又涌出来，很快就将水盆染得猩红一片，一边疼得龇牙咧嘴，一边擦拭着冒出来的新鲜血液。

擦洗干净伤口后，陆书瑾拿起白布，一层层缠裹胸口，换上干爽的衣裳，用麻布覆在伤口上，捂了一会儿，待伤口止了血，才拿出药膏，摸索着往伤痛的地方涂。

看不见难免会涂错，陆书瑾担心浪费药膏，每次下手都要摸索很久，用了很长时间才涂好药。陆书瑾找到先前裹胸用的白布，将它裁成长条，在伤口位置缠了几圈，于另一侧脖颈处系了一个小结。

接下来，陆书瑾又将换下来的衣裳洗干净，晾在门口的竹竿上，又特地换了干净的水，洗了萧矜给他的那方锦帕，这才发现上头的血迹已经干了，无论怎么揉搓都洗不干净了，最后只得作罢。

忙活完这一切已经很晚了，陆书瑾反锁了门，吹熄了灯，这才上床睡觉。

方才干活的时候还哈欠连天，没想到一躺上床反而精神了。他闭上眼睛，睡意还没袭来，就先回想今日在玉花馆看到的那一幕。

陆书瑾伤了脖子摔在地上，只感觉浑身上下哪儿都是痛的，这样的经历不是没有过。以前在姨母家的时候，她就是一个比奴仆地位高一点点的外人，表姐妹皆看不起她，从不主动跟她搭话。宅中即便有什么宴请聚会，也从来都与她无关。

但是随着她慢慢长大了，出落得越发标致，姨母生了将她赶快嫁出去的念头，便在二表兄娶妻的宴会上让她着新衣露面，还特地指派婢女为她梳妆发。她记得特别清楚，那天她穿的鹅黄长裙，头上还簪了一支姨母赏的杏花簪子，那一身装扮她喜欢极了。

娶亲宴上人很多，陆书瑾与表姐妹站在一起，即便没人与她说话，她也安安静静地高兴着，想看一眼满身红装的新娘，不承想站在对面的一群男子中，有个男子开口夸赞她，三表姐便气红了脸，含泪离去。

陆书瑾还没明白是怎么回事，就被下人喊去了后院，那儿站着脸色冰冷的姨母和满眼泪水狠瞪着她的三表姐。

然后她就跪在后院的山石旁，也没能看到新娘子，忙碌的下人来来往往，偶尔朝她投来目光，却无一人停留。前院敲锣打鼓闹到日暮，她便在后院跪到日暮，起来的时候双腿剧痛，走了两步就重重摔在青石板路上，在地上趴了许久都没能起来。

回去之后，陆书瑾砸碎了那支杏花簪，她没有感觉难过，她已经对别人的善意和关怀不抱任何期待。

今日陆书瑾在玉花馆摔倒的那会儿，恍若当初锣鼓喧天的那个晌午，他还苦中作乐地想，这次比上次好点儿，不至于在地上趴很久都爬不起来，却没想到视线中出现一双黑锦靴，紧接着就是一股结实的力道将他从地上提起来，再然后就看到了萧矜的眼睛。

虽然他喝花酒、旷学、殴打同窗、测验作弊，字写得比狗爬的还难看，但陆书瑾还是觉得那双眼睛不像是坏人的眼睛。他的眸色有些浅，里头有隐忍不发的愠怒。

陆书瑾已经忘记那愠怒中有没有关怀，但每次回想起那个瞬间，心里就涌起一股不易察觉的、捉摸不透的情绪。

陆书瑾躺在安静的舍房里，听着外头风吹过树梢的响声，慢慢琢磨着，不知怎么的就入了睡，睡到后半夜，突然被一阵敲门声吵醒。

他的睡眠本就不大好，所以外头的人在敲第三下的时候，就从床上坐起来，仔细一听，外面似乎有人低声询问："陆公子，可否开门？"

陆书瑾下床点灯，将外袍披在身上，站到门边警惕地询问："是谁啊？"

"我家少爷经乔老安排，今晚要入住这间舍房，还请陆公子开门，我等将东西抬进去。"外头的人回答。

陆书瑾满头雾水，却还是开了门。

毕竟当初吴成运跟他说过，这舍房本就是两人一间，只不过有些当地的少爷不乐意住在这里，所以才有空下来的舍房，现在少爷来住了，他断没有将人拒之门外的道理。

门打开之后，打头的人朝陆书瑾行了个礼，随后就低声招呼身后的人将东西一一抬进来。因着是深更半夜了,为了不打扰别的学生休息,这些人皆轻手轻脚,他们将软榻、席垫、茶盏、长灯等各种看起来就价值不菲的用具抬进来,一一摆放好。

陆书瑾不敢再睡,坐在床边看着这群人进进出出,折腾了两刻钟才停歇。

"少爷,都安置妥当了。"

"嗯——"外头传来一道声音,紧接着就见萧矝打着哈欠进了门,眉眼间尽是睡意,他含糊道:"水可备好了?"

陆书瑾看着他,满眼呆愣,一时间不知该做甚反应。

陆书瑾方才一直在猜想,到底是哪个脑子出了问题的少爷大半夜如此折腾,搬来学府的舍房睡觉,搅得人不得安宁,直到看见萧矝,又觉得十分合理,好像只有他才会这般想一出是一出。

萧矝应当是在衙门忙完直接来的海舟学府,身上的衣裳也没换,面上是懒洋洋的睡意,刚跨过门槛两步就忽然转头,从屏风上的缝隙中朝陆书瑾望去。

他以为陆书瑾已经睡着了,没想到这人却穿戴整齐,正坐在床边上,瞪大眼睛,一脸惊讶地看自己。

萧矝脚步一转,绕过屏风走到陆书瑾床边,刚想问他怎么还没睡,却像是想起了什么一样,眉头一皱,目光狠厉,指着陆书瑾道:"你给我站起来。"

陆书瑾不明所以,站了起来,小声询问:"萧少爷半夜来此,是为何事?"

"你甭打岔,"萧矝摆了一下手,仍冷着一张脸,"我问你,你可曾做过什么对不起我的事?"

陆书瑾说没有。

"没有?"萧矝哼了一声,说,"方才在衙门,刘全已经将所有事情都招了,你跟他说,我与你不是一伙的,让他做了鬼后报仇都来找我?"

陆书瑾倒没表现出丝毫慌乱,只不动声色地移开眼睛,没承认也没否认,只说:"刘全此人满嘴胡言,最喜欢在背后编派别人。"

"这倒是真的。"萧矝肯定了这句话,但随即面色一凶,道,"但是不是胡言我还能听不出来？"他指着里面那面墙，没好气道，"你去站着面壁，待我沐浴完出来再找你算账。"

陆书瑾再无他言，只好走到最里头的墙边，开始面壁，但并没有思过。

萧矜平日里是习惯使唤人的小少爷，但这舍房小到了伸不开腿的地步，当中还架着一扇大屏风，多两个人就拥挤得挪不动腿，他便将随从都遣了出去，在外头守门。

萧矜动作随性，一边走一边脱了外袍，解了里衣，露出精瘦而结实的臂膀。房中只点着两盏灯，一盏是陆书瑾书桌上的烛台，一盏则是萧矜床头那盏象牙落地长灯，长灯散发出柔和的光。

陆书瑾微微别过头，朝地上看，就见萧矜的影子被长灯投在地上，他看见他将上衣脱尽后便慌忙转移了视线，连影子都不敢看。

萧矜完全没注意到这些，脱了上衣就进了浴房。他一进去，就发现里面比他想象中的还要小，基本上就是一个石头砌成的圆形池，洗漱用品全放在旁边的一张小桌上。这圆池陆书瑾想必是用过的，萧矜在这方面特讲究，哪怕随从们已经清洗了几遍，他也不想用，便用水盆一盆盆往身上浇水。

实际上刘全在衙门跟他说的不止那些，还说了陆书瑾坦白那日百里池一事，这些他之前是清楚的，并未动气，但听到陆书瑾急着跟他撇清关系他就生气了。

对于陆书瑾想从青楼里赎人这件事，本来萧矜是打算给杏儿一些银子，让她狠狠地将陆书瑾羞辱一顿，彻底断了这书呆子在青楼里赎人的心思。但今日测验作弊被抓，批评全部落在萧矜的头上，陆书瑾反而红着眼睛呜咽起来，如此脆弱的心灵，萧矜担心计划一实行，会将他伤得一蹶不振。

为了将陆书瑾引上正途，萧矜才琢磨出后来那个方法，虽说这原本就是一个误会，但他到底是费了心思的。随后他又是请郎中给他看伤，又是帮忙送邻居姐姐回家，甚至还特地搬来学府的舍房。他倒好，一转头就跟他撇清关系。

萧矜心想：太可气了，这小子！

他将身体洗净擦干，披上丝滑冰凉的外袍，推门而出时，本打算好好教训一顿这小书呆子，却见这人还站在那处，面对着墙一动不动，低着头，睫毛下垂。

听见动静，他转头看过来，半边脸覆上暖黄色的灯光，长长的睫毛落下密密剪影，也遮不住那双漂亮的杏眼，不知道为何，萧矜一下就不生气了。

他又想，干吗跟这个手掌挨了一板子就揉半天，作弊被抓就哭哭啼啼的软弱穷小子生气呢，犯不着。

"你过来。"他一脸严肃道。

陆书瑾向他走了两步，隔着几步远的距离停下。他刚沐浴完，身上还冒着水汽，脖子上的水滴顺着脖子往下滑，落在敞开的衣襟里，陆书瑾没见过这样的景色，低着头不看他。

"你做贼心虚，是不是？"萧矜佯装严厉地盯着他，"知道错了没？"

陆书瑾将头抬起来，直直地去看他的眼睛，说："知错。"

"日后你还跟我撇清关系吗？"萧矜又问。

陆书瑾摇摇头。

他道："那你叫我一声萧大哥，我听听。"

陆书瑾学着喊了一句："萧大哥。"

萧矜不满意，说："萧哥。"

陆书瑾只好再喊："萧哥。"

他又道："萧矜哥。"

陆书瑾："……"

陆书瑾不明白这个人的精力怎么那么旺盛。

萧矜双眼一瞪，马上就要找碴儿，指着他道："我就知道你不是真心认错！"

陆书瑾忙道："萧矜哥莫生气，已是深更半夜，会打扰别人休息的。"

陆书瑾并没有与这些世家子弟结识往来的心思，更不想称兄道弟拉帮结派，但萧矜是个大麻烦，若这会儿不顺着他，他得闹到早上去。

"今日这事暂且作罢，既然你喊了我这声大哥，日后在云城我便不会让人欺辱你，"萧矜这才稍微满意，摆了摆手后，往床上一躺，"你把灯熄了就去休息吧,不用面壁了。"

陆书瑾松了一口气,走上前去,踮起脚尖,将象牙雕的灯罩小心翼翼地取下来,鼓着腮帮子一吹,就吹灭了灯芯,随后将灯罩放回原位。昏暗中,他看了一眼已经闭上眼睛的萧矜,知道他还没睡着,便没敢停留太久,转身绕过屏风,回到自己的床榻前。

熄灭桌上的那盏小灯后,整个房间变得无比黑暗。陆书瑾动作轻缓地爬回床上,直到躺下来时脑子还是蒙的。

今晚跟刘全说的那些话,他知道刘全定会找机会告诉萧矜,且刘全告状必不可能避重就轻,肯定会将他算计萧矜一事从前到后夸大其词地说出,但萧矜却只挑了撇清关系一事寻他麻烦,旁的没有。要么就是刘全没告状,要么就是萧矜本就看穿了他的小计谋,之前不计较,现在也不会计较。

陆书瑾更倾向于后者,也证实了萧矜压根不如表面看上去那样蠢笨。但让他想不明白的是,萧矜今日捅出那么大的事,把刘家私藏官银一事报给官府,待到明日此事传开,必定会在云城掀起轩然大波,上头定罪下来,刘家约莫是要满门抄斩的。在此事上报给京府,再定罪执行之前,萧矜并不安全,他为何还要搬进学府的舍房?在守卫森严的萧府岂不是更安全?

只是刘家已经是泥菩萨过河,自身难保了,此刻一定正急得焦头烂额,哪里还有工夫去寻萧矜的麻烦?若他们真有本事收拾萧矜,也不会在刘全被折断手臂的时候对外宣称是他自己摔的。

陆书瑾想不明白萧矜搬进舍房的目的,更担心与男子共处一室要面对的种种麻烦。陆书瑾翻了个身,面朝着墙,轻叹一声,他得想个办法将萧矜逼出舍房,如若不然,他就必须出去租一处离学府近的地方住,断不能长时间与他住在一起。

许是真的太累了,没过多久陆书瑾就沉沉睡去,这一觉竟睡到了日上三竿。

陆书瑾睁开眼睛时天已经大亮,阳光照在窗户上相当刺眼,陆书瑾醒来的第一个动作就是用手背遮住眼睛,缓慢地坐起来。

五感逐渐恢复,他听见了外头传来的杂音,有人高声背书,有人笑着闲聊。

除了偶尔生病严重到卧床不起,他从未睡到这个时辰。不过也情有可原,毕竟昨晚萧矜太能折腾了。

昨晚他是穿着衣裳睡觉的,这一觉醒来,身上的衣服全皱巴巴的,松垮地挂在身上。陆书瑾叹了一口气,将身上的衣裳慢慢抚平,谁知这一口气却将萧矜叹醒了。

萧矜是萧府唯一的嫡子,又是老幺,除了萧云业外,他在府中的地位是最高的,吃穿用度从小到大都是被人悉心伺候的。他虽如此金贵地养着,但并没有认床的毛病,在哪儿都能睡,却忍受不了这四面透风般的杂音。

海舟学府的舍房住的大多是外地来的学生,且好学上进,有人甚至天不亮就已经起床,萧矜耳力好,哪间房一开门,哪间房一开窗,他都能听见。再加上舍房附近种了很多树,蚊虫也多,叮咬得他不得安宁。如此睡睡醒醒,到天色大亮,听到陆书瑾起身的动静,才终于醒来。

一睁眼他就满脸的不耐烦,坐起来的时候,没忍住拽过软枕,砸在门上,哑声喊道:"来人!"

陆书瑾被吓了一跳,紧接着门被飞快推开,一个随从躬身走进来,说:"少爷有何吩咐?"

"这破地方比猪圈都吵,你找人加固门窗,装上隔绝声音的东西,即刻去办。"萧矜气恼的声音从屏风的另一头传来,带着浓浓的睡意。

陆书瑾走到大屏风边上,探出半个脑袋,就看到萧矜坐在那张铺上凉席的床榻上,衣襟大敞,露着精壮白皙的胸膛,脖颈处似被蚊虫咬了,被他粗暴地挠出三道指印,在偏白的肤色上尤其明显。

他的嘴角耷拉着,双眉皱得死紧,眉眼间的烦躁泛滥,显然在这里睡觉的体验并不好。

陆书瑾心中一喜,等发现这里毛病越来越多,这小少爷还肯委屈自己一直睡在这儿?

萧矜没注意到他,无意识地挠着侧颈的痒处,又道:"再备些驱蚊虫的香薰和止痒的药膏,将房中从上到下别放过任何一个角落,全部烟熏一遍。"

随从躬身应是，又道："少爷可要起床梳洗？膳食已备好。"

萧矜应了一声，一边下床一边将丝绸外袍脱了，衣裳松松地挂在手臂处时，不经意地抬眼，忽而瞧见了屏风旁边探出的半个脑袋和一双乌黑的眼睛，动作一顿。

他的衣裳脱得突然，是下床动作间顺手做的，陆书瑾根本没有回避的时间，就这么猝不及防地被他逮住。

萧矜方才正恼着，忘记了房中还有另一个人，这会儿看见了陆书瑾，想起自己是被他起床的动静吵醒的，思及他每日都睡在这样的环境中，不免可怜，便对随从道："膳食多加一份。"

陆书瑾这么多年来都是一个人睡，猛然早上起来还要面对屋子里的另一个人，一时间很不适应，不知道该说些什么，索性不打招呼，转身去拿木桶准备打水洗漱。

谁知道萧矜的少爷脾气上来了，当即不乐意道："你哑巴了？无视我是不是？"

他相当莽撞，绕过屏风就要去找陆书瑾的麻烦。

陆书瑾惊得回头，昨日灯光昏暗看得不太清楚，今日日光高照，少年那已经趋近成熟男人的身体就落入眼中，从臂膀到腰腹没有一丝多余的赘肉，胯间线条流畅，腹部肌肉分明，好在穿了裤子。

陆书瑾惊得急忙别过头，把目光移开，脸颊腾地就红了，讷讷道："我没有。"

萧矜走过去，忽然伸手将他的下巴一掐，把他的头强行扭过来与自己对视，似乎是顾及他脖子上的伤，动作倒是不粗鲁，但力气不小，他无法挣脱，就这样直直地撞上萧矜的眼睛。

他的眼睛纯澈凛冽，有着少年所具备的朝气，并不锋利，与他对视的时候，有一种被他全身心专注的错觉："你嘀咕什么？"

陆书瑾哪里禁得住这样的拷问，脖子到耳根瞬间便如火烧云般红了个透顶，面颊也烫得厉害，像一场被软刀磨着的酷刑，陆书瑾避无可避，只好说："我不敢无视萧少爷。"

萧矜察觉到掌下腾起的热意，发现他的脸已涨得通红，目光飘忽，稍稍往下落一点儿就会跟被烫了似的赶紧移开，便低头去看，这才意识到是自己光着膀子才招得他如此反应。

于是松开了他的下巴，像老大哥似的拍了拍他的肩膀，笑了一声，说："你也不必艳羡，虽然你练不成我这样，但是日日保持锻炼，多吃多补，会比你现在这副瘦鸡模样好得多。"

陆书瑾如蒙大赦，胡乱应着，赶紧往后退了两步，扭过身去，钻到桌下去拿木桶，以掩饰红透的脸颊和耳朵。

萧矜看他缩成一团，忍不住又笑了，一夜没睡好的怒气散了个干净。昨夜他来学府比较匆忙，只带了一小部分东西，衣衫也没带多少，他挑了一件赤色长衫，慢条斯理地穿上，一抬头，就见陆书瑾提着桶匆匆离去。

但陆书瑾刚出门，就被守在门口的随从拦住了，那人提着水桶道："小公子，干净水已经备好，你不必再去打水了。"

陆书瑾只得又将桶子拎回去，看着随从将一桶桶水提进浴房后，才进去洗漱。

毕竟用的是萧矜带来的人打的水，陆书瑾不敢耽搁时间，洗漱极快，还不小心打湿了衣襟。

陆书瑾出去的时候，萧矜总算穿戴完整，长发也被束起，他将玉佩往腰上一戴，一身红衣若枫，张扬惹眼，又恢复了白日那翩翩少年的模样。

陆书瑾与萧矜打了个照面，就听他道："膳食在你桌子上，你去吃了。"

陆书瑾讶然地回到自己的桌子旁，那张桌子平日里堆放着书籍和笔、墨、纸、砚等东西，如今全部被清理干净，上面摆了几个雕花盘子，里头盛着薄皮肉馅的饺子，还有白白嫩嫩像汤圆丸子的，以及切成白条码放整齐的菜，叠放起来的糕点，另配着一碗粥。

这些菜看起来颜色鲜亮干净，水盈盈的，还散发着浓烈的香气，陆书瑾的肚子当即就翻滚叫嚣着饥饿。

碗筷汤匙都摆放得整整齐齐，包括碗碟都是清一色白玉的颜色，洁白无瑕，看起来就价值不凡。

陆书瑾要是现在转头跟萧矜说你这玩意儿一看就很贵，我不能吃，那指定是要挨揍的，还要被训一顿，他不敢，这也不算是嗟来之食，只不过是不想惹萧矜生气，自找麻烦罢了。如此想着，他便拉来椅子坐下，拿起筷子后，第一下就夹起饺子送到嘴里。

虽说陆书瑾早已养成漠视和刻薄对待的冷清性子，但到底还是十六岁的姑娘。对于没看过的东西他会反复看，对于没吃过的东西他也会嘴馋，情绪高涨的时候仍抑制不了小姑娘的天性。

水晶饺子一入口，温度不烫舌头，咬开之后里头的汁水溢出，弹牙的虾仁混着新鲜的猪肉，爆发出一股鲜香，在口舌间翻滚。

陆书瑾微微瞪大杏眼，吃了一个又一个，在心中发问，怎么会有人把东西做得这么好吃呢？

像汤圆似的东西其实是鲜汤炖豆腐，虽然没有汤，但一咬开软嫩的豆腐，那渗透在里面的汤水便涌出香气，久久留香。切成白条的菜是甜咸口的脆萝卜条，糕点是红豆的，清甜不腻。粥也不简单，放了肉丁和香菇碎，也不知道用什么方法熬煮的，香得要掉舌头了。

这一顿膳食没有个把时辰根本做不出来，但也仅仅是萧矜的一顿早膳，不过今日起晚了，变成了午膳。

陆书瑾一边吃一边在心中惊叹，虽然他很努力地吃着，撑得肚子都圆滚滚的，喘起了气，但这一桌子菜他还是没能吃完。

陆书瑾心知今日是沾了萧矜的光才吃了这顿十来年无可媲美的美味佳肴，所以面对没有吃完的食物时，心里颇为难受。

直到随从来收拾碗筷，陆书瑾都用惋惜和不舍的目光紧紧盯着，小声说："没吃完呢，怪浪费的。"

萧矜站在门边，瞧见了他这副小可怜模样，开口道："虽立秋已过，但天气仍炎热，东西放不住，你若是还想吃，晚上让人再做就是了。"

"晚上？"陆书瑾抬起头看他，自己都没发觉眼睛里满是希冀。

萧矜看着他那双发亮的眼睛，漫不经心地应道："嗯，晚上。"

像是一句随口说的，不会被兑现的承诺，陆书瑾听后，也没再追问。

萧矜倒没在意那么多，他在心中怀疑陆书瑾不仅仅是家境贫穷，极有可能还受到了家里人的刻薄虐待，倒不是因为他时不时展现出来的嘴馋和寒酸，而是他完全不敢奢求任何东西的性子。

按理说，陆书瑾这个读书勤奋、才学颇得乔百廉赏识的儿郎，在家中应该极受重视，哪怕穷得没边儿了，也会事事依着陆书瑾，多少将人宠出一点儿性子来才对。但他却不争不抢，不喜主动与人交流，甚至在边上一整日都安安静静地，毫无存在感，这是很奇怪的。

萧矜一边出门一边想着，陆书瑾也太可怜了。

陆书瑾不知他在心中胡乱猜想，吃饱喝足后，便打算去看望杨沛儿。他将藏银子的盒子拿出来，取出杨沛儿原本的二十两放在小书箱里，又拿了自己的三两放在身上，背着书箱出门。

谁知一出门就看到萧矜站在门前的空地上，对随从说话，见他出来便停住，转头望向他，说："你去哪儿？"

"去找沛儿姐。"陆书瑾跨出门，看见往常在常假日站在外面背书的人已经不见了踪影，外面除了七八个随从和萧矜，再无他人。

陆书瑾正思索着要不要将钥匙留给萧矜，就见他走到自己面前，说："我同你一起去。"

陆书瑾的第一反应就是拒绝，惊讶道："不必了吧？不大合适。"

那种廉价且脏乱的租赁大院，岂是萧矜这种大少爷能够屈尊踏足的？

萧矜却一下将眉头皱起来，说："怎么不合适？你一个男子孤身去找那个女人，就合适了？"

陆书瑾解释道："那是一个七八户人家同在的大院，不是我孤身一人。"

"那也不成。"萧矜道，"这年头嚼舌根的人功夫深，上回我回家抄近道，恰巧与叶家三姑娘同路，隔天就有人造谣我垂涎叶三的美色，暗中尾随。"

他说起此事便拳头发硬，咬牙切齿，对陆书瑾道："你将来是要高中状元的人，不可染上与女子私会的污名。"

陆书瑾虽然没奢望过金榜题名，但还是忍不住反驳："只有你会有这种烦恼。"

他算是发现了，云城里的人都逮着萧矜可劲儿造谣，旁人倒还没有这种殊荣。

萧矜的目光落在他的耳朵上,被阳光照耀着,嫩白耳郭上的细小绒毛都能瞧得清楚,他说:"你往前走两步。"

陆书瑾不明所以,还是往前走了两步,拉近两人的距离。

忽而他伸出手,弹了一下陆书瑾的耳朵,佯装凶道:"你少废话,我说什么就是什么。"

陆书瑾惊得瑟缩了一下,这力道不重,甚至可以说得上是轻柔,然而他的左耳尖还是立马红透了,抿着唇没有说话。

萧矜这人根本不听劝,硬是要跟着陆书瑾,无奈之下,陆书瑾只得妥协。

他们坐的还是昨日送陆书瑾回来的马车,只不过里头桌子上的零食全部换了新的,一半是杏仁、瓜子之类的干果,一半则是干肉脯和新鲜梅子,东西整整齐齐地拼放在一起,颜色鲜艳,看起来极为诱人。

车厢里换了一种熏香,散发着清甜的桂花气味,初闻不大明显,但坐久了便能闻到融在空气中的香味。

萧矜一落座,就将腿跷在旁边的脚蹬上,姿势相当懒散,对摆在桌上的吃的视而不见。

陆书瑾也是吃得饱饱的才出门,对这些东西也并不馋,但还是忍不住往桌上看。

他如此假装不经意地看了几眼之后,被萧矜发现了,他嫌弃道:"想吃就自己拿,总贼头贼脑地偷看什么,还能短你这几口吃的不成?"

陆书瑾缩着脖子,摇了摇头,说道:"昨夜回来的时候,桌上不是这些东西。"

"隔夜的东西岂能吃?自然全部换新。"萧矜抱起双臂,像是闲聊一般与他搭起话来。

陆书瑾问:"那今日的这些,恐怕也是吃不完的,明日还要换新的吗?"

萧矜看着他,一下就听出了他的话外之意,没有立即回答。他知道陆书瑾是一个可怜人,家境贫寒也就罢了,平日里还要被爹娘苛待,恐怕在陆书瑾的人生里,"浪费"是首要大忌,因为这人拥有的东西本就少之又少，所以没资格浪费。

马车里安静了一会儿，陆书瑾本以为萧矜不会回答，不想萧矜调整了一下坐姿，慢悠悠地道："这些干货一时半会儿是放不坏的，但是我从来不吃不新鲜的东西，所以隔夜的都会让下人撤下去换新的，那些东西自然就赏给了下人们，不会白白浪费。"

"哦。"陆书瑾应了一声。

萧矜状似无意地看向窗外，说："你想吃就随便吃，这些东西我多的是。"

陆书瑾一脸怔然，随后垂下眼睫毛，敛起了眼中的情绪，将身体靠在车壁上，也学着他去看外头的街景。

马车出了学府之后进入闹市，便行得慢了许多，走至一半，陆书瑾突然提出要下车买东西。陆书瑾带了银子，本打算给杨沛儿买只鸡，再买些肉补补身体，压压对方这几天受到的惊吓。虽说自己不会做，但苗婶的手艺还是不错的，买多些大家一起吃。

原本的计划是这样的，但萧矜却不同意，臭着脸道："去看一两眼不就行了，为何还要留在那里用膳？"

陆书瑾一想，确实不合适。主要是带着萧矜，这种少爷在那地方恐怕坐不住一刻钟，午膳他是铁定吃不下的，若是留在那里用晚膳，会把萧矜急死。

陆书瑾退了一步，说道："但是沛儿姐身体虚弱，我买些东西给她补补。"

萧矜大手一挥，直接差了下人去办，同时还要嘲笑他："你全身上下也就二十八两七百文，一根人参参都买不了，拿什么补身体？"

陆书瑾哪能平白无故地接受萧矜的东西，忙道："不敢让萧少爷破费。"

萧矜心想这点东西也能叫破费？都不够他去春风楼的打赏。

当然，为了口上积德，他并没有说出口去欺负贫穷的陆书瑾，只说道："你爹娘多久会给你送一次银子？"

陆书瑾不知道他问这话的用意，抿了抿唇，说："他们不给我送银子，全凭我自己赚钱生活。"他的语气很是平常，仿佛不想把自己说得

139

那么可怜，但这话说出来本身就带着凄惨的意味，果然话刚出口，萧矜双眉微扬，神情有了微妙的变化。

"学府的费用全免，我平日里吃得又不多，花不了多少钱。"陆书瑾又找补了一句。

虽说陆书瑾说的都是实话，但话落在萧矜耳朵里，便觉得他可怜死了。再一看他穿着满是褶子的布衣，一双白底布鞋，头发绾起来，连发带都是一根灰色的麻绳，偏偏小脸生得白净精致，缩坐在角落里，贴着车壁，小小一团，再铁石心肠的人也得被泡软。

他收着表情，不想表现出怜悯，便把脸转向窗户，说："我这里有个赚钱的门路，你要不要试试？"

陆书瑾正愁如何赚钱呢，自然不会放过这个机会，立即问："当真？"

"嗯，"萧矜用非常正经的语气说，"昨夜乔老也去了衙门，他知道我在青楼挥霍玩乐后便勃然大怒，罚我抄写《戒女色》整本书，我是不打算抄的，你若愿意帮我抄，那我便一页纸算二两银子，那本书统共五十余页，合下来能赚一百两，如何？"

他的话还没说完，陆书瑾的眼睛就已经瞪得老大，写满了迷惑和震惊，他不知道他是怎么做到面不改色地说出这句话的。乔百廉竟然发现他去了青楼？还罚他抄《戒女色》？抄完一本书能赚一百两？一时间让陆书瑾震惊的问题太多，不知道该问哪一个。

"说话！"萧矜看着他惊呆的表情，挑着眉问，"你不乐意？"

"没有！"陆书瑾赶紧摇头，这不是天上掉馅饼的事吗？他被驴踢坏了脑子都不会说不乐意，"愿意的，多谢萧少爷。"

然而实际上被驴踢坏脑子的另有其人。萧矜听后当即沉了脸，恨铁不成钢道："你真是一个愚笨脑袋，只有你会模仿我的字迹，此事除了你，旁人做不了，你何不用这一点来拿捏我，直接坐地起价，涨到一页纸五两银子，狠赚一笔？"

"啊？"陆书瑾惊呆了。

"我是你刚认的大哥，有义务帮你争取利益，这次你记住，下次学精明点儿。"萧矜咳了咳，说，"你的坐地起价我接受了，便给你算作一页五两,统共二百五十两,没有时间期限,抄完一页就能跟我兑五两。"

陆书瑾被萧矜这一出整得满头雾水,长这么大,还没见过自己跟自己讨价还价的人,这姓萧的是不是疯了?

现在的他在陆书瑾眼中好比一个无比招摇的元宝袋,不管走到何处都要随手撒点儿银钱,否则就会浑身不舒服,他爹知道他这么败家吗?

但随即一想,萧矜手里的银子就算他不要,也会撒在秦楼楚馆或是别的寻欢作乐的地方,那倒不如给他,至少他是用自己的劳动换来的。

"好,"陆书瑾当即点头,"一页五两。"

萧矜露出满意的笑容,不再与他说话,接下来的路程马车里相当安静,萧矜也因为晚上没有休息好,摇晃了一会儿就歪在座位上睡着了。

陆书瑾给驾车的随从指了两回路,才拐到长青巷的门口。马车停下之后,陆书瑾见萧矜还在睡觉,便想着自己下去,让他留在车上继续睡觉,免得他下去后对着大院里的人发脾气。

但没想到他刚打开马车的门,萧矜眼睛就睁开了,他眼神一扫,顷刻间就看出陆书瑾想要自己溜下去的意图,陆书瑾无法,只得冲他比了个请的手势,自己往后退了一步。

萧矜起身,先离开了马车,他的脚刚落地,就闻到空气中有股相当明显的酸臭味,好看的眉头立即拧起来。他转头一看,原来是巷口堆放了座小山似的垃圾,天气尚未转凉,这么多垃圾堆放在一起,用不了两日就会开始发臭。

他张口便道:"这是什么地方,竟如此干净?"

陆书瑾打后面下来,解释道:"附近的租户很多,巷口的垃圾都是五日一清理,难免会有些味道。"

萧矜轻哼一声,并不嘴下留情:"我家养的狗都知道自己把残渣骨头往窝外面扔。"

陆书瑾早料到会如此,并不争辩,抬步跨过散在路边的秽物,往前走去,约莫走了十来步,一转头发现萧矜还停留在原地。

他一身赤色长衣,里头搭配着雪白的里衣,长发用绛色锦带束起,略显随意地散在肩头,一双黑色锦靴连鞋帮都是白的,如此矜贵而俊俏,与整个长青巷格格不入。他看着面前的垃圾堆,脸上带着不大好看的表情，似乎很抵触迈出那一步。富贵窝里长大的小少爷，怎会愿意走进这布满秽物的脏泥巴路。

陆书瑾轻叹一声，忽而扬声道："萧少爷，你去车上等着吧，我尽快出来。"

萧矜被陆书瑾唤了一声，倏尔抬眸看他。

他的确不想走进去，这路脏成这样，来回走一遭都嫌脏了鞋子，他不明白这些人分明住在这里，为何还会放任周围如此肮脏。但陆书瑾就站在那里，脚下是稀松的泥巴，两边是糊得看不清楚原貌的秽物，而他却没有任何嫌弃地立在当中。他分明也穿了一身揉得皱巴巴的深灰布衣，鞋边黏上了泥水，但就是莫名地让人觉得干净，那双黑如曜石的眼睛嵌在白嫩的脸上，如此澄澈明亮。

萧矜心念一动，待看到他脸上出现惊讶的神色时猛然回过神，这才发现自己已经跨过那团散在地上的恶臭秽物。

他敛了敛神色，说道："前头带路。"

陆书瑾见他都走进来了，也不好再说其他，只道："那萧少爷多注意脚下，莫踩到一些不好清理的东西。"

"我会直接把鞋扔掉。"萧矜说，然后想了想，大约觉得不解气，又改口，"烧掉，烧成灰。"

陆书瑾觉得好笑，领着他到了自己住的大院里，刚一进门，就看到杨沛儿和苗婶两人坐在檐下闲聊，恍然看见陆书瑾走进来，后头还跟着一个衣着华贵的少年，同时愣住了。

"沛儿姐。"陆书瑾唤了一声，便往里面走。

萧矜也跟着站在院中，转头扫视了一圈大院，面上没挂表情，更没有说话，双手抱臂，姿态很是放松。

杨沛儿立即起身，迎向陆书瑾，休息了一夜之后，她的精神看起来好了很多，只是脸上有个十分明显的巴掌印，她拉着陆书瑾的手就开始抹眼泪，嘴里全是感谢的话。

陆书瑾也颇为心酸，将小书箱取下来递给她，说："这是先前我从你屋子里拿的，都没用上，你拿回去吧。"

杨沛儿推道："这些银子本就是让你拿去救我一命的，如今我被救出来皆是你的功劳,这些便是报酬。"

"我不能要,你平日里做工也赚不了多少银钱,就留着自己花销。"陆书瑾转了半个身,望向萧矜后道,"其实救你的并非我,而是这位萧家嫡子,名唤萧矜,沛儿姐若要道谢,也该谢他才是。"

萧家在云城的名号可谓如雷贯耳,更何况这位嫡系少爷,杨沛儿和苗婶登时大吃一惊,未曾想陆书瑾竟能将这位人物带来此地。

杨沛儿急忙屈膝下跪,要向萧矜致谢,但萧矜却将身子一侧,并不接她这一跪,他的话稍显无情:"我不是为了救你,你不必谢我。"

陆书瑾俯身将杨沛儿拉起来,笑着说:"萧少爷是为了端掉那拐骗女子、逼良为娼的贼窝,才救了你,所以这银子你不必拿去谢任何人,只管自己留着。"

杨沛儿揩了泪不再推脱,将书箱收下,拿回自己屋中放着。

萧矜瞥了陆书瑾一眼,打他白净的后脖颈上掠过,又想起测验那日,夕阳西落,他双眼湿润,抓住他的手,小心翼翼地问"约定还作数吗"的场景,陆书瑾分明为救杨沛儿奔波劳碌,想尽办法,却不肯在杨沛儿面前邀功一句。

他正想着,前头这人忽而转身,对上他的眼睛,然后跑去搬了一把椅子,对他道:"萧少爷请坐。"

萧矜不大想坐,他想让陆书瑾说两句话就离开,但他不仅坐下了,还被人脱走了鞋子。

苗婶见他的锦靴上全是泥巴,非常热情地为他刷一下鞋帮的污泥,他推拒不掉又不好意思冲陆书瑾的邻舍发脾气,只好将左鞋脱给了她。

苗婶就拿着那只靴子,跑回自己房里找竹刷。

萧矜的左脚没穿鞋子不能落地,雪白的长袜脏不得,他就这么抬了一会儿,觉得自己颇像个大傻子,不高兴地沉着嘴角。这时候坐在边上的陆书瑾忽而与他对望,他见陆书瑾双腿并在一起,坐姿乖巧无比,当即将左腿一伸,把脚搁在陆书瑾的膝头,陆书瑾看了一眼,并没有多余的表示。

很快苗婶找了竹刷来,拔走了萧矜的另一只鞋。他就将一双脚都搁在陆书瑾膝头,自己往身后的靠椅上一躺,端足了少爷范儿,在陆书瑾与杨沛儿闲聊的声音中慢慢闭上眼睛。

陆书瑾给他搬的椅子，是整个大院里唯一带背靠的竹藤椅，但对萧矜来说依旧有种硌骨头的坚硬感，但他却能在刷鞋的流水声和身边的闲聊中缓缓睡去，那隔了墙远远从街道传来的吆喝买卖声都不曾将他吵醒。

杨沛儿往萧矜那儿飞快地瞟了一眼，见他歪着头闭着眼，神色安宁，像是入睡了，这才凑到陆书瑾边上小声道："书瑾，你与萧家少爷的交情何时这般好了？"

陆书瑾想说自己跟他好似没什么交情，也不过是一开始利用他收拾了刘全，后来又拜托他救人，硬要说交情，也就是代写策论和测验作弊，但都算不得什么正经交情。

但眼下他的双脚还搁在自己膝头，睡得如此毫无防备，那句没有交情的话说出来大约是没人信的，陆书瑾想了想，也为了防止他装睡偷听，说道："萧少爷为人正直热情，广结朋友，我也是走运才与他做了同窗，能够来往一二。"

这话说得确实中听，但萧矜正呼呼大睡，没听到。

杨沛儿含笑道："那可太好了，你孤身来此求学无依无靠，我原本还担心你在学府受欺负，若是能得萧家庇护一二，日子就顺利了。"

陆书瑾笑着摇摇头，并不想深聊，便岔开话题，道："沛儿姐你才要当心，这云城如此庞大，人口混杂，难免有人包藏歹心，你断不可再轻信旁人。"

杨沛儿连连点头称是，说起前几日的事，又拉着陆书瑾的手反复道谢，话里话外都要拿他当亲弟弟对待。

正说着，被差去买东西的随从进了门，几个人手里提得满满当当的，身量又高大壮实，吓得杨沛儿慌忙起身。

陆书瑾被拉了一下，虽没起来，但萧矜搁在他膝头的一双脚却因这动作滚落，后脚跟直直地往地上一磕，当下就嗷了一声痛醒了，陆书瑾赶忙又坐好。

随从们忽视了旁人，非常没有眼力见地冲着睡得正香的萧矜喊道："少爷。"

萧矜的后脚跟磕得又麻又痛,一睁眼就怒瞪着陆书瑾,还没开口问罪就听他道:"我没动弹,是你自己掉下去的。"

他睡得迷糊,也不清楚究竟是自己睡着了之后不老实,还是陆书瑾故意使坏,遇上陆书瑾否认,他这一口气也只能憋住,没好气地看了随从一眼,说:"你们办事何时这般拖沓,现在才买来?"

随从们低头沉默,不敢回应。

"把我的鞋拿来。"好在萧矜这一觉睡得舒服,气消得也快,他揉了揉脖子,让人拿了鞋来穿上,站起身时,情绪已经平复,问道:"都买了什么?"

其中一个随从答道:"人参、红枣、莲子各五两,另有老母鸡三只,猪羊肉各二十斤。"

萧矜眉头一皱,说:"就这些?"

陆书瑾赶忙道:"够了够了,这些够了!若是买多了吃不完就坏了!"

萧矜作罢,指了下杨沛儿的房间,道:"放那边门口,出去等着吧。"

随从们应了声,将东西都摆在杨沛儿的门口,然后陆续出去,惊得杨沛儿瞪大了眼睛不知该如何反应。

陆书瑾其实也有被吓到,没想到随从们买了这么多东西来,他原本只想买一只鸡来着。但见杨沛儿表情更夸张,只好安抚道:"这是买给你补身体的,我原本想自己买,但架不住萧少爷是个热心的人,先前你被抓走,苗婶也担忧了好些日子,还与我一起去报官,这些东西你赠她一些,权当谢礼。"

就这么一个时辰,在云城臭名远扬的萧少爷在这大院里俨然变成了热心肠、好相处、知礼节的世家少年郎。

杨沛儿红着眼眶,冲萧矜福身致谢,又拉着陆书瑾说了好一会儿话,边说边擦眼泪。

萧矜只等了一会儿,便开始不耐烦了,喊了他一声:"陆书瑾,你该回去抄书了。"

陆书瑾应了一声,觉得时间也差不多了,便向杨沛儿道别。苗婶也跟着一起相送,欢喜得脸上都是笑意,跟在陆书瑾后头,不住地夸萧矜和他年少有为。

萧矜走在最前面,步子跨得大,不多时就走到了巷口,回头一看,陆书瑾还在边走边回头应话,若是搁在季朔廷或是旁人身上,他早就开始骂骂咧咧了。但他瞧着陆书瑾弯着双眸笑,模样要比在学府里更为活泼开朗,富有生机,便没开口,站在巷口等着。

自家少爷的性子随从们摸得门清,眼下自家少爷站在垃圾秽物旁边静静等着,并不催促,面上也没有烦躁的神色,随从们皆面面相觑,用眼神暗暗表示稀奇。

眼看着陆书瑾总算走到了巷口,萧矜这才上了马车。

陆书瑾站在马车边上,与杨沛儿和苗婶道别后,便跟着进去,门被关上后,这辆华贵的马车就缓缓驶离长青巷。

萧矜发现车里被两人沾满污泥的鞋踩得脏乱,眉头狠狠一抽,干脆闭上眼睛,眼不见为净。陆书瑾见状,也坐在车壁边,安安静静地,并不打扰他假寐。

马车行驶到一半,萧矜突然开口,问道:"你今日换药了吗?"

"什么?"陆书瑾的这句问话是脱口而出的,问完之后才想起来脖子上的伤,自己今日确实忘记换药了。

萧矜睁开眼睛,用眼神指了一下他脖子上的白布条,说:"你解开我看看。"

陆书瑾小心地解开缠在脖子上的白布,露出糊满了青黑色药膏的伤口,惹得萧矜眉头一拧,说:"怎么变成这样?"

陆书瑾根本看不见自己的伤口,于是面露无辜,不知如何作答,只问道:"很严重吗?"

萧矜没应声,而是弯腰在自己座椅下方拉开一个暗屉,里头放着各种瓶瓶罐罐,他拿起几个看了看,从中挑选了一个鹅黄瓷瓶放在桌上。

继而提起桌上的壶,往杯中倒水,从衣襟兜里拿出暗绿色的锦帕,再将锦帕浸在水中彻底打湿,拧干些许,抬头对陆书瑾说:"你坐过来。"

马车轻轻摇晃,陆书瑾扶着车壁起身,按他说的话走去了对面,在他旁边落座。位置算不上特别宽敞,他又坐在靠近中间的地方,陆书瑾一坐下,两人的距离就变得非常近,而陆书瑾要把伤口对向他的话,身体必须往他的方向侧去，如此一来，两人的膝头便避无可避地抵在了一起。

萧矜先将锦帕覆在陆书瑾的伤口上，壶中的水还是温热的，热意立即激起一阵微弱的痛意，随着热意扩散，陆书瑾觉得整个脖子都烫了起来，慢慢往上蔓延，熏染耳根，他微微挪动目光，看向萧矜。

只见他正专注地盯着自己的伤口，待湿热的锦帕焐化了伤口的膏，便刻意放轻力道，把膏药擦掉，带着不满的情绪，低声道："还是不能相信街头的郎中，他们配的药起效太慢，这样涂抹不仅会留下难看的疤痕，还极有可能捂得伤口溃烂，昨日事情太多，我回来之后便忘了此事。"萧矜的后半句话倒像是自言自语。

青黑的膏药擦去之后，便露出了陆书瑾伤口原本的模样，已经不再流血了，但伤口还有些红肿，看上去并没有比昨夜好多少，他拿起瓷瓶，将里头的粉末倒在掌心，也不知道是什么名贵药，他半点儿不心疼。

放下瓷瓶时，萧矜动作一顿，像是突然想起什么似的，抬头对陆书瑾道："这个药性烈，撒在伤口会有些痛，不过你一个大小伙儿，应该是不怕疼痛的吧？"

陆书瑾与他对望片刻，而后将目光挪开，盯住了萧矜身后的窗框，点了点头。

陆书瑾觉得萧矜这句话不像是激将，倒像是鼓励，因为他的语气有着莫名其妙的柔和。正胡乱想着，萧矜的手就覆了上来，紧接着脖子上的伤口猛烈地疼痛起来，比起昨日被伤时的痛感有过之而无不及。不过单这种疼痛，他是能够忍耐的，握紧了拳头，咬咬牙一挺，连哼都没哼一声，让萧矜来回抹了三次。

伤口处理完，萧矜拿了新的白棉布让他包扎伤口，目光掠过他发红的眼眶时，暗自腹诽还真是没见过这般娇气的男孩，但嘴上却还是要拉踩一下自己的好兄弟："上回季朔廷用这药还痛得哭爹喊娘，没想到你比他强多了。"

陆书瑾慢慢地包扎伤口，没有接话，心中却想，这一句好像是赞扬，虽说他今日夸萧矜那些话中大半是场面话，但那句"热心肠"总归不是假的。

伍　和萧矜一起翻墙头

马车本来是要往海舟学府去的，但走到半道，萧矜忽而想起临走时给随从安排的一堆事，他铁了心要把那个地方彻底整改一番，现在这时候估计正忙活着，学府的舍房一时半会儿是回不去了。

他朝陆书瑾问："你还有旁的事要忙吗？"

陆书瑾自然是没有事的，本来他今天的打算是在大院里坐到晚上再回来，但因为萧矜从中作梗，只得提前离开。

见他摇头，萧矜沉默片刻，似在思量什么，而后对随从道："改道，去春风楼。"

春风楼一听就不是什么正经地方，陆书瑾当即说道："我要回去。"

"你回不了，"萧矜否决道，"那破地方合该好好修整，待晚上再回去，你就先跟着我。"

"我不想去。"陆书瑾大胆表达自己的想法。

萧矜瞥了他一眼，掺杂着威胁道："这话我就当没听到。"

陆书瑾自然不敢再说第二遍，但心里还是不大乐意的，他知道萧矜指定不会去什么好地方。

果然，马车绕了半个城，在云城第一琴馆门口停下。

萧矜率先下了马车，他是春风楼的常客，守在门口的下人老远就瞧见了萧家马车，在路边迎着，一见萧矜下来，便急忙上前，躬身弯腰给萧矜的衣摆掸了掸灰尘，喜笑颜开道："萧小爷，您又来了啊。"

萧矜应了一声，那下人便像往常那样，着急忙慌地将他往前引，但萧矜这次倒没急着往里面进，而是回头看了一眼，也不知在瞧谁。

片刻后，他横眉佯怒，半个身子又探进马车里，从里头拽出一个模样极是清秀的小郎君。

陆书瑾看着面前这座富丽堂皇、张灯结彩的春风楼，抗议道："我想回去看书。"

萧矜道："不成，我陪你去了一趟城北，你也该陪我走一遭才算公平，再说了，那舍房现在也回不去，指定一团乱。"

"我可以站在院子里看书。"陆书瑾说。

萧矜又开始装听不见，威胁道："你若是不想好好走路，我就把你扛进去。"

街上人来人往，皆往此处瞧，而萧矜又握着陆书瑾的手腕不放，似铁了心地不让他走。没办法，陆书瑾只得跟在萧矜后头进了这云城有名的销金窟。

春风楼乃是远近闻名的琴馆，是城中达官贵人、世家子弟的主要消遣处。楼中的酒十里飘香，楼里的姑娘貌美倾城，打一踏进这座楼，陆书瑾的眼睛就被里头的华丽晃了眼，只觉得触目便是灯光下闪耀的金色，头顶上挂着的巨大彩色灯笼往下坠着飘带，站在轻薄纱帘后翩翩起舞的姑娘，空气中弥漫着沁人心脾的芳香，不管从何处看，这里都与玉花馆有着云泥之别，但本质上也无太大区别。

萧矜走在前头，楼里的姑娘都熟悉他，站在边上甩手绢，说："萧小爷可有几日没来了。"

"爷有正事儿，也不能日日往这里跑。"萧矜适当地为自己正名。

那些姑娘都知道萧矜不喜欢姑娘贴得太近，虽围了上来，却也保持着一段距离，很快她们就发现他身后还跟着一个穿着寒酸的陆书瑾，纷纷发出疑问："这后头跟的是谁啊，怎么瞧着那么眼生？"

陆书瑾缩了缩脖子，心想可不眼生吗？他就是钱多得放路上烧，也不可能踏进这种地方。

萧矜的脚步停了停，转头对他道："你跟紧些，走我边上。"

陆书瑾实在不适应这种场景,唯一认识的人也只有萧矜,当然是紧跟着他,听他说了话之后,便跨了两步,悄悄去贴他的手臂。

萧矜牵着嘴角笑了一下,带着他直奔三楼,去他常年包下的一个雅间。

这里的门也不知是什么做的,将声音隔绝得极是彻底,里头的声音一点儿也传不出来,直到门推开时,才能听到里面交错悠扬的琴乐声。

雅间敞亮,绯色的纱帘从吊顶上垂下来,轻轻飘动着。

萧矜撩开纱帘,往里探身一瞧,就见座位和矮榻上皆坐了人,几人见了萧矜,纷纷站起身来,唤了一声:"萧哥。"

萧矜方才还愣愣的,目光一落,瞧见了正中央矮榻旁坐着的一个男子,当下神情一转,扬唇笑了起来,脱了靴子往里面走去:"我说这地方怎么这般热闹,原来是你叶老二在啊。"

陆书瑾落后半步,不动声色地往里面看,就见季朔廷也在,但他边上坐着一个脸生的年轻男子,二十出头,长相并不出众,但眉梢间的笑意仿佛带着温柔,他笑着说:"萧小爷,有阵子没见你了,听说你昨日干了一件大事儿啊。"

说着,季朔廷和那男子一同动身,让出一个空位来,萧矜从善如流,走到当中盘腿而坐,姿态随意地伸展着肩膀,似烦躁地叹了一声:"什么大事啊,别提多晦气了,叶洵,你最好别提,触我霉头。"

叶洵的另半边臂膀上还趴着一个模样极为艳丽的姑娘,他随手捏了一颗葡萄喂给那姑娘吃,不在意道:"刘家私藏官银的事都能让你抖出来,哪能是触霉头?这是立大功啊。"

那姑娘含了葡萄笑道:"萧小爷的本事大着呢。"

叶洵低低地训斥她,带着股宠溺的意味:"你吃完了再说话。"

姑娘又咯咯地笑起来。

萧矜对这两人的互动完全视而不见,也没接叶洵的话,只惊奇道:"咦,上回咱们来的时候不是说好了让小香玉轮着陪吗?这次怎么还挂在叶二身上了?小香玉是看不上季老五了啊?"

季朔廷适时地翻一个白眼,做出不高兴的样子:"你说的那都是上上回了。"

"看来是我记错了。"萧矝转头看向还站在纱帘边上的陆书瑾,发现他还愣愣地站在那里,便道:"你还站着做甚?进来坐季朔廷边上。"

陆书瑾缄默不语,学着他的样子把鞋子脱了,还特地并在一起摆放整齐,搁在萧矝鞋子旁边,而后走进来,坐在季朔廷身边,当中隔着半肘的距离。

整个矮桌上皆是光亮的银器盛满了丰盛的美食,桌边坐着的也都是身着锦衣的少爷,唯有陆书瑾显得无比突兀,格格不入。但陆书瑾面色宁静,落座之后虽沉默不语,却不显拘束,倒有几分平日里少见的从容。

陆书瑾方才细细观察了一下,发现这里的气氛并不简单。萧矝平日里跟季朔廷相处时的状态是非常轻松的,两人约莫是自小一起长大,动辄贬损对方也不觉得过分。而方才与这个名唤叶洵的人碰面时,萧矝身上那股懒散的气息悄无声息地收敛起来,他虽然在笑,却并不放松,说明他、季朔廷与叶洵并没有表面看上去那般融洽。

不拘谨不露怯,正是陆书瑾唯一需要做的事,也不会有人为难自己。

事实上也确实如此,陆书瑾虽衣着寒酸,也不与人对视交流,但他是萧矝带来的人,这一屋子里萧矝坐在主位,地位最高,所以那些人虽疑惑陆书瑾的身份,却也都有几分眼力见,当然,蠢的人除外。

小香玉认真地打量着陆书瑾,忽而歪着头问萧矝:"这位瞧着跟咱们楼里的小倌儿似的细皮嫩肉,原来萧小爷喜好这口?"

她的话音一落,季朔廷的眼皮子狠狠一抽,吃惊地看了小香玉一眼。

陆书瑾也因为这句话,忍不住抬眼看她。方才进来的时候,他没敢乱看,这是第一次落眼房里的姑娘,只见这女子皮肤白嫩如雪,描着细眉点着朱唇,模样漂亮极了,是让人看一眼就会忍不住惊叹的美,只是好像没什么脑子。

所有人都在看陆书瑾。其实小香玉说得也没错,陆书瑾模样瘦小,皮肤相当白嫩,墨染一般的眉毛和眼睛像是被画笔精心描绘一般漂亮精致,没有喉结,没有胡楂,连说话的声音也不尖细,这稚气未脱的模样和楼里的小倌是一样的，是那种雌雄莫辨的美。但陆书瑾是正经读书人，小香玉将自己与楼中的小倌相比，完全是一种羞辱，更何况还带上了萧矜。

所以萧矜的脸一下子拉了下来，瞥她一眼，冷声道："你这张嘴若是不会说人话，那便把舌头拔了，以免招人嫌。"

萧矜虽然平时看起来笑嘻嘻的，一副很好接近的模样，但生起气来那是十足的骇人，吓得小香玉立马打起哆嗦，双眸含着泪，求助叶洵。

叶洵笑着在中间打哈哈："这春风楼貌美如花的女子数不胜数，为什么我跟季朔廷偏生就看中了同一个？不就是贪恋小香玉脑子蠢笨娇憨吗？萧矜，你可别吓到她。"

季朔廷听着这话也觉得好笑，没忍住哧笑。

萧矜却好像不大领情，将眼皮一耷拉："我吓到的人多了去了。"

叶洵道："小香玉，快给萧小爷和这位小公子赔不是。"

小香玉忙站起身，姿态婀娜地盈盈一拜："萧小爷，小公子，是奴家嘴笨脑子发晕才说了那话，还望两位莫跟奴家计较。"

萧矜没有应声，而是将目光一偏，落在陆书瑾的身上，似乎在看他的态度。

陆书瑾点点头，声音不大地道："无妨。"

萧矜敛了气，只道："扫兴，出去。"

小香玉眼睛一眨，落下两滴泪，一副我见犹怜的模样，朝叶洵望了又望，期盼他能说两句话留下自己，然而萧矜发怒，叶洵说话也是不作数的，只会惹得他更生气，于是也视而不见。

小香玉揩了揩泪，再福身一拜，迈着小碎步离开了雅间，门合上的瞬间，她神色一转，委屈之色荡然无存，翻了一个白眼，呸了一声，道："这个姓叶的，真是烂心肝的东西。"

房内的歌舞还在继续，几人一时间都没说话。

陆书瑾趁着人没注意，抬头去看萧矜的侧脸，又见他眉目间没什么表情，似还藏着生人勿近的冷霜，让人望而生畏。

此时的他与学府里的他判若两人，学府里的他与身边的人说笑打闹，有着十七八岁少年该有的蓬勃朝气，即便是发怒，也不会牵连无辜，且情绪去得很快。但此刻的萧矜却散发着尖锐锋利的气息，摆明了谁接近谁就会被刺的冰冷，有着久居高位的压迫感。

陆书瑾觉得在学府里时，他只是小少爷萧矜，但是到了这里，或者说是到了叶洵面前，他才变成了萧家嫡子，可见他十分忌惮叶洵。

陆书瑾得出这个结论后，便知道不能再窥探太多，便收回了视线，目光落在面前盘中摆的葡萄上，专注地盯着。

叶洵倒了两杯酒，一杯送到萧矜面前，温和地笑着说："你还生气呢，这小香玉惯常的嘴上没把门，犯不着跟她置气，咱俩好些日子没见，喝两杯。"

萧矜很给面子，软化了周身的戾气，接过酒杯喝了大半，才道："叶少近日都在忙什么？"

叶洵道："我还能忙什么，左不过是平日里那些事，不过你昨日闹的那一出倒是给我整出不少麻烦事，睡得正香被喊起来去衙门了。"

萧矜哼笑一下，说："这可与我无关，谁让云城知府是你爹呢。"

"前年上头拨下来的赈灾款统共二十万两，到了云城一清账，就只剩下十万。"叶洵眯了眯眼睛，说，"昨夜你在玉花馆找到的也不过四千余两，你说剩下的九万五千多两银子去了何处？"

萧矜将杯中的酒喝尽，皱了皱眉，又自己捞了酒盏倒满，满不在乎道："我如何知道去了何处？与我又不相干，昨夜若不是为了去找我爹给我的玉佩，还撞不上刘全转运官银，这份功劳我接不得。"

叶洵道："萧将军不是整日觉得你无所事事，若是将此事报给将军，想必将军远在京城也能对你放心些。"

"我有什么放心不得？我又不杀人越货、作奸犯科。"萧矜摇头道，"你可别给我戴高帽，爷不要。"

两人说话像打着太极，季朔廷适时插嘴："乔老昨儿又罚你了吧？"

"可不是，他知道我去了青楼，气得差点儿掀了衙门的瓦顶，要我必须搬进学府的舍房。"说起这个，萧矜的话就多了，气愤道，"你知不知道那个舍房究竟有多糟，我一整夜净听蚊虫的嗡嗡声去了，直到天明方停，刚消停没一会儿，外头就有人背诵书文……"

接下来很长一段时间，都是萧矜对学府舍房的控诉，从各个地方将舍房痛批了一番，仿佛那根本就不是上等学府的舍房，而是打在闹市的老鼠洞。

叶洵几次想要岔开话题，将重心引回官银上，都被季朔廷和萧矜含混过去，最后他颇为无奈，又不想听萧矜逮着舍房痛骂，只好引出别的话题："城西那头又多了几桩奇怪的病死案例，你们可有听说？"

萧矜喝着酒问："怎么回事？真有瘟疫啊？"

"应当不是，几户病死的人不住在一起，且平日里没有交集，初步看，这病应当没传染性的。"叶洵道，"只是尚未查清缘由，萧少爷有何见解？"

萧矜倒还真的仔细思考了一下，而后道："我这段时日看的《俏寡妇的二三事》里头，有一段写到王家二郎被俏寡妇勾走了心，惹得王二郎新妇心生妒忌，便学了南疆那边的巫咒之术，做了小人诅咒俏寡妇不得好死，结果俏寡妇还真上吐下泻险些丧命，你说，城西的那几桩病会不会是有人使了巫咒，扎小人害人呢？"

叶洵听得嘴角直抽抽，皮笑肉不笑地问："萧少爷是认真的？"

萧矜一笑，说："当然是编的，我又不是医师，怎么知道他们的病是何缘由？叶少怕不是喝多了？"

陆书瑾抬头看去，就见叶洵的脸隐晦地抽搐着，显然快被气死了，却还是强行挂着笑脸："我看是萧少爷喝多了吧？"

萧矜借坡下驴，身体往后一仰，说："还真是，我说怎么脑袋晕晕的。"说着，他就闭上了眼睛不再理人，叶洵喊了好几声都装作听不见，跟个无赖似的。

若是换了旁人，叶洵指定掀翻桌子跟他干一架，但摊上萧矜，他有怒气也发不得，只能笑着说："那劳烦季少送一下萧少，我还得去哄哄小香玉。"

季朔廷不大乐意，道："我去哄她，你送萧少吧，先前你没留她，现在她未必想见你。"

叶洵想跟这两个人轮流打一架，但还是咬着牙，脸上的笑快要挂不住了，赶忙穿了鞋子往外走："我扛不动萧少爷，只有你能担此大任，季少莫与我推脱。"

叶洵走得很快,其他几个年轻男子也跟着离去,季朔廷跟去门口看,屋内只剩下萧矜和陆书瑾二人,陆书瑾端详萧矜,见他把头歪在矮榻边上,白净俊俏的脸因为喝多了染上一层薄薄的红色,两边的暖色灯光落下,柔柔地描绘出他眉眼的轮廓,看起来俊美非凡。

这才多看了两眼,季朔廷便折回来,将萧矜从矮榻上拉起来,架在脖子上,让陆书瑾在后头帮忙扶一下,两人一前一后将萧矜带出了春风楼,拖上了马车。

刚一进去,季朔廷就将他推在座位上,自个儿坐下来喘气,怒道:"萧矜!你就不能使点儿劲?全压在我身上,想累死我!"

陆书瑾刚一坐下,就见对面的萧矜睁开了一只眼睛,而后坐直身体,揉着肩膀,回嘴:"你放下我的时候动作能不能轻些,磕着我的肩膀了。"

"我就该把你撂在地上,让你自己爬回马车里。"季朔廷说。

陆书瑾坐在边上,漂亮的杏眼看着装醉的萧矜,又看看季朔廷,没有说话。

萧矜又指了指他,做了一个割脖子的手势,凶道:"你敢说出去我就灭口,懂吗?"

陆书瑾忙不迭地点头。

季朔廷看了看陆书瑾,问:"你是不是闲的,怎么把他也带来了?"

"要是知道你跟叶老三都在那儿,我压根就不去,更别说是带着他了。"萧矜自是满脸的晦气,跟叶洵扯皮那么久,他倍感疲惫。

"我派人给你传信,让你今日来春风楼,结果传信的根本没找到你,你此前跑哪儿去了?"季朔廷道。

萧矜当然是跟着陆书瑾去了城北的租赁大院,还在那儿睡了一觉。但此事说出来怪没面子的,萧矜拒绝回答:"你别管。"

季朔廷道:"你这次玉花馆误打误撞撅了刘家的官银,叶洵指定逮你一段时间不放。"

萧矜冷笑一声,说:"我这些日子就在学府里,哪儿都不去,他上哪儿逮我?等过了这段时间,我就给他找点儿事做。"

两人到底还是有些防备陆书瑾的,剩下的话便没再说了,季朔廷转而问道："你现在去哪儿？"

萧矜道："回学府。"

季朔廷道："你一身脂粉酒气，就这么回去，不怕撞上乔老？"

萧矜夸张一笑，十足自信道："今日常假，乔老怎么可能会在学府，他定是在家中休息。"

陆书瑾在心中道那可未必。

果不其然，萧矜还是自信得太早，以至于刚下马车迎面就撞上乔百廉，他一时毫无防备，往马车里钻，导致脚踩空摔落下来。

乔百廉疾步走来，立马闻到了浓郁的酒味和散不去的脂粉香气，脸上的忧色顿时转为怒气，指着他，气得脸通红："你这个小混账，上不孝敬父母师长，下又欺负殴打同窗，还跑去喝花酒，喝得站都站不稳，还有没有副人样了？"

陆书瑾还没下去，听到这声音立马从里头悄悄关上了马车门，躲在里面。

"乔老，我突然想起衙门那边还有些事需要我去一趟，等回来再吃您的教训。"萧矜赶忙转身拉门，却没拉开。

开门钻进去的动作须得一气呵成的，但他第一下没拉开车门就没机会，乔百廉严厉斥责："你给我站好！目无尊长，成何体统！"

萧矜被乔老劈头盖脸一顿骂，喝是没喝晕，倒让乔百廉骂得晕头转向，待乔百廉训完，丢下句"好好反省"走了之后，他这才把陆书瑾从马车里揪出来。

一路走回舍房，萧矜都瞪着陆书瑾，本来他是想好好教训一下这个反手卖大哥的小白眼狼的，但想起方才乔百廉训他的时候，那一句炸在耳边的"上不孝敬父母师长，下又欺负殴打同窗"，又忍住了。

陆书瑾自知理亏，缩着脖子不敢看他，只觉得他的眼刀一直往自己身上戳。

回去之后，陆书瑾才发现整个舍房都被大改，唯一留在其中原封不动的，就是当间那扇大屏风。方一入门，他就看见地上铺了一层接近大米颜色的地垫，空气中还充斥着非常浓郁的烟熏气味，门的左右手贴着墙的位置各摆了一个木制矮柜，进门就得脱鞋。

再往里走，陆书瑾发现自己的床都被换了，换成大小适中的拔步床，红木床架上雕刻着精美而绚丽的图案，青色的纱帐分内外两层，里头一层放下来，外头一层则挂了起来，隐隐窥得床榻上摆放整齐的被褥和锦枕。

先前那张需要垫桌角的桌子也换了，比之前的大了不止一圈，上头的笔墨纸砚全部摆上新的，雪白的宣纸玉制的笔架，书本被收拾得干净整洁。窗户也吊了纱帘，将外头的日光阻隔大半，使得房中光线柔和昏暗，陆书瑾怔怔地看着，只觉得自己走错了地方。

在他和萧矜出去的这几个时辰里，舍房像是被人从里到外翻新了一遍，与他之前住的完全是两个地方。

陆书瑾赶忙去检查自己的东西。他的东西倒没什么不能见人的，全身统共也才几两银子和一些换洗衣物，很快就清点完毕，一个不少地装在箱子里，萧矜的那些手下不仅办事利索，且极为规矩，虽然东西全部换过，但这些装了私物的箱子仍在原地。

陆书瑾发呆时，萧矜从屏风的另一头绕过来，将一本书撂在陆书瑾桌上，睨他一眼，语气里显然还带着一点儿方才的怒气："你坐在地上干什么？"

陆书瑾没应声，爬起来拿起书一看，挺厚的一本，封面上三个大字：《戒女色》。

萧矜道："你的那些鸡毛笔我都让人扔了，你给我抄书必得用上好的笔墨纸砚，否则乔老一眼就能看出端倪。"

"哦，"陆书瑾应道，"多谢萧少爷。"

陆书瑾低着头，昏暗的光线下，萧矜能看到他往下垂的浓密长眼睫，还有圆润小巧的翘鼻，使他整个人变得软和乖顺。

个子很矮，萧矜在心中暗暗评价，皮肤又白嫩，说话总是慢声细语，脸蛋干净眼睛大而漂亮，不怪别人说这小书呆子像春风楼的那些小倌。

小香玉当着众人的面这般羞辱他，他也安安静静地没有反应，像是习惯了冷漠与刻薄。

这样一想，萧矜哪还记得他是方才那个在他背后关车门的小白眼狼,只拍了拍他的肩膀,缓声说:"你的年纪还小,日后给你多补补,总能蹿一蹿个子,长出男人的模样来的。"

陆书瑾被吓了一大跳,心想可千万别这样。

萧矜在舍房里坐了没一会儿,就又出门了,临走前叮嘱陆书瑾不许离开海舟学府。

天色渐暮,萧矜去了季朔廷家。

季家是正儿八经的书香大族,季朔廷的祖父更是年少及第,如今正任工部尚书一职,他爹也是两榜进士,季朔廷天赋不低,自幼就聪明,七岁那年捧着一本话本去找萧矜玩,被萧云业抓住,把两个小子都打了一顿,罚在院子里跪着。

季朔廷却能在萧云业走后,把看到的内容背下来,惊得萧矜目瞪口呆,正因为如此,季朔廷才能整日跟着萧矜厮混,动辄把萧矜喊到自己家来玩乐。

季府赶不上萧府气派,住的人也多。季朔廷排行第五,头上三个姐姐一个哥哥,底下还有三个弟妹,单是这已经够多了。但因为季府的几个当家人都在京城任职,季家便没分家,什么大伯小叔,几房人都住在季府,每回萧矜去都能赶上热闹。

这回他去,季府大房的三儿媳正在跟二房的嫡女吵架,隔着一座假山石,争得面红耳赤,老远都能听到。

季朔廷习以为常,带着萧矜往自己的住处去了,说道:"你不用管她们,吵累了就自己回后院了。"

萧矜想起自己家,若是萧云业不在,萧府从来都是寂静的,他爹的那两房妾室都是老实妇人,深居简出,萧矜的兄长在外为官,唯一的姐姐入了后宫,他每次回去,整个萧府好像就他自己似的。

进了季朔廷的书房,萧矜十分熟练地半瘫在软椅上,叹了口气,揉着额角说:"我好像还真有些喝多了。"

季朔廷正打算关门,听到这话又赶紧吩咐下人准备醒酒汤,转身对萧矜道:"你要是喝多了,现在就回去,可别在我这儿留宿,免得又说我偷你的玉佩。"

他说的是萧矜上次喝多了后把玉佩随手赏了春风楼的姑娘,第二日醒来，愣是赖季朔廷偷拿去了，屎盆子扣在季朔廷身上，让他百口莫辩，他费了很大功夫才还自己清白。萧矜喝醉之后一点儿不记事，醒来还血口喷人，非常麻烦。

"我也不会久留，主要跟你说两件事。"萧矜将头往后仰，找了个舒服的位置瘫着，声音漫不经心，"刘家被抄是迟早的事，这段时间你少去春风楼，躲着叶洵走，别被他逮住了一顿试探。玉花馆只藏了四千多两官银，余下的城西荣记肉铺，东桦区八号盐铺，城南玉容宝楼这三个地方，你差人盯一下，不必盯太紧，免得被发现。"

季朔廷走到桌前，提笔便要在纸上写下这几个地方，萧矜瞥了一眼，说："别写纸上。"

季朔廷本想偷个懒不用亲自跑一趟，但被萧矜看穿了意图，只好将纸放在烛台旁烧了，火光映在他的脸上，说："刘家被抄一事你有几成把握？官银你也没抓住是刘全亲自搬运，他们咬死了说没证据翻案怎么办？"

萧矜哧笑道："那就让他们管我爹要证据吧，与我不相干。"

"那要避着叶洵多久？"

"半个月左右，待这事了却之后，我好好收拾他。"萧矜说。

萧矜要交代的事就这么两件，说完就安静了，约莫是头晕，想再歪着躺一会儿。

本来说完事季朔廷就可以赶萧矜走的，但他还有别的事想问，一开腔语气不大正经："咱们萧少爷最近洗心革面，要做男菩萨了？怎么对陆书瑾如此关照，先前不还说不会多管闲事吗？"

萧矜微微睁开眼睛，说话的情绪也跟着一转，微微叹气："你不知道，这小子可怜得很，我觉得他在家中指定受了不少苛待，保不准是偷偷离家来云城求学的，浑身上下就几两银子，我甚至怀疑这几两银子还是先前给我代笔策论从我这里赚去的。"

季朔廷听了就笑道："咱们学府也不止陆书瑾穷困啊，梁春堰和吴成运同样是寒门出身，你怎么不一视同仁，都可怜可怜呢？"

萧矜满不在乎地道："我不是可怜贫寒之人，我只是可怜陆书瑾。"

他的语气如此理所应当，季朔廷仿佛也找不到可以取笑的地方，见他一动不动，想着这些日子确实也累到了，便让他安静地休息了一会儿。

但萧矜刚躺下没多久，就自己站起来。

"醒酒汤还没端来。"季朔廷的言外之意，是让他再坐一会儿。

"不了，我回去吃晚膳。"萧矜摆了摆手，说道，"我不回，他指定又去买那个破饼子吃。"

海舟学府，萧矜刚一走，陆书瑾就悄悄地把窗户打开了，盼着蚊虫多爬些进来，最好是把萧矜咬得今夜不能寐，连夜带着东西回萧府。

萧矜这一走久久不归，他看了眼外面的天色，觉得有些晚了，便起身想去食肆买些吃的对付一下，谁知刚打算出门萧矜就回来了。

"你去哪儿？"他堵在门口。

"买吃的。"陆书瑾回答。

萧矜牵了牵嘴角，面上浮起笑容，暗想自己果真神机妙算，他身上的酒气散得所剩无几，眼神也清明得很，他轻轻推了陆书瑾一把，说："我让人备了晚膳。"

萧矜这种看起来就吊儿郎当、十句话八句不可信的人，竟然有着莫名其妙的守信品质。他让随从端上晚膳，照例将陆书瑾的桌子摆满，那些做工精美昂贵的瓷器一揭开，香气瞬间涌出来，勾得陆书瑾的肚子不停地叫。

萧矜打定主意要给陆书瑾这可怜的孩子好好补补身体，晚膳准备得尤其丰盛，陆书瑾细嚼慢咽吃了好些时候，撑得肚子都疼了，也没能吃完，他在旁边看着随从将碗碟一一收拾。

用过膳食后，萧矜又出去晃了一圈，陆书瑾则开始抄写《戒女色》。

半个时辰后，萧矜回来命人烧水，折腾了好些时候才消停，沐浴净身完就往床上一躺，整个房里寂静下来。

门一闭上，窗隙边的风声就变得尤其明显，和煦的风从外面吹进来，从陆书瑾的面颊上轻柔抚过，微微掀起书本的一角，陆书瑾轻轻将它抻平。他的目光落在纸上，那刻意模仿萧矜字体的纸张上跳跃着烛台的光，但他的耳朵却是自由的。

陆书瑾听见了窗外的虫鸣，风掠过树梢，掀起叶的波澜，更远一些,是从街道上传来的喧闹吆喝,还有云城的报时之钟悠扬绵远。近处则有灯芯燃烧的噼啪声,不知从哪个舍房传来的关门声,更近一些,还有萧矜平缓而富有规律的呼吸声。

开着窗户,声音尚有些杂乱,但关上窗户后,就只剩下萧矜的声音。陆书瑾多年来都是一个人念书写字,熄灯入睡,从未想过有朝一日他坐在桌前抄书,身后隔了一扇屏风,还躺着另一个人,一个桀骜张扬的少年。

陆书瑾想,若不是因为自己身上有个不能被识破的秘密,他倒是乐意让萧矜留下来住,或许在不久的将来,还能与萧矜隔着屏风聊天。萧矜不喜读书,那就不聊书中的内容,说一些杨镇上那些骇人听闻的事,让萧矜用他那张骂人厉害的嘴解一解他的心头之气,或者从萧矜的口中听听云城里的奇闻趣事,萧矜平日里就喜欢跟身边的人谈天说地,他一定会将事情讲得特别有趣,让他开怀大笑。但是不行,他必须想办法让他离开舍房,否则他就得搬出去另寻住处。

如此想着,陆书瑾伸出手,将窗户又悄悄开得大了些,蚊虫飞进来,在他的脖子、手腕叮了几口。这蚊虫极为厉害,叮咬时就传来了相当强烈的痒意,低头一看,就见自己左手虎口旁落了一只,正在大口地吸他的血。

没多久,萧矜就被蚊虫叮醒了。他嫌弃热,并没有放下纱帘,胳膊和敞开的胸膛上被叮咬了好几口,萧矜一边要命地挠着一边坐起身,一抬眼就看见屏风另一头的灯光竟然还亮着,他原本要发泄的怒意被截停,疑惑地喊道:"陆书瑾?"

投在屏风上的影子动了动,那头传来陆书瑾的声音:"是我吵醒萧少爷了吗?"

"你为何还没睡?都几时了?"萧矜起身,赤着脚绕过屏风,就见他穿戴整齐地坐在桌前抄书,听到萧矜的声音,便转身看来。

"我平日这个点都在看书。"陆书瑾回道。

萧矜看了一眼紧闭的窗户,走到他的桌边,一眼就看出他在抄写《戒女色》,皱了皱眉,粗声粗气道:"你别抄了,现在上床睡觉去。"

"时间尚早……"

"早什么早,现在就是睡觉时间,你把笔搁下。"萧矜的语气不容抗拒,指着床道,"你是自己走过去,还是被我扛过去?"

陆书瑾无法,搁下笔站起身,对萧矜的话表示顺从。萧矜挠了一下脖子上的痒处,又去开了门,将随从唤进来点上驱蚊虫的香,而后靠坐在床边,闭着眼睛假寐,听着陆书瑾沐浴完上了床,才重新躺下。

燃起的清香在房中弥漫,它不仅能够驱蚊虫,显然还有安神的作用,陆书瑾平日里睡眠并不好,但闻着这香却睡得无比香甜。

第二日天还没亮,陆书瑾就精神抖擞地爬起来,轻手轻脚地换上海舟学府的院服,洗漱完之后悄然离去,走的时候萧矜还在睡觉。

陆书瑾惯常早起,今日换了伙食,买了两个肉包子吃,赶去甲字堂时还没多少人,不过吴成运已在其中。

他往门口张望许久,没看到萧矜从门口进来,就知道陆书瑾是一个人来的,他赶忙凑过去,起先坐在萧矜的位置上。

这时陆书瑾咬着包子转头看了他一眼,眼神里带着惊讶,吴成运解读过度,猛地站起来,跑到他前面的位置坐下,小声道:"我听说萧矜现在与你住同一个舍房?"

陆书瑾嚼着包子,点点头。

吴成运缩着脑袋,不住地往后看,一副做贼的样子,说:"他好好的萧府不住,为何突然搬到学府来呀?"

陆书瑾道:"好像是被乔院长罚的。"

吴成运紧接着说:"我听说了,萧矜前日晚上去了城北的青楼寻欢,却不想从里面挖出了刘家私藏的官银,他怎么这么大的能耐啊,如何知道官银藏在哪里?你当时也在场,究竟是怎么回事,快跟我说说。"

陆书瑾的眼睛是澄澈平静的,而吴成运的眼睛却充满好奇,四目相对,陆书瑾看着他的眼睛,从中窥出一丝急切。他用平缓的声音说:"萧少爷究竟有多大的能耐我不知,不过那日晚上,他并非寻乐而去,而是寻找丢在玉花馆的玉佩,不承想却撞上了刘全。"话说到这儿,他稍稍停顿,降低了声音,凑近吴成运,小声说,"此前刘全断了手臂,从海舟学府退学一事,并非偶然,他那条手臂是被萧矜弄断的,所以前日他们在玉花馆撞见后,可谓是仇人见面,分外眼红,刘全出言不逊,激怒萧少爷,这才惹得萧少爷下令砸楼,砸出了刘全转运官银一事。"

吴成运与陆书瑾少说也做了十来天的同桌,这还是头一次听他一口气说这么多话,且表情有几分未见过的生动,吴成运疑惑了:"当真?"

"自然。"陆书瑾又坐回去,咬着包子不再说话。

"这么说……"吴成运喃喃,"他是误打误撞发现官银一事的?"

陆书瑾耸耸肩,表示不知道。

这吴成运也不知道整日在瞎琢磨什么,上回他趁着天色没亮,甲字堂没人,来翻萧矜的书时,陆书瑾已经隐隐觉得这人不对劲了。仔细一想,自打与吴成运认识,他口中的话十句里有八句是围绕着萧矜的,此人目的不明,但绝不单纯,坏与不坏倒是另说,但他必须暗暗提防。

吴成运像掩饰什么似的又问了些其他事,陆书瑾回答得都很含糊,而后甲字堂的人逐渐变多,吴成运就回到了自己的位置。

上课钟还没敲响,乔百廉突然出现,站在门口将陆书瑾唤了出去。

陆书瑾一见到他,就想起前日测验作弊被抓一事,心里还是紧张的,无意识地抠着指头走了出去,低声道:"乔院长日安。"

"你随我来。"乔百廉的神色一如既往地温和。

陆书瑾心中忐忑,知道乔百廉要给惩罚了,虽说他态度温柔,话里话外都没有责怪的意思,但当众被抓,萧矜被罚,自己也不能免罚,就是不知会罚什么。

乔百廉将陆书瑾带进了悔室,方一进门,就看见一身茶色衣衫的萧矜正坐在悔室中唯一的椅子上,将头歪在椅靠上,长腿伸直,搭在桌边,要多放松有多放松。

"像什么话,给我站起来!"乔百廉凶道。

萧矜睁开眼,目光在陆书瑾脸上短暂地停留后便站起身,拖着慵懒的腔调,说:"乔伯,我早膳都没吃,刚出来就被你抓到悔室,我是我们家嫡系独苗,饿死了我爹指定伤心。"

此前萧矜在外头或是陆书瑾面前挨乔百廉的训时,还会站得板正,低着头,做出认错的老实模样,现在却不肯装了。

他像是刚睡醒,眉眼间还带着惺忪睡意,头发随意地用乌木发簪束成马尾,一些碎发散落下来,有股江湖儿郎的肆意。

乔百廉没好气道:"一顿不吃饿不死你,你给我站好!"

萧矜微不可察地叹了一口气,来到陆书瑾边上站好,两人这么一站,一高一低差距骤然明显。

乔百廉缓了缓神色,对陆书瑾道:"先前我与其他几个夫子仔细商议过,对于你们二人测验作弊一事的处罚已经定下,就罚你们从甲字堂搬出,暂去丁字堂学习,还要在学府南墙处清扫落叶五日。"他看陆书瑾低着头,模样有几分可怜,又道,"书瑾,你若表现得好,还是有机会回到甲字堂的,你莫要气馁,就是少与这个浑小子往来。"

萧矜不乐意了,说:"这怎么还能当着我的面说这些话呢,乔伯,我也会伤心的。"

乔百廉瞪他一眼,说:"你赶紧滚蛋。"

萧矜早就想跑了,冲乔百廉作了个揖礼,转身便出门了。

乔百廉还是有些放心不下陆书瑾,又说了些去了丁字堂也不可放松学习之类的鼓励话,让他不要太过在意在哪个学堂念书。

其实陆书瑾并不在意,只要不将他赶出海舟学府,其他什么惩罚都是可以接受的,在哪个学堂念书对他来说并没有什么太大区别。但乔百廉这番苦口婆心的安慰和鼓励,到底还是让他心里高兴的。乔百廉关怀的眼神,总让他翻出藏在记忆深处,那声音都快要模糊的祖母的脸。

乔百廉说累了,才让陆书瑾离去。

陆书瑾揖礼出门,刚走到檐廊拐角处,就看见拐角另一边有个人,正倚着墙站着,陆书瑾猝不及防惊了一下,停住脚步,定睛一看,发现是早就离开的萧矜。

萧矜约莫等得有些不耐烦,眉间笼着一股子躁意,看见他后,站直身体,眼睛先从他的脸上扫了一圈,而后问道:"你今早为何不喊我?"

陆书瑾一脸迷茫,说:"我走时,看你还在睡觉。"

"你早膳吃的什么?"萧矜的表情没什么变化,仿佛就是随便问问。

陆书瑾道:"买了两个肉包子。"

萧矜眸色一沉,一把捏住了他的脸颊,将陆书瑾的头微微抬起,高大的身量压着他,说:"今日的早膳是蟹肉饼、炸肉丸、桂花奶糕和乌鸡粥,昨晚就定好了,你却跑去吃馅儿比芝麻还小的肉包子。"

陆书瑾这才察觉，萧矜好像生气了，但并不明显。他为自己辩解："萧少爷也不想在睡觉的时候被人打扰吧？我见你这两夜似乎睡得并不好，晨起便没敢惊动你。"

萧矜道："天不亮你就出门了，干什么去了？"

陆书瑾老实回答："我习惯早起，去甲字堂看书。"

萧矜皱眉道："你不能在舍房里看书？"

早晨起来去食肆买了吃的再去甲字堂是他的习惯，若是买了东西再回舍房就有点儿浪费时间了。

陆书瑾张了张嘴，刚想说话，就听萧矜道："以后你早起都在舍房看书，不准再吃食肆的饭。"

萧矜晃了晃他的脸，说："陆书瑾，好好吃饭，知道吗？"

陆书瑾点了好几下头，萧矜才放手，他转身走时，撂下一句话："那些早膳你没吃，我让人全倒了。"

萧矜知道如何让陆书瑾长记性，这句话比指着他的鼻子威胁有用多了，陆书瑾想着萧矜报的那几道菜名，一整个上午心窝子都是疼的。

陆书瑾和萧矜一前一后进了甲字堂，各自开始收拾桌上的东西，引得整个学堂的人注目围观，两人前脚刚走，学堂里就议论纷纷。

这个时间甲字堂已经坐满了人，而丁字堂却大片空缺，萧矜方一进门就立即有人站起来冲喊他萧哥，高兴地问他是不是要回来了。

萧矜用鼻腔应了一声，往前走了几步，身后的陆书瑾就露了出来，这人怀里抱着小书箱，出现在丁字堂众人的面前。

几个人围上来，七嘴八舌地说起来：

"萧哥，先前甲字堂的测验你是故意作弊被抓的，是不是？就是为了回丁字堂，萧哥真是料事如神！"

"乔院长没罚萧哥其他的吧？听说这次是被唐夫子抓住的，定然不会怎么轻易放过萧哥。"

"是啊，唐夫子看不惯萧哥不是一日两日了。"

"怎么这陆书瑾也来了？他日后也在丁字堂念书吗？"

萧矜走到自己的位置上，将其他问话都无视了，只回答了最后一条："他与我一起被罚到丁字堂，这段时日就在此念书了，你去搬一张新桌子来。"

陆书瑾倒还算泰然,毕竟丁字堂他也不是头一回来了,且围在旁边的几人,也都是眼熟的,其中就有先前帮忙的蒋宿和方义,他抿着唇,冲几人露出一个笑。

萧矜将东西都搁在桌子上,坐下来伸展双臂,问道:"朔廷还没来?"

他一落座,其他几人也围在周边坐下,蒋宿接话:"季哥有好几日没来上早课了。"

"胆子这么大?"萧矜说,"我都没连旷过早课。"

"季哥跟萧哥不一样,"蒋宿不怕死地说,"季哥的才学比萧哥好上……"好上不知道有多少,后半句他还没说出来,萧矜就瞪大眼睛看着他,方义赶紧打了他的脑袋一下,笑着说:"总之夫子没有严厉苛责季哥。"

陆书瑾见萧矜身边围了一圈人,你一言我一语地说着,便十分自觉地往后站了站,听着几人闲聊。

无一人提及萧矜在玉花馆逮住刘全转运官银一事。当日在玉花馆的人,除了一众青楼女子,就只剩下衙门的人和萧矜带来的侍卫,其余人都在衙门押着。这么大的事,消息不可能从萧矜的侍卫或衙门的人口中泄露,所以大多数人都不知,但吴成运却知道,且知道得如此清楚。

陆书瑾正思考着,新桌子就搬来了,那人问萧矜:"萧哥,这桌子放哪儿?"

萧矜跟季朔廷是同桌,当然不会把季朔廷撵走,他随手往后一指,说:"放后面去啊。"

那人抬着桌子就往后头走,这时候蒋宿在旁边拦了一下,说:"哎,等会儿,陆书瑾,要不你跟我坐一桌儿吧,我那同桌跟着他爹去外城学习了,十天半月回不来。"

陆书瑾瞧见萧矜后面没人,不想孤零零地坐在那里,且蒋宿这个人性格豪爽直率,也好相处,他当即点头答应:"好。"

萧矜没应声,却在这时候别过头看了一眼蒋宿的位置,蒋宿坐在里头靠墙那排,位置比较靠前,与萧矜的位置隔了老远,但他想着,有蒋宿在，应当没人会欺负陆书瑾，便默许了。

桌子搁在萧矜后面，但陆书瑾直接抱着书箱去了蒋宿那儿，这个颇为豪爽的傻大个儿还挺贴心，让陆书瑾靠墙坐着。

学堂里的布局都是一样的，陆书瑾收拾好东西坐下后，并未觉得不适应，要说不一样的地方，大概是甲字堂从未如此躁乱，大多数人就算是说话，也都低声议论，更多的人则埋头看书，而整个丁字堂却充满了欢声笑语，十分嘈杂。

陆书瑾对那些吵闹充耳不闻，低着头开始看书，周身仿佛被一股安静的力量笼罩着，无人打扰。

蒋宿等人虽然课下很闹腾，嘴巴一直不停歇，但还是很敬怕师长的，一旦上课钟敲响，就会变得很安静。

大多数时间蒋宿都不会打扰陆书瑾看书，只偶尔与他搭两句话，又说："老大不让我打扰你，你继续看书吧。"

前后桌的人也会主动与陆书瑾说话，他们比甲字堂的学生更热情，不过短短几日，陆书瑾就与前后桌的人都相识了。

在甲字堂的时候，陆书瑾与萧矜虽为同桌，但交流不多，来了丁字堂之后就更少了，除却午膳时萧矜会把他喊过去在一张桌上共同用饭，其他时间他仍与季朔廷、蒋宿等人待在学堂后方的角落，而陆书瑾则坐在前头看书，偶尔有人来请教他书上的问题，才会抬头。

两人虽住在同一屋檐下，但萧矜大部分时间都不在舍房。两人早起后，各在屏风两头洗漱用饭，再一起出门，下学之后也只有晚膳那会儿偶尔能见一面，其他时间萧矜皆在外头，然后夜深归来睡觉。

有一点陆书瑾是比较佩服他的。他日日偷开窗户放蚊虫进来，他每晚都被咬，每天早上起来都骂骂咧咧，但愣是不搬出去，他没了办法，只好萌生去外头租房的念头。

陆书瑾的伤好得很快，萧矜给的药似乎还有去疤的疗效，伤口愈合之后，只留下极浅的痕迹，不细看都看不出来。

如此生活着，日子来到了十月，天气也凉爽起来。陆书瑾虽说整日都穿着院服，但也开始考虑置办冬装的事情了，以免天气骤然转冷，冻出病来。

海舟学府各处的清洁工作都是由学堂里的学生轮着做的,正巧十月轮到丁字堂,陆书瑾坐在前头,自然头一波被分去做清洁。

分到的区域是南墙。

枫树林,这个地方之前乔百廉罚萧矜和陆书瑾打扫过,但当时萧矜偷懒,让身边的几个小弟做了。这次轮到陆书瑾,他暗自觉得好笑,心道清扫枫树林的事到底还是跑不脱。

下学之后,几人结伴前往枫树林,去了之后,才发现这枫树林还不小,地上落满了火红的叶子,踩上去发出哗啦的脆响,放眼望去,一片火红,景色迤逦。

蒋宿将陆书瑾的扫帚一同拿来,然后划分了区域,为了赶在天黑之前回去,几个人皆开始埋头苦干。

但是落叶实在太多了,几人一直不停地忙活,还是忙到了天黑,学府巡逻的夫子来南墙处点上了灯,视察了清扫情况后,说道:"落叶较多,清扫不尽也就罢了,你们早些回去吧。"

几人赶忙加快了手上的动作,接二连三清扫完自己的区域才离去。

蒋宿做完自己的活要来帮陆书瑾,陆书瑾出言婉拒,让他先走,他也早就饿得前胸贴后背,闻言就先走了。

陆书瑾干活不如男子迅速利索,但他也不急,不紧不慢地清扫叶子,这一磨蹭,就磨蹭到快宵禁了,他正打算扫完最后一点儿叶子回去时,忽见一人提灯而来。

"陆书瑾?"男人疑惑的声音传来。

听到熟悉的声音,陆书瑾猛地转身看去,就见萧矜提灯立在几步之外,看着他说:"你怎么在这儿?"

"我在清扫落叶。"陆书瑾站起身,如实回答,这几日他很少见萧矜。他有时候甚至比他起得都早,走得悄无声息,夜晚又迟迟不归,他在课堂上几次回望,都看到他支着脑袋打瞌睡,不知道忙活什么去了。

萧矜走上前,把他的扫帚拿走,说道:"你跟守在舍房门口的随从说一声就是了,为何自己在这儿扫到天黑?"

"我闲着也是闲着……"陆书瑾话锋一转,问他,"萧少爷为何在这里?"

"你别管。"萧矜将手中的提灯塞到他手中,又说,"你快回去。"

他将扫帚随意地往墙边一扔,忽而两个步子往前一跨,整个人弹跳起来,轻松趴在墙头,继而双臂一撑,坐了上去。

陆书瑾看在眼里,忽而说道:"现在是宵禁时间。"

"我知道,"萧矜坐在墙头往下看,说,"不然我也不会翻墙出去。"

"萧少爷是来找我的吗?"陆书瑾又问。

萧矜没说是或不是,他一条腿盘上去,一条腿垂下来,吊儿郎当地轻晃着,对他说:"你快回去用饭,都要凉了。"

陆书瑾仍仰头看他,没有应声,也没有听话地转头离开,他看着坐在墙头的萧矜,他整个人几乎都融进了夜色里,面容背光瞧不见,身后的皎月悬挂在空中,把他的白玉簪子照出润泽的光。

这几日陆书瑾与萧矜只见了六次,说话不超过十句。

"那我要告诉夫子,你宵禁时间夜出。"这是第十句。

萧矜低着头看他,这大半个月日日好东西喂养着,陆书瑾肉眼可见地胖了一些,脸没那么消瘦了,不再是风一吹就倒的瘦弱模样。他手中提着的灯散发的暖色黄光染上半个面庞,将一半浓眉和杏眼细细描绘,他乖乖站着时,看起来跟一个小姑娘似的。

萧矜心念一动,忽而改变了主意,他从墙头跳下来,走到陆书瑾面前。

陆书瑾吓了一跳,还以为萧矜因为方才那句话要揍自己,正想说那是说笑的,手腕忽然一紧,就被他拉到了墙边。

萧矜将他手中的灯拿走,搁在地上,就在陆书瑾一头雾水不明白他要做什么的时候,他忽而掐住他腰部两侧,双臂猛地用力,竟将他直接举了起来。

"啊——"陆书瑾小声惊呼,下意识地伸手趴上墙头,就听见萧矜在下面说:"挂住了啊。"然后手一松,腰间的力道卸去,陆书瑾下意识双臂使力,紧紧趴在墙头,紧张地喊道:"萧少爷,你要干吗?"

话音刚落,陆书瑾的两只脚踝就被抓住,力量从下而上,将他往上举。这是一股非常霸道的力道,陆书瑾只得顺着往上爬,战战兢兢地爬上了墙头,陆书瑾往外面瞟了一眼,直接愣住了。

只见墙外的空地上停着几匹马,马背上皆坐着年轻男子,包括季朔廷,还有大半个月前在春风楼雅间里遇到的叶洵。不过当中一匹马上是一个容貌美丽的姑娘,马旁站着一众提灯侍卫。

此时所有人都在看陆书瑾,他吓得僵住了身体,没敢动,紧接着萧矜几步爬上墙头,动作非常流利地跳到了墙外落地。

"萧哥。"几人同时喊道。

萧矜落地后没动弹,站在原地点头,应了几人的叫喊,那个漂亮姑娘就问:"小四哥,那墙头上的人是谁啊?"

萧矜弯着眼睛笑,说:"是学府的学生,他说要向夫子告状我宵禁夜出,我把他挂在墙头惩治一下。"

几人顿时跟着笑,萧矜的性格他们摸得清楚,这种表情和语气一看就是在开玩笑,所有人都没当真,嘴里劝着赶紧把人放下来。

但陆书瑾却当了真,他害怕起来,见萧矜抬步往前走,似是真的要将自己扔在这墙头上,便一时着急,脱口而出唤道:"萧矜!"

萧矜脚步一停,转身抬头去看他。这还是他第一次连名带姓地叫自己,平日里不管给他喂多少好吃的,张口闭口都是萧少爷,这回急了,知道喊萧矜了。

月亮悬挂在漆黑的夜空中,月光落在陆书瑾脸上,将他隐在眸中的惊慌和着急照出来,萧矜看得一清二楚。

本来他打算去把马牵过来,让陆书瑾踩着马背下来,但这会儿对上陆书瑾的视线,也不知怎么的,他竟然转身折回去两步,将双手一伸,仰头冲他扬着眉毛,说:"来,小爷的手给你踩,下来。"

萧矜不是头一回从南墙翻出来,他知道南墙比其他地方的墙体要矮上不少,陆书瑾即便身量不高腿不长,也是能踩到他的手的。

但陆书瑾有些不敢下来,他从未爬过墙头,生怕从墙头摔下去,便僵着身体不敢动,可下面一圈人皆在看自己。

见他一直没有动作,叶洵率先露出了不耐烦的神色,催着马走了两步,说道:"要不让侍卫把他抬下来吧。"

他旁边那个漂亮姑娘也打了个哈欠,说:"是啊,小四哥,别为难他了。"

萧矜平日里性格最是急躁，若是碰上谁磨叽，他肯定头一个不耐烦的，但眼下他却十足有耐心，教着陆书瑾："你背过身，抱住墙头，腿慢慢往下试探，我会在下面接着你，不会让你摔倒的。"萧矜盯着他的眼睛，有几分认真。

陆书瑾看着他，仿佛有一块小石头扔进了心中，荡起层层波澜。他按照萧矜所说的，背过身抱着墙头，所有力量都架在双臂上，双脚慢慢往下试探，脚尖在空中点来点去，下一刻便触到了一个软软的东西，一股力道从鞋底往上托，陆书瑾意识到这是萧矜的手掌。

陆书瑾将另一只脚也放上去，这才发现萧矜的臂力极为惊人，他用两掌稳妥地托住了自己，随着自己双臂的卸力，脚上的力道也越来越强，很快陆书瑾就松开了墙头，扶着墙面将全身的重量压在了萧矜的双掌上。

他的两臂仍然纹丝不动，只缓缓蹲身，将陆书瑾从墙头上托了下来，快要触及地面的时候，陆书瑾自己跳下来，转头去看他。

萧矜站起身，拍了拍双掌上的灰尘，冲他一笑，像是有些得意："我说了不会让你摔倒的吧？"

陆书瑾下意识去看他的手臂，也被他方才那股稳当的臂力惊到，他竟能直接将他从墙头上托下来，这般骇人的力气，难怪能让刘全断臂。他想，若是他也有这般力气就好了，这样那个残疾人上门提亲时，就能把他的另一条腿也踢瘸，让他不敢再打自己的主意。

萧矜看出他眼眸里的惊羡，还在等他那句由衷的夸赞，身后却响起一声响亮的口哨，他回过头，就看叶洵正用一种戏谑的眼神望着他，笑着说："不知道的，还以为萧少爷带了一个小媳妇出来。"

这种玩笑放在姑娘身上是不合适的，有损姑娘的名声，但是搁在男子身上则没那么多讲究了，说出来立即惹来一阵哄笑，几人纷纷跟着附和。

只有那个漂亮姑娘听不出是玩笑，指着陆书瑾认真道："咦，他不是男子吗？"接着又冲陆书瑾招手，"夜色深，我瞧不清楚，你往前走两步，走到光下面我仔细分辨。"

陆书瑾被众人一起哄，低着头没忍住红了脸，再一听这姑娘认真的

171

语气，便忍着脸上的烫意，拱手道："姑娘没看错，在下的确是男子。"

萧矜摆了摆手，示意他们停止起哄，对叶洵没好气道："你媳妇儿才是男的呢！爷喜欢香香嫩嫩的姑娘。"

叶洵满不在意地一笑。

萧矜懒得搭理他，招手让侍卫牵来了马，踩着脚蹬，一翻身便坐于马背上，他问陆书瑾："你会骑马吗？"

陆书瑾摇头，然后转头看一眼南墙，想回去的意图相当明显。

"方才在墙内，我让你回去你不回，现在没机会了。"萧矜冲他伸出手，道，"上来。"

陆书瑾找别的借口："你这马好像坐不下两个人。"

"驮头猪都轻松，还能驮不动两个人？"萧矜催促道，"把手给我，快点儿。"

陆书瑾有一瞬间的迟疑，这时季朔廷在旁边道："人家说不定不想跟你共乘一匹马。"

萧矜皱起眉头，去看季朔廷："他是我带出来的，不跟我共乘一匹马，跟谁共乘？"

"跟我也可以啊。"季朔廷拍了拍自己的马背，对陆书瑾笑得温柔，"来，陆书瑾，跟我坐一起，我的马温顺，跑起来不颠簸。"

叶洵也笑着说："坐我的也行。"

陆书瑾跟叶洵不熟，闻言，没有犹豫，伸手抓住了萧矜的手掌。

两掌重叠的一瞬间，萧矜合拢手指，握紧了他的手，用力往上一拽，陆书瑾整个人便被拉到了半空中。一只脚踩着脚蹬，另一只腿屈起，左手拽住了缰绳，随着萧矜的力道往上一攀，就这样坐在了萧矜身前。马身上的温度贴着双腿传来，温热而柔软，陆书瑾的手下意识攥得紧紧的，怕掉下去。

陆书瑾从未骑过马，连马车都很少坐，他从不知道马背这么高，坐上去后视野会变得如此开阔，感受到身下这只偶尔打着鼻息的鲜活生物，觉得兴奋又新奇。正伸头往前张望时，手下的缰绳一动，低头看去，才发现萧矜的手臂拢在他身侧，手伸到前面，把缰绳从他手里抽走些许，他稍稍一动，后背就轻轻撞上了萧矜的胸膛，这时他才惊觉自己整个人都拢在了萧矜怀中，与他的距离不过一个拳头。

陆书瑾的心猛地一跳，骤然僵住身体，眼里流露出些许慌张来，耳尖出卖了情绪，瞬间红透，还是萧矜先往后退了退。

十岁出头时萧云业不准他骑马，他就经常自己跑去找季朔廷，让季朔廷牵马出来，两个人就共骑一匹马，所以他并未觉得哪里不妥，拉动缰绳，催马向前，语气随意道："你没骑过马所以不能让你坐后面，免得被颠下去，你就夹紧马腹，抓紧缰绳，注意别揪到马背上的毛。"

两人贴得很近，他的声音几乎是挨着陆书瑾的右耳朵响起的，似有似无的气息拂过红透的耳尖，陆书瑾觉察到自己脸上的蒸腾热意，赶忙低了低头掩藏，同时松了手里的马毛，改去抓缰绳。

缰绳并不长，两股拧成了粗粗的一条，握上去有着并不粗粝的坚硬感。萧矜的手掌大且握得随意，留给陆书瑾的部分就少得可怜，他只能两只手并在一起捏着。

萧矜的肤色是健康的白皙，在一众男子里也称得上一句"小白脸"，但他的手背与陆书瑾的相比，却一下就衬托出陆书瑾的手背白嫩。

陆书瑾将身体往前倾，臀后抵着马鞍，与萧矜拉开一些距离。

"走咯。"萧矜不轻不重地喊了一声，催马而动。

马背的颠簸还是相当明显的，陆书瑾又没坐在马鞍上，更是第一次骑马，没有经验，虽然他用力夹紧马腹，却还是止不住地左摇右晃，好在萧矜的双臂牢固如铁，架在他身侧，将他困在其中，且马行的速度并不快，便没到将他甩下去的地步。

一群人催马跟在后面，随从提灯散在两边，伴着皎月，四周倒也不算漆黑。一排排人影晃动，很快就离开了学府的南墙。

那漂亮姑娘打马从后头追上来，侧头盯着陆书瑾认真瞧了瞧，陆书瑾也回望她一眼。

"小四哥，我哥哥说你上回去春风楼带的也是这个人，小香玉对这人说错了话你就发了好大的火，是不是真的？"那姑娘问。

萧矜瞥她一眼，说："我哪回去不带人？"

那姑娘又说："哥哥说从不见你在春风楼垂怜哪个女子，说你其实喜欢男人。"

陆书瑾听着这话，有些心慌。

萧矜却满不在乎，斜着嘴角笑道："你哥哥上回喝醉了，抱着路边的驴子说那是他新过门的妻子，你能认下那头驴是你二嫂吗？"

那姑娘赶忙摇头，说："哥哥喝醉了，醉话不能当真。"

萧矜也摇头，说："并非如此，是你哥哥的话皆不能当真，不是只有醉话，他那张嘴只会吹牛和胡说八道。"

那姑娘没再问他，而是转头对叶洵道："哥哥，你的嘴只会吹牛和胡说八道？"

身后传来叶洵气急败坏的声音："叶芹，谁教你这么说你哥哥的？"

陆书瑾觉得好笑，这个姑娘倒是长了一张看起来很聪明的脸，但不知为何，好像有些呆萌。

叶洵还在训斥她，陆书瑾耐不住好奇，悄悄从萧矜的手臂旁探出头，回头看了一眼，就见被唤作叶芹的姑娘正瞪着大眼睛看叶洵，等叶洵训完又问："那你的嘴还能用来干吗？"

叶洵被气个半死，说："还能用它来骂你，榆木脑袋！"

萧矜低眸看了一眼，正好窥见陆书瑾翘着嘴角无声地偷笑，视线从他还留有余红的耳边飘过，低声说："这是叶洵的胞妹，名唤叶芹。"

陆书瑾轻轻地啊了一声，将头扭回来，心中疑虑万分。

上回在春风楼，他已知道叶洵的父亲是云城知府，那叶芹就是正儿八经的嫡出官家小姐，所以她能在天黑之后跟这群男子混在一起？若传出去，岂不是败坏叶家门楣？

陆书瑾左思右想不得其解，只得去问萧矜。他的身体往后靠了靠，别过头小声问："萧少爷，为何叶三姑娘会在入夜后与你们待在一起？"

萧矜听到他的问题，倒没有立即回答，而是道："你怎么不问我们要去哪里？"

陆书瑾顿了一下，说："去哪里对我而言已经不太重要。"

毕竟他已经上了马背，不管萧矜把他带到何地，他都无法抉择，问不问都一样。萧矜行事虽混账，但总归不像是谋财害命的恶徒，更何况他身上也没几两银子能惦记。

"也是，反正你待会儿就知道了。"许是因为叶芹就跟在后头，萧矜便没回答陆书瑾方才的问题，而是转头对众人说，"咱们快些吧，早点儿回去还能睡上一觉。"

后头几人皆应了声，萧矜便拽着缰绳，用力甩了一下，啐声促马，提升了速度。

马背颠簸起来，陆书瑾一时坐不稳，下意识扶住萧矜的手臂。他的小臂十分坚硬，只有一层薄薄的肉感，里头的肌肉如钢铁一般，有一瞬间，陆书瑾想问问他原本的手臂是不是断了，衣袖下面的是一截木头做的假肢。这话得亏没说出来，不然他也要被气晕。

快马行了一阵，很快便来到城南郊外。

陆书瑾到云城的时间不长，对这里的路并不熟悉，但是他听说过城南郊外有一片很大的养猪场，东家姓齐，养了上万头猪，垄断了云城大半的猪肉生意。城中很多达官贵人吃的猪肉都是直接从齐家猪场定下的，现宰现卖，所以城南郊外这一带，空气中都充满着猪粪的臭味。

萧矜在树边停下，眯了眯眼睛，就看见齐家猪场那寥寥点着的灯和来回巡逻的下人，翻身下马，扬声道："千里镜拿来。"

随从很快送上一杆竹制单筒的玩意儿，萧矜随手一拉，那东西就变长一倍，他放在右眼上往猪场眺望。

眼下这个时间，猪场大半的下人都已经休息，只留下几批来回巡逻的人，灯光昏暗，看得不分明，但萧矜知道这会儿是齐家猪场把守最松懈的时候。

其他人也都下了马，围在他边上，疑惑地询问："萧哥，咱们来这里到底干吗？"

"你蠢啊，还用得着问？萧哥当然是要给齐家一个教训啊！"

"就是，谁让齐家那个嫡子不长眼睛，敢跟萧哥抢东西，不过就是一户养猪的，还敢这样张狂！"

陆书瑾仍坐在马背上，目光落在一旁的地上，耳朵却放在了人堆里，几人七嘴八舌，很快就把事情说了个大概。

原是萧矜前两日又去了春风楼，他是楼中常客，所以三楼那个名唤"月水间"的雅间就常年给他留着，不在接客的队列中。但他前两日去的时候，却发现自己常包的雅间里竟然有人，且人还不少，一人搂着一个姑娘,在其中寻欢作乐,歌舞升平,十分快活。萧矜当场就掀了桌子,赶走了弹琴奏乐的姑娘,将春风楼的掌事喊来问话。

他一问才知道齐家嫡子齐铭刚一进门就指名要月水间,任凭掌事如何劝说都不听,他撂下一锭黄金,扬言若是不将月水间开放,就砸了春风楼的牌匾,无奈之下,掌事只好收了金子,让他进入月水间。

萧矜听后发了好大的脾气,立即要教训齐铭,在人群中找了一圈却都没找到人,原来不巧他刚好在萧矜来之前离开了。

找不到人,萧矜便砸了月水间所有的东西,还放话说逮住了齐铭就要好好教训他,然而养猪大户的嫡子齐铭并不畏惧,甚至通过萧矜身边的小弟传话,说要将月水间改名为"齐铭间"。

齐铭的公开叫板,让萧矜很没面子,所以他才集结了人马,打算夜半来齐家猪场,给齐家一个教训。

萧矜身边平日里围着的人多,时常伴在左右的只有季朔廷,其他人皆是轮换跟着的,身旁人一多,萧矜就开始赶人,所以这次能跟着一同前来的几个纨绔子弟就显得异常兴奋,一个劲儿地问萧矜待会儿要怎么做,如何整治齐家。

萧矜被围在当中,早已习惯了叽叽喳喳的嘈杂,并没有回答任何人的问题,只专心用千里镜看着。

叶洵拨开旁人,走到他身边,问道:"你倒是说话啊,先前一直卖关子,究竟是想做什么?"

萧矜这才像是疏通了耳朵,收起竹筒镜,对他笑道:"能带上你,那自然是好事。"这笑容里带着些许恶劣,萧矜的双眸被夜色遮掩,即便站得如此近,叶洵也从中窥不出一丝一毫的情绪,他总觉得萧矜的笑容不大对劲。

季朔廷手里盘着一串黑玉珠,酸里酸气道:"好事你就会叫上叶老二,坏事你就惦记起我来了,你俩真是穿一条裤子的兄弟。"

叶洵哈哈一笑,说:"朔廷说笑,我还羡慕你能与小四共患难呢。"

"以后多的是这种机会。"萧矜揽了揽叶洵的肩膀,一副哥俩好的样子,笑道,"再说咱俩的交情,也不需用这些虚假的东西来证明。"

叶洵立即不假辞色道:"这些东西虽说是虚假的,但必不可缺。"

萧矜没忍住，仰起头哈哈大笑，周围人跟着笑，一派其乐融融的景象。

忽而夜风乍起，吹动树叶，发出哗哗的声响，枯叶随着风大片掉落。秋风凉爽，夜间还有些寒气，陆书瑾拉了拉衣袖，按住被大风撩动的袖摆，觉得有些冷了。

十月之后，云城就转冷了，夏季的酷暑半点儿不剩。

萧矜的衣摆翻飞着，长发也被拂到空中打着转儿，他伸出手，似乎在抓融于空中的秋风，突然说了一句："起风了。"

然后他从袖中摸出一个细长的竹筒来，吹起火折子，将竹筒点着，对着夜空，短暂的时间过后，一簇光猛地从竹筒里飞出，蹿去了天上，在夜空中啪地炸开，炸出一朵火花。

几人都被这突如其来的烟花吓了一跳，陆书瑾也仰着头，黑眸倒映出火花的颜色，都还没来得及细细看，那烟花就转瞬即逝，消散在夜幕中。

秋风没有停歇的架势，反而越来越大，将众人的衣袍吹得猎猎作响，他们纷纷将马牵到身边来挡风。

季朔廷抬头看了一下，方向是朝着叶芹的。叶洵的余光瞥见了，也转头看去，就见叶芹抱着双臂，把肩膀瑟缩起来，显然是觉得有些冷了，叶洵赶忙走过去，脱了外袍递给叶芹，说："披上。"

叶芹接过外袍，笑眯眯地穿在身上，说："谢谢哥哥。"

唯有萧矜站着一动不动，仍看着齐家猪场。

叶洵把衣裳给了妹妹之后，自个儿就冷了，他打了个喷嚏，耐心告罄，站到萧矜身旁，又忍不住问："小四，你把我们叫来这里到底要做甚？"

"看风景。"萧矜给了一个极度欠扁的回答。

叶洵的眉毛狠狠一抽，望着漆黑的旷野和远处零星的灯光，压着脾气强露笑容："这里有何风景可看？就算是你想看猪圈，也该白日来吧？"

萧矜哼笑了一下，没急着回答，而是拍了两下手。随从自旁而来，手里还捧着一个锦盒，盒中装着精致的翡翠酒盏和酒杯，萧矜拿起酒盏,便往杯中倒酒。

他一连倒了三杯酒,拿起其中两杯给了站在左右的季朔廷和叶洵,自己则拿起第三杯,继而偏了一下头,示意随从将盒子端去别人面前分酒。

叶洵被萧矜这番动作搞得满头雾水,他知道萧矜惯常是想一出做一出,但这大半夜把他们带到猪场边上吹着夜风,喝酒赏月,他还是有点儿接受不了,他紧紧地捏着酒杯,怕自己把酒杯扣在萧矜的头上。

当然,事情必不会这么简单,萧矜最多当个疯子,不会当傻子。

"怎么可能是为了看猪圈,我是想请你们欣赏我精心准备的一场——"萧矜轻举酒杯,冲着齐家猪场的方向一指,眉眼间尽是肆意张扬的笑容,"篝火盛宴。"

很快,他身边传来倒抽一口凉气的惊呼,叶洵心头一慌,赶忙转头看去。就见方才还只有零星几点光亮的齐家猪场骤然烧起了大火!像是凭空而起的火龙,用匪夷所思的速度蜿蜒爬行,肉眼可见地从南烧到北,在无边夜幕笼罩的旷野下渲染出艳绝的美丽。

"齐家猪场烧起来了!"不知是谁低喊了一声。

远处传来急促的钟声,是齐家猪场面临紧急情况的报事钟,兵荒马乱的声音响起,有人大喊走水了,开始慌乱地救火。

齐家猪场养猪上万头,占地极广,盖的猪圈都紧挨着,建造的时候考虑到走水的情况,专门做了隔断和防火措施,但此火来得邪门,烧的速度极其快,根本不给人反应的时间,一眨眼的工夫,火就蹿得老高,逼得救火的下人连连后退。

秋风呼啸,无疑是这股野火的最好助力,卷着滚烫的火焰翻滚不止,很快,猪的惨叫声齐齐响起,声音刺耳凄厉。

萧矜选的位置极好,站在这里能将火场的全貌尽收眼底,滚滚黑烟往天上腾去,火海照亮半边天空,形成瑰丽而壮阔的画面,触目惊心。

其他人都呆住了,叶洵更是手一抖,没捏住酒杯,死死地盯着烧起来的齐家猪场。

猪群的惨叫声冲破天际,隔得老远都能听见,传到陆书瑾耳朵里,他的眼皮重重一跳,不自觉地握紧了缰绳,脸色发白。

这样庞大的养猪场,里头的每一头猪都是银子,这样一把滔天烈火,烧的哪是猪啊,全是白花花的银子啊!

萧矜对自己计划的这场篝火盛宴满意极了,眯着眼睛笑,举起酒杯说:"敬云城万千百姓。"然后一饮而尽。

他的声音将众人的思绪拉回来,几个少年爆发出一阵惊叫,兴奋异常,对萧矜这一壮举赞不绝口:

"齐家这下完蛋了,齐家嫡子再也嚣张不起来了,跟萧哥作对的人都没好下场。"

"不愧是萧小爷,这事儿办得漂亮!"

"只有萧哥会有如此胆识,令人佩服!"

话里话外都是吹捧萧矜的,仿佛他不是放火烧猪毁了齐家产业,而是做了一桩保家卫国的大义之事。

萧矜在这种充满着纸醉金迷和谄媚奉承的旋涡中心,他暴躁易怒、睚眦必报,动辄动手打人,对身边的人呼来喝去,任何不顺从都会让他勃然大怒,因为一起小小的冲突便烧起了这连天大火,活烤这么多头猪,一举毁了齐家产业。

陆书瑾盯着站在人群中央,举着千里镜往远处眺望的萧矜。月光落在他身上,除却一些寥寥树影,他的半个身子都披着皎洁的月色,陆书瑾好像从那晦暗不清的影子里看到了另一个萧矜。

他捧书长读半个时辰不抬一次头,假借寻找玉佩之名砸了逼良为娼的玉花馆,揪出刘家贪的官银,撕毁所有卖身契,狠狠惩治了拐骗外地女子的青乌;他也会控制着轻缓的力道给他的脖子上药,盯着他吃完丰盛的膳食,在入夜之后提着灯,满学府地寻找在南墙枫林院清扫树叶的他。

厚重的云层掩盖了月亮,视线昏暗下来,萧矜的面容忽明忽暗,身形几乎隐在夜色中,让人看不清楚,究竟哪一个才是真的他。

很快,空气中的猪粪味消失了,到处都弥漫着肉香,火势却半点儿不减。

萧矜举着千里镜,笑着说:"好多头猪都跑出来了,他们手忙脚乱地抓猪。"

不过很快他就不笑了，因为猪场的护卫发现了他们，带着大队人马，将萧矜等人围了起来，那些人都因为救火忙得十分狼狈，心里正恼火着，一个个手提木棍，怒目而视。

护卫头子不是傻的，他知道这场大火来得邪门，再看这群锦衣少年大半夜出现在这里看戏，心里自然清楚大火的始作俑者就是面前这些人，当即大喝一声："你们是什么人，竟敢如此胆大纵火烧齐家猪场！"

几个少年方才还慷慨激昂，这会儿被这群人高马大的人围住，顿时蔫了气儿，不敢吱声。

还是萧矜率先开口："谁说是我们放的火？你瞧见了？可别血口喷人。"

"这大半夜荒郊野岭的，你们在这里做甚？"

"我们哥几个来赏月喝酒，"萧矜晃了晃手中的酒杯，说道，"碰巧看到那边起了火，就停下来看一会儿。"

"你们平白出现在这里，猪场就着火了，哪有这么巧的事，"护卫头子厉声道，"分明是你们纵的火！"

季朔廷此时指着萧矜接话："你知道这位是谁吗？就在这里吆五喝六的。"

护卫头子气得在原地蹦起来，说："我管他是谁，就算是天王老子，今日也得被我抓去衙门！一群胆大包天的毛头小子，你摊上大事了！"

"拿下他们！"他扬声下命令。

一群人蜂拥而上，想将几人按住，但随从们挡在外圈，稍稍一动就刀刃出鞘，镇住了那群拿木棍的人。

萧矜对叶洵笑道："咱哥俩共患难的机会这不就来了？"

叶洵的脸色极差，从牙缝里挤出声音："萧少爷不是说咱俩的交情不需那些虚假的东西来证明吗？"

萧矜耸耸肩，一脸无辜道："不是你说这东西虽然虚假，但必不可缺吗？"

这招气得叶洵胸口一闷，差点儿当场吐一口老血。

萧矜站在马边，拍了拍马鞍，对陆书瑾道："下来。"

陆书瑾此刻慌张得很，萧矜闯下如此大祸，要被押回衙门，海舟学府那边必然会得到消息,若是让乔百廉知道,岂不是又要对自己失望?且萧家有势力,能确保萧矜在云城横着走,他陆书瑾又没有半点儿家世背景,若是因此事下狱,被关个三年五载可怎么办?他越想心里头越慌乱,没注意萧矜的叫唤。

忽而后腰横亘来一条手臂,力道紧随其后,箍着陆书瑾的腰将他从马背上抱了下来,陆书瑾毫无防备,惊得一声低呼,而后双脚就踩在了地上,腰上的力道很快抽离。

萧矜低头看他,将他惊慌的神色尽收眼底,声音散漫:"你怕什么?"

陆书瑾一抬眼就对上他的视线,那情绪就更明显了,一个字都没说,但萧矜已在他的眼眸里读清楚,他说:"有我在,这事落不到你头上。"

陆书瑾移开视线,敛起眼眸,不知是因为方才吓得还是别的什么,心腔里擂起大鼓,咚咚作响,他想说些话缓解一下气氛,但不知道该说什么。

说萧矜你可真了不起,看看你干的好事,大半夜把我拉出来看你火烧猪场,现在还要被抓去衙门,还是说你方才力气有点儿大,勒得我的腰有些疼,抑或你为什么做出这些事,你的目的到底是什么?

然而因着这片刻的沉默,萧矜马上就有意见了:"你为何总不理我?让我这个当大哥的很没面子。"

陆书瑾愣了愣,如实回答:"我不知该说什么。"

"日后我再跟你说话,而你不知道该怎么说时,就回句'我知晓了',"萧矜说完,又用极短的时间自省是不是有点儿严格,便补充道,"或者回个'嗯',听到了没有?"

奇怪的要求,陆书瑾心中疑惑,却还是点点头。

萧矜目光狠厉,说:"嗯?"

陆书瑾说:"嗯,我知晓了。"

两句合在一起,萧矜觉得自己又有面子了。

陆　猪圈场的意外之火

先前在野外瞧不清楚，待那群护卫将萧矜等人带到房中光亮处，这才认出几人来。

猪场的火尚未熄灭，但火势已经减小许多，空气中充斥着烧焦的肉香和猪屎味，莫名难闻，令人十分不适。

大堂里站满了人，外圈是猪场的护卫和下人，往里则是萧家侍卫，最中央的是萧矜、叶洵几人。

就算猪场的人已经认定纵火的人是萧矜，也不敢做什么，甚至还让他坐上了那把实木躺椅，他跷着腿前后晃着，一派悠闲自得的模样。

季朔廷则斜倚在椅靠边上，垂着眼把玩手里的玉珠，嘴角轻勾，也看不出来是不是真的在笑。

这两个人俨然老油条一般，即便闯下如此大祸，也丝毫不觉得惊慌。

相比之下，叶洵的脸色就难看极了，他青白着一张脸，站在旁边一言不发，叶芹似是察觉到了兄长的情绪，也不敢说话，只紧紧地贴着叶洵的手臂站着。

陆书瑾此时还算镇定，反正事情已经发生了，去衙门是无论如何也逃脱不了的，但萧矜说会保自己没事，应当会作数。被乔百廉训斥一事也板上钉钉了，他先前好几次告诫自己，不要过多与萧矜往来，结果还是被他带着惹上了祸事，心中没气那是不可能的。

这萧矜当真是太闲了，自己胡作非为就罢了，还牵扯上陆书瑾。陆书瑾从姨母家中逃出已是费尽千辛万苦，若是再被海舟学府赶出去，那又该去往何处？

先前他给萧矜抄的《戒女色》也抄了大半，如今手里存银一百三十两余九百二十钱，皆是从萧矜那里领的，其间买东西外加置换所有粗麻布衣，花了不少。这一百多两不管去何地，买间铺子做小生意是绰绰有余的，但一个女子在外做生意难免会有很多受困之处，再加上陆书瑾从未经营过生意，不懂其中的弯弯道道，若是被人骗光了银两，那才是要命的大事。

所以若是被赶出海舟学府，陆书瑾的处境会变得极为艰难，他站在人群里，已经开始思考如何求得乔百廉的原谅，争取继续留在学府里念书。

一时间，众人心思各异，大堂内沉默寂静，久久无人出声，直到木门被砸响："开门，衙门办案！"

齐家猪场燃起大火一事非同小可，衙门接到报案后，立即派出大批人马前来灭火，同时缉拿纵火犯，其中带头的人陆书瑾先前见过，便是那位方大人。

方晋身边还站着一个身强体壮的捕头，他面容黝黑，横着浓眉，一副凶煞的模样，站在门口，转动一双鹰眼，冷声问："纵火元凶在何处？"

没人敢指认萧矜，众人索性将道路让开，拨开一层层包围圈，中央悠哉躺在躺椅上的萧矜就露了出来，出现在捕头的视线里。

他撩起眼皮去看那个捕头，撞上那人凶戾的眼睛也没半分怯色，开口道："何捕头，你可不能听信旁人的一面之词，我们不过在这门口路过，就被安上纵火的罪名，也太冤枉人了。"

何湛与萧矜显然是旧相识，他双眸微眯，周身散发出骇人的气魄，声音如锋利的刀："又是你，萧矜，任何事安在你头上都不算冤枉！萧家是将，不是匪！你行事为什么这般狂妄，辱没萧家门楣？"他的声音铿锵有力，一字一句恍若重锤，即便陆书瑾不是受训的那个人，也听得心惊。

萧矜却无半点儿反应,仍吊儿郎当地晃着躺椅,笑了一声,说:"我爹是将,我又不是。何捕头若是可惜萧家门楣,何不改随我姓,为萧家光宗耀祖?"

何湛登时动怒,还要说话时,方晋上前一步,用手拦了拦他。

方晋在众人面前显得有些铁面无私,并没像上次那样见着萧矜之后熟络地招呼,他的目光在众人面前扫了一圈,对何湛道:"何捕头,先把他们押回衙门审问吧,这场火仍旧未灭,损失不可估量,须得等灭火清点之后,查清楚了才能定罪。"

何湛气得不轻,深呼吸了好几下才压住脾气,振臂一挥,说:"全部押走!"

陆书瑾看着就觉得害怕,他觉得以何湛那高大的身躯和凶狠的面相,动起手来指定不会手下留情,还真有可能与萧矜当场打起来。

不过好在并没有,捕快围在几人身侧,将他们带到衙门官车边,让他们排着队上去,好歹不用再骑马了,也算是唯一的幸事。

云城的衙门坐落在城东区。城东是云城里出了名的富贵黄金地,是城中达官贵人的府邸住所,萧府便位于此地,所以城东也叫作"萧东区"。

衙门建造得极为气派,门前有一面巨大的红鼓,两尊威风凛凛的石像一站一坐位列两边,再往后是一扇两人高的大门,两边的侧门是正常大小,上头挂着蓝白两色交织的牌匾,上书:云府衙。

陆书瑾仰着头,只觉得这牌匾挂得无比高,单单是看着,一股强力的威压就横在心头,再一看站成两排的冷面捕快,心里不住发虚。

还小的时候,陆书瑾在姨母家是被允许上桌与表姐妹一起用饭的,但有次她不小心蹭掉了二表姐的碗,碎了的瓷片割破二表姐的脚踝流了血,二表姐哭得惊天动地。姨母见流了这么多血,极是心疼,厉声责怪她是故意为之,是戕害表姐,要把她送去衙门,让官老爷来惩治。

这话自然是气头上说来吓唬陆书瑾的,但当时年幼的她却信以为真,一连好几日都被噩梦缠身,自那之后,她便再也没有与表姐妹同桌用饭了。

虽然长大后她知道衙门是给恶人定罪之处，但幼年那不可磨灭的心理阴影还是让她看见衙门就忍不住紧张。但这会儿不是害怕的时候，她长长地呼出一口气，稳定情绪，收回视线往前看去，却忽然对上了萧矜的目光。

走在前头的萧矜不知道什么时候停了下来，正别过头看他，旁边押行的捕快见状，也不敢催促萧矜。

陆书瑾连忙快走两步，追到萧矜身边，他才继续往前走，没问他为何停下。

按照衙门的规矩，凡是押进衙门的人，审问前不管有没有罪，都要关进狱中暂拘。虽然何湛嚷嚷着将萧矜关进牢中的声音很大，但手底下的捕快都不是傻子，知道用不了多久就又会有人前来衙门要求放人，萧矜在此根本待不了多久，关牢里就是平白得罪他。且他也不是头一次来，衙门的人都熟悉他，所以轻车熟路地将他们带到后院的客房里。

后院宽敞，当中停放着几个木架子，架子上盖了白布，一眼就能看见是一具具尸体。

方晋走在最前面，进院子一看，当即拧起眉头，喊来一个捕快问道："这些尸体不放义庄，搬来衙门做甚？"

捕快低着头，有些害怕地回答："回方大人，是秦仵作让人把尸体抬来的，说他要连夜验尸，找出死因。"

方晋沉思片刻，而后道："将尸体搬去角落，用木门遮挡起来。"

捕快领了命，立即去喊人帮忙，方晋则领着几人继续往里走。陆书瑾从边上路过的时候，没忍住转头去看，就见两个捕快搬起其中一个担着尸体的木架，风将盖尸的白布吹起，一下子露出了大半个身体。

陆书瑾定睛一看，当即被吓了一跳，惊得汗毛倒立。只见尸体裸露在外的皮肤赫然通红，像是被煮熟了一般，密密麻麻的烂疮爬满了脖子，流出带着血的黄色液体已经凝固，看起来既恐怖又恶心，捕快赶忙将白布重新覆上，陆书瑾也收回了视线，老老实实不再乱看。

进了房里，方晋让人端上一壶热茶后，领着叶芹先行离去。

几人经过这件事，哪还有心情坐下来喝茶，他们既忐忑又兴奋，站在窗边小声嘀咕。叶洵背过身去,站在一幅画前,从萧矜举起酒杯遥遥一指那"篝火盛宴"之后,他就一直没有开过口,也不知在琢磨什么。

萧矜坐下来,拿起茶壶倒了一杯茶,还打了个哈欠,眼睛瞬间蒙上了一层轻薄的雾水,他冲陆书瑾招了一下手,说:"过来喝点儿茶水。"

陆书瑾先前慌张害怕时倒不觉得,现在到了房中还真有点儿渴,闻言便坐了下来,接过萧矜递来的杯子,掌心贴在杯壁上,感受着微弱的暖意。

季朔廷将玉珠往桌上一放,也给自己倒了一杯,叹了口气,说:"这得折腾到几时,今夜的觉还能睡吗?"

萧矜说:"你又不上早课,睡到日上三竿再去学府呗。"

"我虽不上早课,但在上课钟敲响前必须进学堂。"季朔廷摇头晃脑道,"这是规矩,不遵守规矩是要被惩罚的。"

也不知这话是不是有别的深意,陆书瑾听了总觉得不对劲,转动眼珠看了季朔廷一眼,同时余光看见面朝着墙一直没动的叶洵也在转头看他。

萧矜笑着说:"是啊,衙门办案也是有规矩的,只要咱们咬死了只是路过,他们谁也不能将纵火的罪名安在我们头上。"

"就算这罪名落下来,也有你萧矜顶着。"季朔廷幸灾乐祸地道。

两人有一搭没一搭地闲聊,甚至还猜测起那把火烧死了多少猪,齐家的损失到了什么地步,齐铭还敢不敢来找萧矜闹事。陆书瑾一边喝水一边听,细听之下发觉两人说的都是废话,没什么有用的信息。

聊了一阵,萧矜忽而别过头,先是朝陆书瑾的杯子里望了一眼,然后问:"你害怕衙门?"

陆书瑾被他这突然一问整得有些迷茫,骤然想起衙门前他的停步回望,许是那时候他就看出了陆书瑾对衙门有些畏惧。旁的不说,至少他是非常细心的,或者说是敏锐,这一点打学府开课那日遇见他时就发现了。

陆书瑾说道:"我一介草民,老实本分,第一次进如此庄严肃穆的官府,难免有些心悸。"

"这有什么,衙门是明辨是非,惩治恶人的断案之地,你又不是被捉拿归案的犯人,犯不着害怕。再说了,咱们还跟知府大人的儿子待在一起呢,这回衙门不跟回家一样?"萧矜说着,朝叶洵扬声道,"是不是啊,叶老二?"

叶洵回过头,给了他一个皮笑肉不笑的表情。

正说着,外头的人倏尔将门打开,众人朝门口看去,就见一个身着常服的中年男子站在门边。他衣冠整齐,身形板正,身量算不上高,但气魄很是压人,不笑的时候看起来有些凶,有一种常年处于上位者的威严。

他的身侧站着乔百廉,后头是方晋、何湛二人,叶芹站在另一边,陆书瑾还没反应过来,萧矜和季朔廷就已同时站起身。

两人恭恭敬敬地揖礼:"乔院长,叶大人。"

陆书瑾立即明白来人的身份,虽慢了一拍,但也将礼节补上,房中其他人见状,也忙行礼,叶洵从后面走到前头,对叶大人低头唤道:"父亲。"

"嗯。"叶鼎应了一声,扬起温和的笑容,看向萧矜,"萧小四,你又惹事?你爹临去京城前还特地叮嘱过我仔细照看你,没想到才老实了几日,又开始不消停。"话虽是责怪,语气却完全不是那么回事,像一个慈爱的长辈,话里话外都是溺爱,仿佛萧矜只是随便烧了路边的一棵树,而不是一整个齐家猪场。

萧矜笑着讨饶:"叶大人千万莫告知我爹,否则我又不得清静。"

乔百廉在一旁吹胡子瞪眼:"你还知道怕?做出如此荒唐的事,指望谁替你遮掩?快些出来!"

萧矜只好冲叶鼎拱了拱手,抬步出了房间,乔百廉指了指季朔廷:"你们几个也都出来,先跟我回学府,再一个个算账。"

几个人中,只有陆书瑾与季朔廷是海舟学府的人,其他人并不归乔百廉管,但他在云城威望高,曾官拜二品,是叶鼎也要尊敬几分的存在,几个少年不敢在他面前造次,低着头老实排队,出了房间,只余叶洵一人未动。

乔百廉带着萧矜几人从后院离开后,叶鼎脸上的笑容瞬间消失,嘴角沉了下来，脸上挂满寒霜，随手关上了门。

叶芹瞪大眼睛，满脸慌张，她想趴在窗边听一听里面的情况，却只能听到些许细碎的低语，不知道父亲在跟兄长说什么，忽而里面传来一道响亮的巴掌声，她被吓了一跳，随后门被推开，叶洵顶着一个鲜红的巴掌印走了出来，神色还算平静。

叶芹立即小跑过去，目光锁定在叶洵微微发肿的脸上，踮起脚尖，用手指小心翼翼地触碰，唤道："哥哥……"

叶洵握住她的手，说道："我没事，你的手怎么这般冰凉，跟我回家去，别冻着了。"

皓月当空，折腾了许久的衙门重归宁静，再大的案子也要过了今夜才能处理。乔百廉领着萧矜几人出了衙门后，出乎意料地没有训斥萧矜，而是让他先带着陆书瑾回学府去，然后明日去一趟乔宅。

萧矜这会儿早就困得哈欠连天，他点了点头，征用了季家的马车，带着陆书瑾回了学府，季朔廷也背道离去，这桩荒唐事暂时平息。

陆书瑾心中其实有很多疑问，但他不像吴成运，毫无眼力见地逮着一个人追问，他见萧矜神色恹恹，耷拉着眼皮，一副随时要睡着的样子，便将所有问题都闷在心里，不去打扰他。

回到舍房后，萧矜用很快的速度洗完澡，爬上床睡觉去了。而陆书瑾则躺在床上，久久无法入睡，陆书瑾一闭上眼睛，脑中就浮现出今夜那场大火。

齐家几乎垄断了整个云城的猪肉生意，如今这场火烧了不知多少头猪，必定会使整个云城的猪价飞涨，极有可能会到供不应求的地步，寻常百姓有一段时间吃不到猪肉了。

陆书瑾想起季朔廷今夜不同寻常的沉默，想起叶洵看见大火后骤变的脸色，又想起她一直疑惑的叶芹一个女子为何会在夜间与这些男子为伴，问题缭绕在心头，转来转去，沉入了梦乡。

陆书瑾做了一个奇怪的梦，梦到自己跪坐在萧矜面前。萧矜居高临下地睨着他，那双眼睛里满是冷霜和轻蔑，他的身后站满了人，他一一望去，是季朔廷、蒋宿、方义等。

"与萧哥作对的人都没有好下场，你一个毫无家世背景的穷酸书生,也配跟萧哥叫板?"有人用刻薄的声音冲他喊。

陆书瑾却没有表现出害怕,他仰起头,静静地看着萧矜,说:"我以为我们是朋友。"

"朋友?"萧矜开口了,他勾着唇角笑得凉薄,"你配吗?"

画面一转,陆书瑾又成了旁观者,站在边上看萧矜揍人。萧矜打人的时候是很凶的,他红着眼睛,好像变成了一个暴虐凶残的疯子。

陆书瑾从梦中惊醒,猛地睁开眼睛。意识回笼的瞬间,他的心狂躁地跳动起来,那些在梦中模糊的情绪瞬间涌出,变得无比清晰,恐惧犹如藤蔓,紧紧地将他的心脏包裹。他后知后觉,这是做了一个噩梦。

陆书瑾在床上呆坐了片刻,才起身下床,他穿好外袍,把头发束起来,洗漱完后,将窗户打开。日光落进来,洒在桌面的书本上,鸟啼声一晃而过,陆书瑾做完噩梦后的情绪仍未平复,坐下来朝着远处叶子快要掉光的秃树眺望,也不知这样坐了多久,陆书瑾揉了一把脸,推门去唤随从将膳食端进来。

一开始陆书瑾很不习惯这样,但萧矜态度强硬,别的他不管,就饭食管得严厉,让陆书瑾不准再踏进食肆。若是陆书瑾不吃,那做好的丰盛美食就会被直接倒掉,陆书瑾心疼得很,渐渐地就适应了这样的安排,每日早起洗漱后,就会推开门告知随从,他已睡醒,其后不出半个时辰,膳食就会送进来。

萧矜已经不在舍房,约莫是去了乔百廉的宅邸,陆书瑾自己在房中吃完饭,便动身出了海舟学府。

天气转凉,蚊虫基本消失,现在开窗偷偷放蚊虫叮咬萧矜的方法已经行不通了。萧矜对衣食住行方面极其讲究,舍房被改造得除了小之外,挑不出来半点儿毛病,想要将萧矜赶走他已经做不到,只能自己在外面另找住处。

好在海舟学府附近是有租房门路的,学府里有不少外地来的子弟,有人专门在学府周侧盖起专供租赁的房舍,只不过价格相对要高很多。

虽然陆书瑾手里现在有一百多两银子,但还是不愿意花冤枉钱,便找了三个租赁东家面谈,询问了价钱、看了住处,再做比较,今日约的东家是第三个。

陆书瑾赶到约定地点时，已经有一个妇女等在那里，那妇女模样憨厚，身量不高，看起来胖墩墩的。

这妇女姓钱，丈夫是入赘的，家里的生意皆由她一人出面打理，不过都是些小本生意。她为人热情，见着陆书瑾后便笑开了花，往前迎了两步，说："小郎君，我等你好一会儿了。"

陆书瑾道："是我来迟，你快些带我去看房吧。"

钱妇带着陆书瑾去往租地，那地方离学府不远，在西墙边上，且处在热闹地带，一院一户，房子虽不大，但里面净房、灶台俱全，安静却不孤僻，极合陆书瑾的心意。

陆书瑾问了价钱，依旧是半年起租，统共二十五两，定金需交五两。

对比前两个房舍的价钱，二十五两算是高了一些，但陆书瑾来来回回将这一院一户的小屋子看了好几遍，没挑出任何毛病，便豁着脸皮，与钱妇在价钱上来回拉扯了半晌，最后还是一文钱没少，陆书瑾咬牙给了五两定金。

钱妇谈成这桩生意，自然喜笑颜开，对陆书瑾更加热情，带着他往外走，嘴里喋喋不休："我跟我家那口子住得离这儿不远，咱们也算得上是邻居，俗话说得好，远亲不如近邻，有什么事你尽管来喊我们，你随时可以搬过来，届时租款结了我便把钥匙给你……"

陆书瑾了却了心事，心里也是开心的，与钱妇说了几句话，约定五日后来结租款，这才离开。

钱妇热情欢送，看着陆书瑾的背影消失了才捂着五两银子转身要走，才走了没两步，面前忽而出现两个高大的男子将她拦住。

钱妇从未在这一带经历过被男子拦路的事，当即吓了一大跳，下意识地将刚到手的银两捂紧，紧张地问："二位郎君何事？"

两个拦着她的男子没说话，倒是从后头拐角处走来一个身着红色衣袍的年轻公子，他头顶雪白玉冠，坠下的两条红金交织的长缨隐没在披着的长发中。他的面容极为俊俏，眸色不是纯粹的黑色，身量也高，从前头一步步走到钱妇面前。

钱妇见这年轻公子第一眼，当即在心里喊了一声好俊的郎君！

待他走到跟前，钱妇脸色猛然一变，她忽而想起前段时间有次打海舟学府正门路过时，曾瞧见有人在门口打架斗殴，她凑了个热闹，立马就认出面前的公子，不正是那日把一个胖子按在地上揍的那个小公子吗？

钱妇记得旁观的人说他是萧家的嫡子。她做惯了生意，会看人眼色，立即笑起来道："萧少爷，可是租房？"

"租房？"萧矜掀起眼皮，望向陆书瑾离去的方向，问道，"方才那人找你，就是为了租房？"

"可不是吗，那小郎君看中了这里的一套带院独户，刚交的定金。"钱妇感觉这萧家少爷似乎就是为打听此事才让人拦住她，于是连忙把此事托出。

果不其然，萧矜眸光一沉，再没有第二句话，就转身离开。

这边陆书瑾丝毫不知出去租房一事已经败露，还在想如何跟萧矜说起此事，他需得找一个看起来很合理的理由。

今日放常假，他办完这件事后也无旁的事情，便回了舍房去抄《戒女色》。

又是一整日不见萧矜，陆书瑾抄书抄累了，就搬了一张凳子出去，坐在檐下，一会儿看看悬挂在西边的夕阳，一会儿看看书，直到晚膳过后，萧矜才回来。

萧矜进屋后脱了鞋，脚落在地上，没有声音，他绕过屏风，走到陆书瑾那边，一眼就看见陆书瑾用手支着脑袋，小鸡啄米似的打瞌睡，偶尔脑袋从手上掉下，他连眼睛都没睁开，又迷迷糊糊把脑袋靠回去。

陆书瑾此人平日里看书的时候太过一板一眼，对书本有着无比崇高的敬意，很少见他在书上乱画抑或看书看到一半趴在上面睡得流口水。这猛然看到他一只手捏着书页，一只手支着脑袋打瞌睡，萧矜莫名觉得好笑。

他站在屏风边看了一会儿，而后轻咳一声，故意惊动打瞌睡的陆书瑾。

陆书瑾睁大惺忪的睡眼，迷迷瞪瞪地看向萧矜，用了片刻缓神，而后道："萧少爷，你回来了？"

191

萧矜倚在屏风上，问道："晚膳吃了吗？"

陆书瑾点头道："吃过了。"

萧矜又问："吃尽了吗？"

"吃尽了。"陆书瑾答。

"这舍房，住得可有不舒心的地方？"萧矜的语气很随意，像是闲聊时随意说的一句话。

陆书瑾连连摇头，很果断地否认："当然没有。"

岂止是没有，这舍房简直是他十几年来住得最好的地方了，若非因为万不能与萧矜在同一屋檐下长久生活，他断不可能离开这里。

萧矜盯着他的脸，企图从中找到一丝一毫的破绽，但来来回回看了几遍，仍未发现表情作假，陆书瑾说的都是实话。

萧矜道："你可有话要对我说？"

陆书瑾点头。

萧矜眸光一动，说："什么话？你说。"

"乔老今日……没有为难萧少爷吧？"陆书瑾谨慎措辞，其实他想问乔老是不是又骂你了。

萧矜轻轻摇头，说："没有。"

"那纵火烧齐家猪场一事，他们不会追究你的责任吗？"

萧矜勾起一个讥诮的笑，眼角眉梢露出轻蔑的表情："他们岂敢追究？"

陆书瑾暗道也是，萧矜这身份，齐家拿什么追究？就算萧云业如今不在云城，也未必有人敢动他唯一的宝贝嫡子。

见陆书瑾又沉默了，萧矜等了片刻，没耐住性子，问："你还有话要说吗？"

陆书瑾便将今日刚抄的两页纸拿给萧矜，说道："这是我今日抄的。"

萧矜接过纸，低头去看，目光却并没有停留在字体上，而是回想起陆书瑾白日跟那夫人边走边笑，又拿出五两银子给夫人的场景，他摩挲了一下纸张，拿出十两银子给陆书瑾，陆书瑾每回收银子眼角都会轻微地弯一下，泄露出心中的欢喜雀跃。

陆书瑾拿着银子转过身,刚走两步,萧矜又叫住了他:"陆书瑾。"

陆书瑾一脸疑惑地回头,就见他轻轻地扬眉:"旁的没有了?"

钱都到手了还有什么好说的?陆书瑾不假思索地摇头:"没有了,萧少爷早些休息吧。"

萧矜盯了他片刻,低低地嗯了一声,转头去了屏风另一边。

一夜无话,陆书瑾睡到第二日自然醒,门口的随从说了一声,便开始点灯,坐下来看书。天微微亮时,早膳被人轻手轻脚地端进来,萧矜也在此时醒了。

陆书瑾在这边开窗,吃饭,看书。萧矜在那头穿衣,洗漱,束发。

待天色大亮,到了早课时间,两人一同踏出门。萧矜腿长,步子大,走在前头,距离一旦拉开,他就站着等一会儿,等陆书瑾追上来,两人就这样一前一后地进了丁字堂。

丁字堂里叽叽喳喳,十分吵闹,都在说齐家猪场烧起来的事。许是消息经人特意控制,众人还不知道这把火是萧矜放的,就连萧矜、陆书瑾等人前天晚上进衙门一事都不知。

据说大火烧到了白天才被彻底扑灭,六千头成猪和刚买入的四千只猪崽,大部分被烧成了香喷喷的烤猪肉,还有些猪逃窜了,齐家最后只抓回十只不到。齐家这下可谓损失惨重,庞大的家业毁于一旦,瞬间成为全城人的饭后闲谈。

与陆书瑾猜想的不差,猪肉开始涨价,短短两日就翻了三倍,猪肉成了短缺之物。

这几日都还算平静,那夜的大火好像被轻松揭过,陆书瑾原本担忧的事情没有发生,乔百廉根本没有提及此事,偶尔在学府里碰见,也还是如往常一样笑呵呵地与他说话。

萧矜纵火一事,没了后续,了无声息。

几日一过,又放常假,陆书瑾与钱妇约定了今日要去结租金,一下学便收拾了书本往外走,却突然被萧矜拦住。

"你走这么急,是要去干吗?"萧矜从后面拽住了他的书箱,迫使他停下脚步。

"萧少爷有事?"陆书瑾的目光一扫,看到萧矜身边还站着季朔廷、蒋宿等人，就知道这人又要组织什么活动了。

果然，萧矜将小书箱从他背上扒下来，扔给随从，抬手揽住他的肩膀，说道："走，我带你吃顿好的。"

陆书瑾很是无奈，想着反正都要搬走了，去吃一顿也无妨，正好吃完了跟萧矜说一下自己要搬离舍房的事。

几人坐上马车出了学府，前往云城排得上名号的大酒楼。萧矜是这里的常客，他甫一进门，掌柜的就瞧见了，立马点头哈腰地亲自迎接，笑着说："哟，萧少爷，您可算来一回了，还是甲字菜给您来一桌？"

萧矜点头应是，抬步往楼上走，他径直去了四楼的包间，跟回自己家一样熟练顺畅。

蒋宿跟陆书瑾做了大半个月的同桌，关系也亲近了不少，落座时特地将萧矜右手边的位置让给陆书瑾，自己挨着陆书瑾坐。

萧矜与季朔廷笑着说话，蒋宿就拉着陆书瑾问东问西，主要问他火烧猪场一事，是不是萧矜放的火。

陆书瑾自然不好回答，便将当时烧起来的情景详细地形容给蒋宿听，听得蒋宿激动得直拍大腿，一个劲儿地说萧哥厉害，怎么那日不带上他一起去之类的话。

直到菜端上桌蒋宿才消停，摆了满满一桌，煎炸炒煮凉拌应有尽有，皆是酒楼的招牌，卖相上乘。

陆书瑾吃饭慢，但每一口都瓷实，用饭之后便不再说话，他在心中将自己要搬出学府的说辞盘了又盘。

不过这顿饭吃到一半，雅间里突然来了一个人，像是不顾门口随从的阻拦，硬撞开门闯进来的，门撞在墙上发出的巨大声音让桌上的说笑声骤然停住。

陆书瑾被这突然的声音吓了一大跳，夹着丸子的手一抖，丸子掉进碗里，砸出四溅的汤汁，烫到了手指。陆书瑾用帕子擦去汤汁，抬头望去，就见门边站着个二十岁出头的男子，那人身着白色衣裳，正剧烈地喘着气，目光紧紧地盯着萧矜。

桌边的人全都站了起来，对此人十分敌视。

萧矜搁下筷子，微微歪头，说："这不是齐家少爷吗，也来吃饭？"

来人正是齐铭。原本他与萧矜只在争春风楼的雅间上有冲突，但前几日萧矜纵火烧猪场，这梁子便越结越深，此刻他突然闯入雅间，让蒋宿等人极为戒备，方才还说说笑笑的少年们一瞬间极具攻击性，像是随时准备动手。

谁知齐铭盯着萧矜看了半晌后，忽而双膝一弯，跪了下去，再不复先前与萧矜争抢雅间的大少爷姿态，他将脊背弯下去，额头贴在地上，重重地磕了一个头，扬声道："求萧少爷给一条生路！"

雅间的门被关上，几个少年瞬间放松下来，开始你一言我一语地嘲笑齐铭。

萧矜站起身，抱起双臂，绕过桌子往前走，来到跪下去的齐铭面前，笑着道："我岂有这么大的面子，还能威胁到齐大少爷的性命。"

"萧少爷，先前是我有眼不识泰山，胆大妄为与你作对，我现在真的已经知道错了，您就大人有大量，饶了我们齐家吧！"齐铭仿佛真的走投无路，也不知道来之前做了多少心理建设，此时他完全将脸面尊严放下，跪着往前行了几步，想去抱萧矜的双腿。

萧矜毫不留情地抬腿，踹在他的胸膛上，力道约莫是没有收敛的，将他整个人踹得翻了过去，额头撞在桌边，发出咚的巨响，桌上的菜都猛然晃动了一下。

陆书瑾碗里的汤洒了出来，便赶忙站起身，往后退了两步，也搁下了筷子。

齐铭摔倒在地，又极快地爬起来，双手合十，用卑微的姿态乞求："你怎么打我都行，只要你能饶了……"

话还没说完，萧矜就拽住他的衣领，一拳砸在他脸上，戾气重新盘旋进他的眼眸，桌子被打翻，碗碟摔得稀碎，碎裂的声音持续了很久。

陆书瑾恍然又回到几日前的噩梦里，萧矜满身暴虐与凶残，一脚又一脚重重地踹在齐铭身上，在他的白衣上留下极为明显的脚印。齐铭的额头出了血，挨了拳头的脸颊以极快的速度红肿青紫，不过片刻的工夫，便完全没了人样。

陆书瑾心生惧意，下意识往后退。

萧矜没打多久就停下了，不过他没有就此罢休，而是对蒋宿摆手:"揍他。"

蒋宿、方义等人一拥而上,将齐铭围在中央,一时间拳头脚印全落在他的身上。齐铭一开始还咬着牙不出声,但很快就撑不住了,开始惨叫求饶,哭喊道:"别打了,求求你们别打了!"

"知道疼了?"萧矜冷眼看着,笑了一下,道,"少说也得敲断你两根肋骨。"

陆书瑾看着面前这残暴的场景,指尖不住地颤抖,耳边充斥着齐铭的惨叫声,混着少年们的辱骂声,无比刺耳。

"别打了……"陆书瑾将心里的话说了出来。

没人听见,施暴仍在继续。

"别打了!"陆书瑾像是再也受不了,大喊一声,"别再打了,他要被打死了!"

几人同时停了手,包间里的杂音瞬间消减,只余齐铭抱着头呜呜地哭,陆书瑾握紧了拳头,极力克制着心中的恐惧,抬眼去看萧矜。

萧矜果然也别过头看着他,只是那双眼睛不似平常那般带着笑或者善意,此时他的目光布满寒霜,冰冷刺骨。

"你们再打下去,他会死的。"陆书瑾一说话,才察觉自己的声音在颤抖。

"所以呢?"萧矜冷声反问。

"人命在你眼里,一文不值吗?"陆书瑾的话完全没有经过思考,是脱口而出的。

萧矜就这样看着他,其他人也在看着他,季朔廷说了声:"算了吧。"

"陆书瑾,"萧矜喊他,"你来云城也快两个月了,应当听说过我萧矜的传闻吧?说出来我听听。"

陆书瑾抿着嘴唇,没有应声。

"说话。"萧矜在语气上给了陆书瑾压力。

"不学无术,横行霸道。"

"还有呢?"

"仗势欺人,草菅人命。"陆书瑾的声音低下去。

"对,你看清楚了,"萧矜轻轻地哼笑一声,眼底却没有半点儿笑意,冷得骇人,"我就是那样的人,"他又说,"你也是这样认为的,不是吗?"

陆书瑾下意识反驳:"不是……"

"若非如此,你也不会这般着急搬出学府,着急远离我。"萧矜的面上满是嘲笑,"就算我让萧府的厨子日日给你做新膳食,将你舍房的东西和笔墨纸砚全部换成上等的,去何处都带着你,你依旧与我如此生疏,拒绝靠近。"

陆书瑾脸色发白,心里完全慌了,一脸紧张地看着萧矜,一时间说不出来半个字。

"你说对了,人命在我这种人眼里,根本就一文不值。"萧矜踩住齐铭的手臂,重重地碾了一下,齐铭发出惨叫,他转头对陆书瑾说道,"你也不必搬走,海舟学府的破舍房,爷不住了。"说完,便甩开门,大步离去。

"萧哥!"蒋宿满脸焦急,看了看陆书瑾,语速极快地道,"萧哥正在气头上,兄弟你别在意,萧哥消了气就好了,你方才别拦着呀……"说完,他也跑出去追萧矜。

几人瞬间走空,季朔廷是最后走的,路过陆书瑾的时候,他停了一下,说道:"你须得自己回去了,趁着天没黑,路上当心点儿。"

雅间彻底安静下来,陆书瑾仍站在原地,脸色苍白。

蒋宿和季朔廷后面说的话陆书瑾都没听清楚,脑中反复跳出萧矜最后看自己的那一眼,说的最后一句话。

萧矜要搬出学府,就意味着他不用再去外头租赁房屋了,也意味着萧矜要带着他那个全是达官子弟的富贵圈远离他了。如此也好,萧矜本就与他不是一类人。他出生不凡,众星捧月,自小到大身边围满了人,从不缺朋友玩伴,不缺各种类型的喜欢和偏爱,但他不是。

她无父无母,寄住在冷漠刻薄的姨母家,自小便孤单长大,只有身边那个丫鬟算得上朋友,亦没有感受过除了祖母之外的任何疼爱,而那些疼爱也停留在四岁之前,经过岁月的冲刷和她反复的怀念品味而变得模糊不清。

陆书瑾面对着冷眼和苛待,早已不对任何人抱有期待,也学会了如此保护自己。

只要一直保持距离,那萧矜的离开对他也无碍,反正他总是孤身一人。这般想着,陆书瑾的情绪就平静了许多,手也不再抖得那么厉害了,忽而觉得腿软,拉了一张就近的椅子想坐下来歇一歇。

谁知他将眸子低下去的时候,一滴泪倏尔从眼角滑落,来不及阻挡,匆忙用手背擦去,仿佛只要动作够快,这滴泪就不存在。

但是后面落得多了,擦不尽了,于是放弃,陆书瑾喃喃自语:"我没有那样认为啊。"

陆书瑾自己回了学府。

守在舍房门口的随从已经全部撤走。陆书瑾记得其中一个随从身量没有其他人高,笑起来脸上挂着酒窝,他叫陈岸。

每回陆书瑾出门前,他都说:"陆公子,不必挂锁,小的们会守在这里,不叫别人靠近。"

下学回来,他也会站在门口,笑着冲陆书瑾说:"陆公子回来了?先进去坐着,膳食马上送到。"

陈岸与其他人每日都会打扫一遍舍房,将地垫仔仔细细扫一遍,桌子也擦干净,再点上气味好闻又有安神作用的香,于是陆书瑾回来的时候,整个舍房都是干干净净,香喷喷的。

他说:"陆公子不必跟小的们客气,这都是少爷的吩咐。"

陆书瑾站在舍房门口,夜色浓重,遮了皎月,门口黑漆漆一片,往常这门外总会挂着两盏灯,此时却熄着。

陆书瑾敛了敛眸子,从怀中拿出小小的火折子,吹了几口,燃起小火苗,然后踮起脚尖,将门口挂着的两盏灯缓缓点亮。两盏灯将陆书瑾的影子投在地上,形成重影,影子勾着头,怎么看都有一股子怏怏的孤单。

陆书瑾推门而入,像平常一样换了鞋,点亮挂在壁上的灯盏,房中有了微弱的亮光。

舍房与他早上走之前一样,一扇屏风将房间分为两半,他和萧矜就在这屏风的左右共同生活了大半个月。

萧矜走了，只带走了那些随从，房内的东西却一个都没动。

陆书瑾轻步走到萧矜的地方，目光一一扫过奢华的桌椅软榻和比他的要大一些的拔步床，还有他那一件件织锦衣袍，整整齐齐挂在床侧，摆在桌上的水果，搁在床头熟悉的《俏寡妇的二三事》，还有他平日里穿的木屐，舍房里充满了他生活过的气息。

大户人家的少爷就是阔绰，这些价值不菲的东西说扔就扔，压根不在乎。

陆书瑾看了一圈，又转身回了自己那头，点起桌上的灯，摸出了笔和纸张，开始在上面计算。

若是萧矜一怒之下将舍房里的东西全部收回，他也不指望能从萧矜手里要回先前舍房的那些用具，只得自己再出去买，床榻桌椅这些都是必需品，笔墨纸砚也得置换新的，虽然买的东西不可能比得上现在的，但是他手里有些银钱，买些耐用的倒是绰绰有余。

他手里的银钱已经不算是萧矜的，那是他一笔一画抄写书籍得来的，是自己的钱，萧矜没有收回的道理。陆书瑾将这些算好后，便起身往浴房走，进去之后点了灯，发现浴房的地上是空的，才想起来那些打水的随从已经走了。他又转身回去，从桌下拉出桶子来，自个儿出门去打水。

洗漱完本是他背书的时间，但今日的他心总静不下来，看了大半天也没记住几行字，索性放弃看书，拿出《戒女色》继续抄写，笔尖落在纸上，多少能让他的心绪平静些。

萧矜睡觉不喜有杂音，所以舍房的门窗经过三次加工，门窗一关，基本听不到外面的声音，此刻整个舍房寂静无比，陆书瑾熄了灯躺在床上的时候，才陡然觉得舍房静得让人有些不适应。

没有另一个人的呼吸声，也没有空中弥漫的、那股似有似无的清香。

陆书瑾躺了老半天也没睡着，又爬起来将桌上的灯点亮，微弱的光芒在舍房里亮起。这一盏烛台浪费就浪费了吧，陆书瑾心想，舍房太黑了，他睡不着。

次日放常假，陆书瑾在房里待到晌午，才出门前往食肆。

199

陆书瑾已经很长一段时间没来食肆了，之前因为手头确实没有多少银钱，每回来，别的地方他都不去也不看，直奔那个卖饼的窗口。后来萧矜不允许自己再来食肆，一日三餐都有人亲自送到面前。

现在重新踏足食肆，陆书瑾倒是能仔细将其他菜看看一遍，他认真地挑选了一罐煨汤和一小碗素菜，打了一碗米饭，选了一个地方坐下吃。

食肆的饭菜其实做得并不差，本就是伺候海舟学府里各地少爷们的，这一顿简单的饭食，花了六十文，闻着味儿是很香，但入口后相比先前吃的那些膳食，要差许多。但他并不是挑食的人，一口汤一口菜一口米饭，吃得干干净净。

余下的时间里，他仍开了窗户坐在房里看书，只是到了晚上，才想起来他本打算出门置办两件厚衣裳的。

次日一早，陆书瑾又像从前那样，早早地出门，前往食肆买了早饭，吃完之后前往丁字堂看书。在甲字堂时，这个时间虽然早，但学堂里面还是有三五人的，但在丁字堂，这个时间只有陆书瑾。

陆书瑾取了灯放在桌上。晨露深重，十月的早晨有些冷，陆书瑾合拢了手掌，搓了搓，翻开书页。

她小时候就发现自己的记忆力比寻常人要厉害，有些东西或是人，她看一遍就能记住，尤其早晨，是她记忆力最佳的时刻，所以她早就习惯了早起看书。

沉入书本之后，时间就变得飞快，等陆书瑾再抬起头，天色已然大亮，丁字堂里也来了不少人，像往日一样吵吵闹闹。

蒋宿也属于踩着早课钟进来的那一类人，他来了之后，早课钟敲响，整个学堂只剩下经常旷早课的季朔廷和这段时间不缺席早课的萧矜没在。

蒋宿是直性子，心里藏不住事，坐下之后就悄声问陆书瑾："陆书瑾啊，前儿到底怎么回事，你与齐铭相识？"

经他一提，陆书瑾不可避免地想起前日的事，头也没抬，摇了摇头，没有说话，像是不大想谈起此事。

蒋宿没察觉，接着追问："那你为何要拦着我们揍他呢，他惹了萧哥就该打啊。"

陆书瑾自己也不知道答案，仍是摇头。

蒋宿深深地叹了一口气，又说："没事儿，萧哥的脾气来得快去得也快，他很疼你的，我跟萧哥相识一年，还未见过他把自己食盒里的菜分给谁吃呢！过两日你认个错，说两句好话，这件事儿就过去了。"

蒋宿说的是先前萧矜喊陆书瑾一起用午膳的事。那日，食盒里有一道里脊菜是酸甜口的，萧矜约莫不喜欢吃，就一块都没动。他见陆书瑾一块一块吃了个干净，就把自己的那份全部夹给了陆书瑾。陆书瑾听了蒋宿这话，就觉得不对劲，那不是萧矜自个儿不爱吃才给的吗？怎么说得好像是他忍痛给自己分菜似的。但陆书瑾没说出来，不想与蒋宿争论。

蒋宿见他没反应，就用手肘撞了撞他，说："你听到了吗？"

陆书瑾左耳进右耳出，点头敷衍。

蒋宿这下看出他没什么闲聊的欲望了，以为他心情不虞，便没再多说。

早课结束后，季朔廷进了学堂，但萧矜还是没来。

他旷课了，一整日都没来。

萧矜其实很少旷课，至少在陆书瑾在丁字堂念书的这大半个月，他一次都没有，还因着跟陆书瑾一同出舍房，连早课都不曾缺席。但他旷课也算不上大事，夫子只问了一句便没再多说。

他两日没来学堂，再次出现的时候，整个云城已经传出是他纵火烧的齐家猪场，一时间猪肉价格疯涨的所有怨气都归在了他头上，说他是心狠手辣的疯子，现在烧猪，日后就敢烧人，总见不得云城百姓好过。

到处都是咒骂萧矜的声音，甚至还传进了海舟学府，不管走到何处，陆书瑾都能听到关于齐家猪场的事。

萧矜当初做出这种事的时候，其实也该想到会面临如此结果吧？

他来学府时跟平常没两样，似乎根本不受那些流言蜚语的干扰，围在他桌边的人依旧很多，他也像平常一样与人说说笑笑。只不过他没有在进学堂的时候问陆书瑾早膳吃了没，也没有在午膳时喊陆书瑾一起用餐，甚至没再往陆书瑾这里瞧过一眼，仿佛回到了两人完全不认识的状态。

午膳过后，蒋宿自萧矜那儿回来，兴冲冲地对陆书瑾说道："快，萧哥的心情很好，趁现在你去低个头认个好，萧哥指定不生气了。"说着，他还拉了一下陆书瑾的肩膀，但没拉动。

陆书瑾坐在自己的位置上，转头用那双漆黑的眼眸看着蒋宿，极其平静地说："蒋宿，你觉得我那日拦住你们打齐铭一事，是错的吗？"

蒋宿愣住了，想了想说："你这话是何意，齐铭惹了萧哥，就是该打呀！你护着齐铭，不就是与萧哥作对吗？"

陆书瑾问："齐铭如何惹了萧少爷？"

蒋宿道："那日他强占了萧哥在春风楼的雅间，还放话挑衅萧哥啊。"

"还有旁的吗？"

蒋宿愤愤道："此前萧哥压根不认识此人，齐铭就是冲着萧哥来找碴儿的！"

陆书瑾沉默片刻，而后道："我认为齐铭虽然挑衅在先，但萧少爷纵火烧毁齐家产业，逼得齐铭上门求饶，你们也动手打了他，种种惩罚已足够清算他强占春风楼雅间的事，若是那日你们再不收手，将人打出个好歹，与横行霸道的地痞无赖又有何分别？我没有错，便不会认错。"陆书瑾语气平缓，吐字清晰，一字一句没有什么情绪，却异常坚定，让蒋宿怔住了。

蒋宿几次欲言又止，最终没再劝他去跟萧矜低头认错。他虽然平日里跟着萧矜厮混，嘻嘻哈哈不干正事，但也看得清楚，陆书瑾身上有那种文人不折的脊骨，不谄媚不市侩，出淤泥而不染，濯清涟而不妖。

劝陆书瑾认错一事就此作罢，蒋宿也并未因此跟他生分，甚至还在晌午主动喊他去食肆吃饭。

没出两日，丁字堂的人就察觉到萧矜完全无视了陆书瑾，他们虽不知其中缘由，但都猜测是陆书瑾惹怒了萧矜，被踢出了圈子。于是他的座位变得极为冷清了，不再有人闲着没事找他唠嗑，也没人拿着书装模作样询问他难题。

陆书瑾恢复了以前的生活，安安静静的，而萧矜那里依旧热闹，两人的桌子隔了六排，仿佛将整个丁字堂斜斜分割，对比明显。

这日陆书瑾下学后打算走，被人告知乔百廉喊自己过去谈话，便去了悔室。

悔室里只有乔百廉一人，他正坐在桌前低头写字，听到敲门的动静，头也没抬，直接道："进来坐。"

陆书瑾走进去后，先规矩地行礼，然后坐在乔百廉对面，问道："不知先生唤我所为何事？"

乔百廉写完最后一个字，搁下笔，抬头看他，眼里仍是温和的笑意："书瑾啊，你在丁字堂念书如何，夫子的授课可有听不懂的地方？"

"一切尚好，先生们授课仔细认真，我大多都听得懂，少数不懂的稍稍琢磨一下，或是请教夫子，也都能明白。"陆书瑾如实回答。

乔百廉说："你去那里已半月有余，先前我说过，若是你表现良好，可以将你调回甲字堂，你可有这个意愿？"

陆书瑾明白了乔百廉的意图，但并未立即答应，而是道："丁字堂的夫子一样教书认真，学生在哪里念书都一样。"

"海舟学府的先生们都是经过严格考核和挑选的，自然对授课认真负责，"乔百廉说，"不过古有孟母三迁，证明环境对人的影响极大，丁字堂的学生大多纨绔，对念书没那么上心，我是怕你受影响。"

陆书瑾道："这桩典故学生知晓，只不过孟母三迁是因为当时孟子年岁尚幼，心性不定，容易耳濡目染，而学生已非幼子，且求学之心坚定，自然不会受旁的事物影响。"

乔百廉听了此话，已经明白陆书瑾的决定，忽而叹了一口气，道："你与萧小四的事我已有耳闻，丁字堂风气不正，不少学生暗地里拜高踩低，你怕是要受委屈。"

"学生没有受委屈。"陆书瑾道。

乔百廉一脸疑惑地道："那浑小子又是逼你测验作弊，又是带你火烧猪场，可不是什么好东西啊。"

前头乔百廉让陆书瑾回甲字堂，陆书瑾拒绝了，乔百廉让他离萧矜远点儿，陆书瑾也没做到，所以他才有了这么一句话。

陆书瑾想了想，说道："学生想向先生请教'不识庐山真面目，只缘身在此山中'这句话的意思。"

乔百廉听后便笑了，没有给陆书瑾讲解，因为他明白陆书瑾哪里是在请教问题，而是这句诗便是他给出的答案，乔百廉摆了摆手，说道："你是一个有主见的孩子，行了，没什么事就回学堂去吧。"

陆书瑾起身拜礼，转身离去。

乔百廉将他唤来悔室，是听说了他与萧矜之间出现了问题，才劝他回甲字堂，借此彻底远离萧矜，但他却不想做一个落荒而逃的懦夫。

那日他在酒楼里阻止他们殴打齐铭的原因，他自己心里清楚得很，根本就不是伸张正义，他害怕的并不是那血腥而暴虐的场面，而是害怕萧矜真的变成一个是非不分、仗势欺人的恶霸。

萧矜与他在同一间房里住大半个月，什么好吃的尽往他桌子上送，还时常给他一些新鲜水果、蜜饯和奶糕当零嘴，早晨一起出门，晚上一起入睡，还有那白花花的银子，给他时一点儿都不抠门。虽然他一直提醒自己，萧矜与他是两个世界的人，不应逾矩失了分寸，但他的心又不是石头做的，还能焐不热？萧矜在他心中，已然是他的朋友。

虽然他现在看到的东西有些片面，但若说萧矜是一个因小冲突便烧了齐家产业又将齐铭打个半死的人，他是不相信的。

这几日与萧矜互相视而不见的状态，陆书瑾心中一直在做挣扎，他眼中看到的东西与他的理性相互撕扯，分不清胜负，直到乔百廉今日唤他来，问他是否愿意回甲字堂，那一刻他做出了决定。

若是现在他就抱着满腔疑问退出，什么都不做，什么都不敢做，那未免太过懦弱，且也会心有不甘。

哪怕他没有那样的能力将整个庐山的真面目给看清楚，但他至少要将萧矜火烧齐家猪场这件事看清楚。

陆书瑾其实已经察觉出一个不对劲的地方，那日火烧猪场的事，萧矜指定一早就在策划，他若是单纯想带陆书瑾去凑个热闹，应当早就会提起此事，但那日夜晚，萧矜一开始在南墙找到他时，是把灯给他，让他回去的。

几句话的工夫，萧矜改变了主意，从墙头跳下来，临时决定将他带去。陆书瑾不知道那夜坐在墙头上的萧矝在几句话的时间里想到了什么而改变了主意,但他绝对别有用意。

一定有个原因,让一开始没打算把陆书瑾掺和进这件事的萧矝改变了想法,带上了他。

陆书瑾满腹心事地回了舍房,刚走近就瞧见舍房的门上趴着两个人,他们正透过缝隙往里面看,陆书瑾走过去咳了两声,把那两个人吓了一大跳。

两人皆是经常围在萧矝身边的人,他们坐在陆书瑾后头两排,先前几次与陆书瑾主动搭过话,但自己是不冷不热的性子,没怎么搭理过,只记得一个叫严浩,一个叫罗实。

"麻烦让一让,我要进去。"陆书瑾说。

严浩跟罗实对视了一眼,立即横眉瞪眼,表情凶蛮:"现如今你被萧少爷厌弃,还敢给我们摆脸色,拎不清自个儿的身份了?"

陆书瑾道:"陆某一介书生,一直清楚自己的身份。"

"今时不同往日,你也不必在我们面前装清高,"罗浩轻蔑地笑着,"识相点儿就把门打开,让我们进去瞧瞧,免得我们对你这瘦胳膊细腿动手,让你哭爹喊娘。"

这话先前刘全找他麻烦的时候都说过,再听一遍时,他波澜不惊:"舍房都是一样的,不知二位要进去瞧什么?"

"你少装蒜!萧矝之前搬东西进舍房闹出那么大的动静,现在他不在此处住了,东西也没搬走,我们当然得进去开开眼,瞧瞧这将军府的嫡子用的都是什么宝贝。"

陆书瑾哪能听不出这两人的意图,微微叹了一口气,说道:"二位可得想清楚,这舍房不知道有多少双眼睛盯着,若是你们进去后弄乱了萧少爷的东西,届时他问罪起来,就算有我在前面顶着,你们也难逃罪责,收拾一个人是收拾,收拾三个人也一样,萧少爷难不成还会嫌麻烦?"

严浩与罗实一看就不是什么聪明人,听了陆书瑾的话,顿时愣住了,显然他们也才意识到这个问题,但也不愿意走,一时僵持着。

陆书瑾见状,露出十分诚恳的样子,道:"不过萧少爷平日里捏在

205

手里把玩的玉佩玉珠之类的小玩意有很多，经常乱放，即便是丢了，也不甚在意，我可以进去取两个悄悄给二位，都是价值不菲的宝贝，少一两个萧少爷定察觉不出来，二位拿了东西便饶过我，日后和平共处，你们看如何？"

二人面色一喜，心想陆书瑾自己进去拿，若萧矜真的追究起来，他们也能推脱是陆书瑾自己拿来贿赂他们的，且又不是人人都是萧矜，他们这些人家底虽说富裕，但每个月能拿到的银两并不多，若是拿了萧矜的宝贝去卖了，自然有大把的银子去逍遥。

思及此，二人哪还有不应的道理，赶忙装模作样说陆书瑾懂事。

陆书瑾开了门锁，进去没一会儿就出来了，手里多了一白一绿两块玉佩，雕刻细致而无一丝杂质，品相极好。

二人拿了玉佩，欢欢喜喜地离去，陆书瑾看着他们的背影，蓦地哧笑一声，两个笨蛋，萧矜才不管是谁动了他的玉佩呢，玉佩在谁的手里，他就逮着谁揍。

陆书瑾回房关上门，摸出了书坐下来看，约莫过了半个时辰，门突然被敲响。

陆书瑾转头看去，心念一动，随后又想起萧矜进舍房从来不会敲门，都是直接推门而入的。陆书瑾敛了敛心神，起身去开门，却见门外站着的人是齐铭。

齐铭当时被揍得很惨，经过几日的休养，脸上的青紫还未完全消退，手里提着两个红布包裹的盒子，站在门下，对陆书瑾扬起一个笑容："陆公子，齐某登门拜谢来迟，还望见谅，当日多亏有你，否则我少说也要断两根肋骨。"他说完，将盒子往前一递。

陆书瑾却不接盒子，只道："齐公子说笑了，当日我什么都没做呢。"

齐铭见他不收东西，便揭开其中一块红布，露出盒子，将盖子一掀开，里头齐齐摆着银锭，他道："齐某这次登门，不仅仅为了致谢，还有一事想请陆兄帮忙。"

陆书瑾现在看到白花花的银子心里已经毫无波动了，毕竟自己床底下的箱子里还藏着一百多两呢。

陆书瑾道："在下一介书生，百无一用，恐怕没有可以帮到齐公子的地方。"

齐铭好脾气地笑了笑，说："你莫着急拒绝，还请你先跟我走一趟，届时再决定帮不帮我这个忙，若是再拒，齐某定不勉强。"

陆书瑾抬头看了眼天色，齐铭就说："保证会在入夜之前回来，不过多耽搁陆公子的时间。"

事情算是谈妥了，陆书瑾点头道："好。"

陆书瑾跟着齐铭出了学府，上了马车，去的地方是城南郊外的养猪场。

路途中，齐铭几次与他搭话，像是试探他对萧矜的态度，他拿捏着分寸，装出心情不好的样子，没怎么深聊。

到养猪场时，天色还亮。那日在夜间他没看清楚，如今在夕阳底下，他看到整个猪场俨然变成了巨大的灰烬之地，如一盆天神泼下的墨水将整片地方染成了黑色，还有被烧死的猪的残体，远远看去，无比触目惊心。

猪场外围站着一排高大的侍卫，皆腰间佩刀，面色冷峻，旁边那些房舍有些被火波及，烧黑了一片墙体，屋外的地上坐满了人，皆衣着破旧，垂头丧气，似苦不堪言。

齐铭指了指那些侍卫，说道："你看，那些就是萧家侍卫。原本因我一时冲动，得罪了萧矜，惹得我齐家损失惨重，但齐家多年经商，攒下不少家底，若是能将此处尽快修整一番，重建猪场，还是能及时止损的，但那日烈火被扑灭之后，萧家便派了大批侍卫强行守在此地，不允许任何人靠近，猪场那些原本聘请的工人也因此断了差事，齐家如今发不了工钱，他们便整日露天席地睡在这里。"

陆书瑾的目光缓缓扫去，将烈火灼烧后的猪场，并排而立的萧家侍卫和坐在地上的男人们收入眼底，并未说话。

齐铭又道："这些人来此做这脏活累活皆是为养家糊口，工钱不结这不知道有多少家挨饿受冻，齐家为了先将工钱结清，找了四家银庄借银，如今只有王氏银庄肯借，但要求是看到齐家猪场修整重建，能够引进新的猪苗后才肯借钱给我们。"

陆书瑾说:"那齐公子要我帮什么忙?我可没银钱能够借你。"

齐铭笑了笑,说:"倒不是为了借钱,而是希望陆公子能够帮我调走这批萧家侍卫。"

陆书瑾也笑了,说:"我没有这么大的能耐。"

齐铭道:"非也。陆公子有所不知,萧将军与萧矜的两个兄长常年不在云城,萧府亦无主母,所以萧府上下全是萧矜当家,这些侍卫皆听他的调遣,而我听说陆公子先前为他代笔策论,曾模仿过他的字迹,若是你能仿着他的字体写一份手谕,定能调走萧家侍卫。"

陆书瑾沉默不语。

齐铭表情真挚,甚至有几分央求:"陆公子,昔日犯下的错我已吃了大教训,那日我放下尊严去求萧矜,一是希望能将功补过,助猪场重建,减少损失,二是不忍见这些辛苦劳累的工人日日夜夜守在此处。现你只需写几个字,将这些侍卫调离,日后我亲自登门将军府,求萧矜原谅,必不会让此事追究到你的头上。若你肯出手相助,大恩大德齐铭定当没齿难忘,若是你有难处,我也定会全力以赴。"

陆书瑾没再说拒绝的话,但也没有答应。

齐铭将他带到一处房中,里头摆着桌椅,桌上搁着一沓纸和笔墨,说:"陆公子可细细考虑,天黑前我再来询问你的决定。"说完他就转身离去,顺道带上了门。

墨已经研磨好,笔就摆在纸边,陆书瑾坐着不动。

他脑中开始浮现萧矜的身影,先是云城里关于他当街打人,无故旷课,喝花酒为歌姬一掷千金的各种传闻,又是他在玉花馆收拾青乌、刘全,看到被抬出的官银时的讶异表情,现在则是萧矜往死里打齐铭的画面,最后是烧为灰烬的猪场和坐在地上那群垂头丧气的工人。

这大半个月在同一个屋檐下生活的萧矜,与站在月光下朝着冲天火焰遥遥举杯的萧矜,交织在一起,不断翻过。

陆书瑾长舒一口气,拿起了笔,在纸上落墨。

火焰烧到了云层上,整个西方天际被渲染得瑰丽无比,横跨半个苍穹。

季府,季朔廷的书房。

外头不知道谁又吵起来了，女人的声音相互交织，下人们齐齐相劝，相当热闹。

季朔廷将窗户合上，走到躺椅处，把萧矝脸上盖的书拿下来扔到桌上，很不能理解道："池子里养王八还是养鱼，都能吵起来？一起养呗。"

萧矝捏着金子打造的圆铜板，用拇指一顶就抛了起来，然后又接到手里，再抛，给出真诚的建议："我觉得养鱼比较好，王八太丑了。"

季朔廷绕到桌后坐下来，拿出一块砚台放到桌上，叹息道："拿去吧，你又猜对了，你与陆书瑾闹了冷脸，齐铭果然去找陆书瑾了，还将他带出学府去了猪场。"

萧矝仍然闭着双眼，有一搭没一搭地扔着金币，说："猪脑子，好猜。"

"你说你把他牵扯进来干吗，平白让他遭遇危险。"

萧矝没有立即回答，过了一会儿他才缓声道："陆书瑾的记忆力比寻常人好太多，我发现他记东西极快，有些内容只看一遍就能背下来。"

季朔廷问："所以呢？"

萧矝哧笑道："这还用问？他有这般能力，参加科举不说考状元，少说也得是进士，入朝为官是铁板钉钉的事。"

季朔廷问："那又如何？"

萧矝瞥他一眼，说："官场上的尔虞我诈，你我打小就清楚，陆书瑾无人传授经验，假以时日，踏入官场，任何错误的信任和决定都有可能害死万千无辜百姓，或是把自己的命搭进去，他必须学会分辨是非，有看清楚谁人真心谁人假意的能力。"

"这么说，你已经打定主意让他日后做你的同僚了？"

"他聪明，够资格。"萧矝道。

"若是他错信齐铭，做了错误的选择呢？"季朔廷觉得好笑。

"错了也无妨，有我给他兜底，总要去做才能学会如何做。"萧矝站起身，将金币在修长的指间晃了一圈，扔到季朔廷桌上，"砚台我拿走了，金币就当补贴给你的。"

"滚，这砚台你拿一百个这玩意儿都买不到！"季朔廷心疼得很。

209

正说着，有人叩门，季朔廷喊了声"进"。

随从推门而入，颔首道："少爷，事已办妥。"

萧矜别过头看去，说："你拿了什么东西？"

随从抬手奉上东西，说："我们反复拷打审问那二人，只有这两块玉佩。"

萧矜定眼一看，当即气笑了，拿起一块捏在手里把玩，哧道："这个陆书瑾，坏心眼不少啊，专挑我宝贝的玉。"

"少爷，那二人如何处置？"

"打一顿。"萧少爷一开口就是这个，但想到宝贝玉佩被这二人摸了便觉得不解气，又道，"扒光了上衣扔到街上去，不，扔到青楼门口。"

柒 荣记肉铺里的秘密

齐铭推门进去的时候,面上带着几分不大明显的喜悦,他觉得陆书瑾天生就长了一副好骗的模样,方才在猪场,眼睛里的不忍和怜悯几乎要溢出来,答应写手谕应该是十拿九稳的事。

他往屋里一看,陆书瑾果然坐在桌前,面前的纸上已然写上了字,他笑着走过去一瞧,笑容却僵住了。

只见那纸上写了字又被画掉,加上丑陋的字体,整张纸变得极其脏乱,他疑惑道:"陆公子,这是何意啊?"

陆书瑾站起身,望着他的眼睛说道:"我方才仔细想了想,虽说我确实会模仿萧少爷的字迹,但却不能冒名顶替他发号施令,此非君子所为。"

陆书瑾这一句"非君子所为",噎得齐铭好久都说不出来话,只能瞪着眼睛看他。

但陆书瑾面上却一本正经,颇有文人风骨,让人挑不出错处。

齐铭只得扯动脸皮,尴尬地笑了笑,说:"也是,陆公子高风亮节,实在让人钦佩,不过那些风餐露宿的工人该如何处理呢?"

陆书瑾说道:"就算我仿写的手谕能够将萧家侍卫暂时调离,但萧少爷岂能不知自家侍卫的动向?用不了多久,他便会发现这件事,从而怪罪到我的头上。我掂量着,此事并不划算,我先前与萧少爷有些小误会，产生了冲突，并非不可调解，回头待他消了气，我再去认个错，就又能与他重修旧好了。"

齐铭微微张了张嘴，约莫是没想到陆书瑾会说出这样一番话，愣神道："我还以为陆公子知晓萧矜是何种人。"

陆书瑾愁苦地叹了一口气，拧着眉道："你有所不知，我在云城无依无靠，自打与萧少爷攀上交情后，学府里无人敢欺辱我，平日里待我都和善恭敬。但与他争吵后的这几日，我不知受了多少冷眼苛待，日子还长，再这样下去，我迟早要被逼出海舟学府，不得不低头。"

"这萧矜着实可恶，但他向来跋扈，应当不会轻易与你重修旧好。"

"无妨，我多说两句好话，再不济哭一场，总能打动他。"陆书瑾说。

齐铭这下没掩饰住，眼中流露出些许轻视来，言语间不自觉带上嘲讽："想不到陆公子打算得如此清楚。"

陆书瑾抬眼看他，一瞬间他又将神色敛去，清了清嗓子后，说："我能理解陆公子的为难之处，不过萧矜并非大度之人，你此时赶去认错，他极有可能打你一顿出气，我奉劝你还是过些时日再去为好。"

"啊？这可如何是好！"陆书瑾低低地啧了一声，懊恼道，"早知如此我便不与他争执了，先前我与他同住舍房，一日三餐皆吃的萧家饭，如今我只得自己买饭，手上的银两所剩无几，怕是要挨一阵子饿了……"

齐铭听后，将面前的人从头到脚扫视一番，见他身着海舟学府的院服，衣摆下隐隐露出一双布鞋，寒酸得很。他转转眼珠子，忽而心生一计，温和地说："陆公子莫担忧，先前你出言相救，齐某必会报答，我齐家尚有十余处猪肉店在城中，你若是不嫌弃，我可将你安排进店里做些闲工，虽银钱不多，但足够你果腹。"

陆书瑾等的就是这句话，在屋里的这段时间，他认真考虑过。

齐铭一张嘴就说出了自己模仿萧矜字迹代笔策论一事，但此事只有萧矜身边的那几个人知道，连夫子都瞒得滴水不漏，而不在海舟学府的齐铭却能知道，就表明萧矜身边有人为齐铭做内应，为他打探消息，通风报信。

那齐铭自然知道这几日陆书瑾与萧矜在学堂里互不相扰，没说过一句话，关系降至冰点。

萧矜派人围住了猪场，齐铭向他求一份仿写的手谕，此事本就漏洞百出。先不说那侍卫是否个个都没脑子，拿了手谕就信，单是萧矜那个字体，陆书瑾就敢打票萧家侍卫拿到手谕也是一脸茫然，完全看不懂。

且萧家侍卫一旦撤离，萧矜必是最先得到消息的人，他定然马上问罪，再将侍卫调回，这样短的时间让那些工人清理现场重建猪场，再引进新的猪苗，根本就是天方夜谭，所以齐铭这个方法一开始就不可行。

他若不是实打实的笨蛋，那向他讨求手谕一事，极有可能是使了一个障眼法，其最根本的目的，就是给萧矜传达"陆书瑾已经归于我齐家阵营"的讯息。再往前一推，齐铭这样做，无非是让萧矜与自己彻底决裂，成为敌人。

他如此行为，陆书瑾只想出了两个目的。一是他脑子有病，这个时候还想与萧矜置气，假借他站队之事来挑衅萧矜；二是他身上有可用之处，齐铭设计让他处于孤立无援之地，再施以援手，拉拢他彻底归于自己的阵营。

陆书瑾认为是第二个，他觉得齐铭盯上了自己仿写字迹的能力，所以想利用他。如此一来，事情就明了了，他一直坐在房里思考，罗列出几个方法一一推演，找出其中能够让齐铭上钩的方法，所以从齐铭进屋开始，他就一直引导着齐铭的思维。

他先说不帮他仿写手谕，是害怕萧矜怪罪，导致他与萧矜的关系更加恶劣，没有挽回的余地，表达出要与萧矜和好的意图。

齐铭当然不希望如此，所以手谕一事不行，他定会再找别的方法，于是陆书瑾顺势说出自己手头拮据，吃饭都成难事，将枝头抛出。他果然上当，攀着枝头往上，要给陆书瑾安排进齐家名下猪肉店做闲工。此事与仿写手谕一样，都可以向萧矜传达他为齐家做事，但有一点不同。

在猪肉店做闲工，能直接接触到齐家的猪肉。

213

陆书瑾秉持着任何行为都有目的，任何目的都有原因的想法，他觉得萧矜火烧猪场的行为从一开始就点明了，齐家的那些猪绝对是关键。

陆书瑾佯装惊喜，夸赞道："齐公子，你真是大好人啊！有你在，我算是做不得饿死鬼了！"

齐铭笑了笑，自腰带上摘下一块玉佩递给陆书瑾，说道："你拿着这块玉佩去城西的荣记肉铺给掌柜看，我今夜回去知会他一声，让他收下你。"

陆书瑾喜笑颜开，收下玉佩，连连道谢，模样看起来欢心极了，半点儿没有作假。

齐铭便差了马车将他送回学府。回到舍房后，天整个都黑了，陆书瑾洗漱后，像往常一样看书到夜间，感觉疲倦了才上床睡觉。

不过陆书瑾跟着齐铭出海舟学府一事根本就瞒不住，第二日他去学堂，蒋宿就满脸古怪地问："你昨日跟着齐铭出去了？"

陆书瑾一边翻开书页一边应了一声。

"为什么？"蒋宿像是很不能接受这件事，脸色变得极为难看，"我以为……你应该知道萧哥很厌恶齐铭。"

陆书瑾知道他在想什么，无非就是少年之间的义气，自己昨日的行为在蒋宿眼里等同于背叛。

他转过头，眼睛直直地看着蒋宿，没什么温度。

蒋宿被他这副样子吓了一跳，别开视线，问："怎么了，我说错了？"

"蒋宿，"陆书瑾用非常冷硬的语气道，"海舟学府的门槛极高，我身无分文，单凭一支笔杆考进来，日夜苦读，寒窗十年，为的是日后通过科举光耀门楣，不是为了与谁结交兄弟的，你能明白吗？"

陆书瑾平日里虽不大喜欢搭理人，但每次他与他说话都是能得到回应，且态度温和，笑容干净，从不曾见他冷脸发怒，眼下他冷着声音说话，真把蒋宿吓到了。

这些日子，陆书瑾一直被萧矜带在左右，蒋宿已然将他当成了自家兄弟，但现在听他说了这句话，才后知后觉地发现陆书瑾进海舟学府是真的奔着科举去的，跟他们这些混日子的纨绔终究不是一路人。

然而面对陆书瑾，蒋宿纵是有脾气也发不出来，他愣愣地道："我没有旁的意思，就是想告诉你，齐铭不是什么好东西，你当心点儿。"

陆书瑾又笑笑，恍若冰雪初融："我知晓，昨日他登门道谢，我将谢礼推脱，并不与他多纠缠，多谢你关心我。"

蒋宿见他脸上又有了笑容，心里顿时松了一口气，再不敢多问，于是一整日陆书瑾都十分清静。

下学后，陆书瑾回舍房换下院服，拿着玉佩直奔城西荣记肉铺。荣记肉铺与他想象中的不同，以前在杨镇的时候，曾远远看到过一家卖猪肉的店铺，被劈成两半的猪用铁弯钩挂在门外，血水顺着猪腿往下滴，充斥着浓重的血腥味道，还有一些切下来的肥肉以及不要的内脏，全部堆放在一起，臭气熏天。

但荣记肉铺却十分干净，店面是两开的，一进门就是侧着的柜台，里头并着红木桌子，上头摆着猪的各个部位，分得仔细，用网纱罩住，还有些大块的，挂在后头。

空气中也有血腥味，但不浓郁，陆书瑾扫视一圈，才发现铺子的两个角落挂着小炉子，也不知点了什么驱味儿。

掌柜正在躺椅上睡得正香，陆书瑾在肉铺转了一圈都没能将他惊醒，只好走到柜台旁，用手敲了敲柜面，说："掌柜的。"

这一声才将掌柜唤醒，他忙直起身来看他。

是一个看起来上四十的男子，身体有一种算不上强壮的胖，他耷拉着眼皮，精神不是很好。陆书瑾仔细去瞧他的脸，发现他脸色暗沉，色斑堆积，看起来萎靡不振，身上又有一股未散尽的酒气，他猜他应该是一个酗酒极凶的酒鬼。

陆书瑾笑了笑，说道："我打扰掌柜打盹了？"

那掌柜摆摆手，打了一个哈欠。

陆书瑾将玉佩拿出来搁在桌上，说道："是齐公子要我来的。"

掌柜见状，神色当即一变，眯着眼睛笑起来，然后从柜台后面绕出来，不动声色地打量他，笑着说："原来是陆公子，我等你许久了呢！我姓孙，全名孙大洪，你叫我洪哥就好，昨儿我就接到少东家的吩咐了，要多照料你。"

"多谢洪哥。"陆书瑾笑着说，"我平日在海舟学府就读，所以下了学才能来，你见谅。"

"海舟学府，好地方！"孙大洪道，"无妨，这几日云城的猪肉抬价，生意大不如前，好些时候都无人，没那么忙。"

"那我能做什么事？"陆书瑾问。

孙大洪将他看了又看，皱眉道："这切肉、上肉都是劳累活，陆小弟的手是拿笔杆的，可不能累着你，不如就记账吧，正好我们店铺的账房先生走了，我识字不多，只能随手记个数量，这几日的账都没记呢，你誊抄就行。"

这正合陆书瑾的心意，便点头道："那就多谢洪哥了。"

孙大洪笑着说"没事"，就带他去了柜台后方，搬来一把带靠背的木椅，掏出账簿和墨、笔来，再拿出几张纸摆在旁边，说道："这纸上便是我这几日随手记的买卖，有什么看不懂的可直接问我。"

陆书瑾拿起来看了看，发现孙大洪没有说谎，他的确识字不多，纸上大多是一些简单的数字，还有些显而易见的错别字，他又翻开账簿，看见上面整齐的字体，记录了日期，一桩买卖出多少斤两，多少银钱。

陆书瑾一边提笔写字一边状似随意地问道："洪哥，上一个账房先生似乎将此活计做得相当认真，是何缘由离去呢？"

孙大洪道："辞工了，许是不满意工钱吧，账房先生都是少东家直接安排人来的，我也过问不了那些事。"

陆书瑾应了一声，没再追问，只是按照纸上凌乱的字体去分辨一桩桩买卖，再誊抄在账簿上。

他发现如今的猪肉已经涨到八十文一斤了，翻看前面的记录，也不过才四十文，也就是说，萧矜这一举动，让猪肉的价钱翻了一倍，买卖骤减。

"洪哥，如今猪肉涨价，来买的人少，若砸在手里岂不是浪费，如此一来，又要降价，那又何须涨价呢？"陆书瑾发出疑问。

孙大洪躺在躺椅上，晃了晃脚，说："现在的猪肉不是卖给那些买不起猪肉的人的，不管价格降多少，那些人买得都不多，现在的猪肉基本都是往富裕人家送的，他们一买就买好些斤呢。"

陆书瑾心想也是，现在猪肉涨价，赚的都是富裕人家的钱，贫困人家便是在猪肉不涨价的时候，买得也少。

陆书瑾有一搭没一搭地与掌柜闲聊，将这几日的账全部誊抄完之后，天色渐晚，陆书瑾却没有赶回学府，而是去旁边的面馆买了一碗面，对付一口，后又回到肉铺帮忙。

孙大洪要关门，一边清扫地面一边道："这肉放到明日就不新鲜咯，又浪费了。"

"那要如何处理？"陆书瑾帮忙扫地。

"自然是记录斤两后送还原场，现在猪肉的价格绝不能落下去，哪怕是扔了也不会降价处理。"孙大洪带着陆书瑾将肉铺清理干净后，关门时掏出了一串用绳子串的钥匙，一共三把，他用其中一把上了锁，转头对陆书瑾道，"辛苦你了，陆小弟，快些回去吧。"

陆书瑾与他客套两句，这才打算回家，正巧碰上一个车夫在拉面馆前招揽客人，陆书瑾将他拦下。

陆书瑾想着这几日都得来肉铺忙活，便与车夫商量了一下，要他这几日都在这个时间来荣记肉铺。车夫小哥欣然应允，谈好了这笔固定生意后，欢快地将自己送回海舟学府。

陆书瑾今日在誊抄账簿的时候，发现账簿上的字体墨迹皆相差无几，这是很古怪的一件事。

账本是一笔笔记上去的，墨迹会因为记录日期不同而有轻微的差异，但那账簿上前面的墨迹干涸程度完全一样，这就代表那些不同日期的账目全是同一时间写下的，并非真正的账本，再加上柜台脚边有两个抽屉，上面的抽屉放着账簿之类的杂物，下面的抽屉却上了锁。账簿是随拿随用之物，若要记账，就不可能将账本藏得极深，陆书瑾怀疑，真的账本就在那个上了锁的抽屉里。

掌柜孙大洪只有三把钥匙，一把店铺门锁的，一把自家门锁的，余下的那一把，极有可能就是开那个抽屉的。

陆书瑾回到舍房时，刚点亮灯就察觉出不对劲来，他发现中间的大屏风往萧矜那边偏了足足一尺，生怕自己看不出来有人来过这里似的。

平白无故被人闯了屋子，陆书瑾又慌张又无奈，他先将东西大致检查了一遍，发现什么都没丢，唯有桌子上多了一个东西，是一封面皮没写字的信，他关上门，点亮屋中所有的灯，坐在桌前，将信打开，里面只有一张纸。

展开纸之后，他率先看见纸上神似楷书却又带着几分不羁气息的字体，撇捺之间充满肆意，却写得相当漂亮，只是内容他不大懂：

落花：瘟肉，手绢：常肉。日：四十，月：三十。甲、乙、丙、丁、戊、己、庚、辛、壬、癸分别对应：壹、贰、叁、肆、伍、陆、柒、捌、玖、拾。

旁的再没有了，他一脸疑惑，来回看了两遍，都没能找出其中的奥秘，最终只能将纸折起来，随手压入叠放的书本里。

第二日陆书瑾想了个办法，吃早膳的时候，他找食肆的厨子买了些面粉包在帕子里，晌午回了一趟舍房，将面粉倒入小盒子里又兑了水，揉得黏黏糊糊的，盖上一层布，待下课回去，那团面就发好了，变得软软的，可以捏成任意形状。

陆书瑾揪下其中一团包在帕子里，像昨日一样换了衣裳去了肉铺，只不过今日他特地在酒楼前停了停，买了几两闻起来就香的好酒，花了他不少银子，想起来心就抽抽地疼。

他到店里时，孙大洪已经喝得半醉，呼噜打得震天响，陆书瑾将小酒坛搁在桌上，并没有叫醒他，而是搬了一张凳子在店门口坐着玩。

此时天还没黑，路边几个店铺的老板嗑着瓜子，站在边上闲聊。

"你说咱们城西的人是犯了什么太岁，怎么怪病接二连三地出现？"面馆的老板叹道。

"我看八成是传染病，只不过须得接触多了才能染上，不然怎么一病病一户呢？"嗑瓜子的老板娘说。

"别提了，前头巷子里住的王家人，一家七口全染上病了，这几日皆在医馆里躺着，也不知病情如何了。"

"没用喽，跟上次的李家人一样，救不了了呗。"

"你积点儿口德吧！"

陆书瑾坐着听，听了一会儿又站起身出门去了，他依稀记得医馆离这里不远，往前走了百来步就到了。

医馆门面不大，才十月份，就垂着厚重的帘子，陆书瑾撩开帘子走进去，一股浓郁的药草味扑鼻而来，还有此起彼伏错落不断的咳嗽声。

他定睛一看，就见医馆的大堂里拼着不少简易板床，上头都躺着人，身上盖着厚厚的衣裳或是被褥，层层叠叠只露个头出来。

这不过才十月，怎么就整上过冬的架势了？

柜台后的老郎中掀起眼皮，看他一眼，问道："小伙子，来瞧什么的？"

陆书瑾走过去，并未落座，只是问道："老先生，这些人身上为何盖了那么多层东西？"

老郎中还算温和，并未赶他走，而是道："病了，畏寒，有什么就盖什么。"

陆书瑾道："什么病啊？"

老郎中喝了一口茶水，拖着苍老的声音慢慢道："瞧不出来是什么病，浑身发热而生寒，皮肤红肿，脖子生疮，疮烂了，人就没了。"

"不会传染？"陆书瑾又问。

"老夫还没染上，就表明暂时没有传染性。"老郎中道，"我这小破医馆，这些日子收了有二十来个这样的人，死了大半抬去义庄，官府不管此事，小伙子若是惜命，就别瞎打听，趁早离去吧。"

陆书瑾恍然想起先前自己拿着二十两银子找容婆，托她求女婿的好友办事时，那城南当值的捕快说无故病死了几例，怀疑是瘟疫，便一直紧急排查，陆书瑾问道："是不是城南也有这种情况？"

老郎中道："不晓得嘞，应当是有的吧，义庄都放不下了。"

陆书瑾一脸疑惑地问："这么大的事，为什么城中一点儿风声都没有？"

"烧了呗，"老郎中道，"死了就烧了，剩一把灰，能有什么风声？"

陆书瑾的心凉了一大截，没继续问，转身出了医馆。这若真是瘟疫，恐怕云城将要遭受灭顶之灾。

陆书瑾心神恍惚，回到肉铺的时候，就看见孙大洪不知道什么时候醒了，正倒着自己买来的酒喝得起劲，一边喝一边龇牙咧嘴大赞好酒。

"洪哥。"陆书瑾走进去，喊了一声。

陆书瑾买的是醇厚的烈酒，再加上孙大洪本身就半醉，现在已喝得相当迷糊了，不知把陆书瑾认成了谁，口齿不清道："小吴回来了？"

陆书瑾没有纠正，随意应了一声就去了柜台后，翻出账簿开始誊抄，孙大洪在那头一边喝酒一边说话，嘟嘟囔囔不知说些什么，倒酒的手也开始晃个不停。

"小吴啊。"他突然喊了一声，长长地叹气。

"小吴是何人啊？"陆书瑾头也不抬，问他。

"记账的！"孙大洪答。

"他怎么了？"陆书瑾又问。

"死了！"孙大洪道，"被乱棍打死了！"

陆书瑾的笔尖猛地一顿，墨迹在纸上晕染开，然后稳了稳心神，佯装镇定道："被谁打死的？"

"还能有谁，"孙大洪不肯说了，重复着一句话，"还能有谁，还能有谁……"还能有谁？少东家呗，上一个账房先生是少东家安排来的，如今死了却说是辞工，显然是被齐铭处理了。

陆书瑾发觉自己的手有些颤抖，一时写不了字，便搁下笔缓和情绪。

这时候孙大洪摇摇晃晃地站起来，扶着柜台慢慢走着，嘴里唱着不成调的曲儿，从陆书瑾身后绕过来，往躺椅上一歪，闭着眼睛哼哼，没一会儿，就又打起呼噜来。

陆书瑾耐着性子等了好一会儿，然后出声喊道："洪哥，洪哥？"

连喊几声，孙大洪都没应声，呼噜声也丝毫没有减弱，陆书瑾就从袖中拿出帕子包好的面团，面团已然不再软和，呈一种半干的状态，不用力则完全捏不动。

陆书瑾小心翼翼地凑过去，放低了呼吸声，他蹲在躺椅旁，轻轻地撩起孙大洪的上衣衣摆，腰间挂着的那三把钥匙就露了出来。

孙大洪忽然响起高昂的呼噜声,将陆书瑾吓了一大跳,他暗道男人为何打呼噜的声音这么大?竟不合时宜地想起萧矜睡着时的呼吸声绵长稳健,有一种别样的安静。

陆书瑾抬起头,见他完全没有要清醒的迹象,便动作飞快地将钥匙往半干的面块上使劲一摁,当即拓印出形状来。

面团被他分成了三块,三把钥匙各印了一块,做完这些,他赶忙拿着面团退离,小心包好之后,放入袖中,再坐回自己的位置,将剩下的一些账目抄完,抄完时,天差不多要黑了。他留了一张字条给睡得天昏地暗的孙大洪,自个儿坐车回去了。

面团放在窗边吹了一夜,第二日早起一看,已经硬邦邦的,上头拓印的钥匙痕迹极为清晰。

陆书瑾一早就出了学府,城中人大多早起做生意,他来到锁店,将面团递给老板,要他按照拓印的面团打三把一模一样的钥匙出来。

这不是很难的活,但老板见陆书瑾细皮嫩肉的,便狮子大开口,要了他一两银子,还不许砍价,还要赶回去上早课,陆书瑾只得咬牙给了银子,心里滴血,走时瞪了这家店铺的牌子一眼。好,记下了,老五卖锁。

结果陆书瑾还是去迟了,赶到门口的时候,丁字堂的人皆盯着他看。

陆书瑾走得急,停在门口时呼吸急促,白皙的脸上带着一层红润,院服都没来得及换,身上穿着深灰色的布衣袍。

这几日,萧矜与他在学堂里没有交集,学堂里的人先前还以为他会找萧矜和好,但知晓他去了齐家铺子打闲工后,便都认为他已经没有那个机会了。

这会儿见他着急忙慌地赶来,前排一个男子噘着嘴吹了一声口哨,讥讽道:"大学子,你走错地方了吧?"

陆书瑾脚步一停,疑惑地看向他:"我?"

那男子刚要张嘴,约莫是要狠狠嘲讽陆书瑾一番,但面色却猛地一变,朝陆书瑾身后望去,便立即噤声。

丁字堂的早课没有夫子,先前聊得正热闹,但这会儿声音一下子小了许多。

陆书瑾有所察觉,转头看去,就见一袭赤红衣袍的萧矜站在门边,正伸手将挂在门上的木牌拿起来看,语气轻懒:"这儿不是丁字堂吗,我还能走错了?"

那男子吓得身体一抖,赶忙站起来道:"萧哥误会了,我方才说的不是你。"

萧矜的目光越过陆书瑾,直接看向那个男子,凶气盘上眉梢:"你方才喊的大学子,不是我?"

陆书瑾看了他一眼,暗道他莫不是早起喝醉了,什么时候他也配被别人喊作大学子?光是那狗爬字体,就配不上"学子"二字。

陆书瑾无心看热闹,转身离去,回到自己的座位上。

萧矜几句冷嘲热讽,那人就吓得不行了,连连求饶。

丁字堂很快又恢复了吵闹,陆书瑾摸出书,一行字看了三遍也没能记住,只记得萧矜方才眉梢轻扬的模样。

陆书瑾前往齐家猪肉店打闲工的事,萧矜不可能不知,但他为何丝毫表示都没有?还是说,他压根不在意此事,所以觉得他就算站在齐家的阵营也无所谓?

陆书瑾用手指摩挲着书面,看了半页后放弃了,抄写起《戒女色》,才能让他静下心来。

一整天的时间,他抄了四页纸,直到下学才停笔。

陆书瑾连舍房都没回,直接出了学府,取了钥匙后,又去昨日的酒楼买了一壶酒,提去肉店。

陆书瑾一进门,孙大洪就闻到了酒香,咦了一声,道:"昨日的酒也是你带来的?"

陆书瑾点点头,笑了笑,说:"昨日我放下酒出去转了一圈回来,就见你喝得大醉,还以为你是知道的。"

"那酒太香了,我迷迷糊糊没忍住,就直接喝了。"孙大洪有点儿不好意思道,继而又问,"你不是手上没有余钱,为何会买酒?"

"这酒不是买的,是我学堂开酒馆的同窗送的,我平日里帮他解决了不少难题,他便以好酒答谢,但我从不喝酒,见你喜欢喝就想着拿来给你，"陆书瑾早就想好了说辞，撒谎半点儿不脸红，"这酒折在我手里，只能倒掉。"

孙大洪极其爱酒，一听他说要倒掉，赶忙接过去抱在怀里，说："可不能倒，这可是天大的宝贝。"

他打开酒盖猛吸了一口，露出如痴如醉的神色，也不知嘟囔一句什么，抱去旁边柜子上找酒杯。

陆书瑾估摸不好孙大洪的酒量，今日就多买了一些，这几日光是这些花销就去了快二十两银子，若事情再没进展，陆书瑾今晚怕是睡不着了。

孙大洪抱着酒坛不撒手，一杯接一杯地喝，他喝得并不着急，像不舍得似的细细品味，眼看着天黑下来，陆书瑾有些着急，扬声道："洪哥，你快些喝，这酒坛子我今晚带回去，明儿让我那同窗再打一坛给你！"

"嗳！"孙大洪高兴地应了一声，连夸了陆书瑾好些话，果然开始大口喝起来。

夜幕降临，陆书瑾点燃烛台，然后就着烛光将灯笼点亮，他瞥了孙大洪一眼，就见孙大洪已经醉死般趴在桌上，呼噜声闷闷的。

陆书瑾搁下烛台，朝门外看了一眼，然后轻步走到柜台后面，拿出钥匙尝试开锁。

许是运气不大好，前头两把钥匙都不对，陆书瑾差点儿以为自己猜错了时，第三把钥匙终于将抽屉上挂的锁打开了，他紧张得屏住呼吸，将抽屉拉开来。只见里面摆着一本账簿，与他之前抄写的那本封面一样，他拿了烛台，谨慎地看一眼孙大洪，才赶忙蹲下来翻看。

账簿里的字体与陆书瑾在另一本账簿上看到的字体是一样的，皆出自上一个账房先生之手，不过这本账簿字体的墨迹有着明显分别，能看出并非一日所写，印证了陆书瑾的猜测。

但让陆书瑾大为意外的是，账本里记录的并非账目，而是一些完全不沾边的句子。

丁甲丙，周氏，落花，戊月。

丁甲丙，郑氏，落花，辛月。

223

丁甲丙，陈氏，手绢，丁日。

陆书瑾满目怔然，将账本从前翻到后，发现通篇出现的字里，反反复复都是这几个，乍一看，完全不像记账。

但陆书瑾到底不笨，以极快的速度反应过来，这并非寻常账本，上头的字全部用了黑话。难怪账本藏得并不隐蔽，就算是被人找到了，估计也是完全看不懂的。他猛然想起昨夜桌上出现的那张纸，虽然只看了两三遍，但他沉下心来认真一回忆，再低头望去，方才看不懂的句子已然明了。

四月十二，周氏，瘟肉，五斤三十文，共一百五十文。

四月十二，郑氏，瘟肉，八斤三十文，共二百四十文。

四月十二，陈氏，瘟肉，四斤四十文，共一百六十文。

陆书瑾敛着眸沉思片刻，将账本翻到最后，倒着往前看，在其中找到一行字：癸乙，王氏，落花，庚月。

意为：十月初二，王氏，瘟肉，七斤三十文，共二百一十文。

时间对上了，昨日陆书瑾听说的患病的王氏，便是萧矜火烧猪场那日在这里买的猪肉。

陆书瑾闭了闭眼，记忆飞速旋转，翻飞至那个月明风啸的夜晚，萧矜对着那燃起的大火举杯时说的一句话："敬，云城万千百姓。"

陆书瑾遍体生寒，强烈的情绪翻涌而上，手抑制不住地抖了起来，他彻底明白了，当日萧矜烧死的齐家猪，全是瘟猪！

正常猪肉的价格是四十文一斤，但齐家将瘟猪拿出来售卖，降价至三十文。而宰杀出来的瘟肉被人吃了之后，并不如毒药那般烈性，甚至有可能吃一两顿并无大碍，但吃久了必会染上怪病。

瘟疫的症状便是发热而畏寒，皮肤红肿，脖子生疮，正如陆书瑾那日在衙门看到的尸体。

萧矜一把火烧了所有瘟猪，城中猪肉价格疯涨，穷人再也买不起瘟猪肉，他们又不敢往富贵人家送瘟肉，所以萧矜这个方法，在另一种程度上也是暂时阻止了城中人买瘟肉。

陆书瑾一时觉得浑身发软，他蹲不住了，整个人坐在地上，额头出了一层细细密密的小汗珠，极力压抑着错乱的呼吸。

齐家卖瘟猪发阴财，染病而死的人被极快地烧掉处理，官商勾结，只手遮天，云城百姓亦被蒙在鼓中，连续数日咒骂烧了猪场导致猪肉价格疯涨的萧矜。

陆书瑾想起那日萧矜踩着齐铭时对自己说的话。

"你说对了，人命在我这种人眼里，根本就一文不值。"他在那日其实已经给了他暗示，像齐铭那种不学无术、草菅人命的人，人命在他们眼中根本就一文不值！

陆书瑾心中涌起极大的恐惧，又夹杂着一股庆幸和喜悦，他终于揭开了蒙在萧矜身上那块模糊不清的布，看清楚了他的真实面目。

什么不学无术的纨绔，仗势欺人的恶霸，假的，全是假的！他是带人砸了逼良为娼的肮脏青楼，挖出刘家藏官银的萧矜，亦是背负骂名，纵火烧死所有瘟猪的萧矜，是萧将军的嫡子，将来要扛起整个萧家的继承人。

月明星稀，陆书瑾恶向胆边生，他不问自取，将这本账簿揣在怀里，离开了荣记肉铺。

回到舍房后，他将账本从头到尾翻了一遍，算出这本账簿上总共记账二百一十九两，是荣记肉铺从四月到十月初的买卖，由于成本不知，无法计算利润。

陆书瑾并不知道这个账簿能作何用处，但从上头这些欲盖弥彰的黑话中可以看出，这个账簿是见不得人的，他左思右想，觉得将它交给萧矜比较好。

这几日他与萧矜在丁字堂里互相不理睬，互作陌生人，上学、下学都是自己一人，先前他习惯了与萧矜为伴，恍然孤独而行确实不适应。但他并非矫情之人，也不惯着自己，不会因为这点儿不适应就上赶着去找萧矜认错和好，且他要搬出舍房一事本就无从解释。当然，最主要的原因就是他先前不知萧矜是假恶霸还是真纨绔。

倘若他真是一个肆意妄为，做事完全不计后果的人，陆书瑾会立即向乔百廉申请调回甲字堂，借机彻底远离萧矜那个富贵圈子，再不与他们有半分牵扯。但这几日他慢慢摸到了事情的冰山一角，看清楚了他那披着混账外皮之下，藏的是一颗为民之心，自然有了正确的决断。

陆书瑾没什么大能耐，做不了别的事，若不是萧矜，他恐怕一辈子都接触不到这些官商勾结的事，残害百姓的内幕，若是萧矜办事时需要帮忙，他愿意出一份力。

虽说进了海舟学府后，夫子们经常夸赞他聪颖刻苦，萧矜也时常喊他"状元苗子"，但实际上陆书瑾的心里跟明镜似的，自己根本无法参加科举，若真去了，恐怕连科考前的全身检查都通过不了，还会被冠上罪名下狱。

陆书瑾没什么远大的抱负，只想在海舟学府先念两年书，彻底躲避了姨母家的追查，再做点儿小生意，待攒下银钱后，开办一所女子书院，哪怕规格小，也无所谓。

这是四年前他窝在房中看书时生出的念头，但当时手中没有几两钱，就没生过什么妄想。但今时不同往日，自己摆脱了姨母的束缚，手上还攒了不少银两。只是如今这世道，女子书院建起必会遭人非议，没有背景只怕很难成事，若萧矜愿意帮忙，办女子书院的事岂不是有盼头了？陆书瑾一合计，打算明儿去找萧矜好好聊一聊。

睡前，他将账簿藏在萧矜的床铺底下，将柔软的蚕丝被抻平，熄了灯才爬回自己的床。

次日一早，陆书瑾像往常一样去了丁字堂，想找机会与萧矜单独说话。但萧矜旷了早课，又跟夫子前后脚进学堂，授课结束后，他身边又总围着一群人，陆书瑾知道其中有齐铭的眼线，不好明目张胆地去找萧矜说账簿的事，更怕他当众发脾气，一天下来，便没找到机会。

待下学后，萧矜与季朔廷一同离开学堂。他前脚刚走，陆书瑾后脚就跟了出去，连桌上的书都没收拾，隔着不远不近的距离，随他一起出了学府。

萧矜身边围着的人压根不见少，陆书瑾跟了一路都没能找到合适的机会，不过他这么一跟，却大开眼界。

先前他一直都知道萧矜下了学就跑得没影儿，也不知道他去忙活什么，总之不会老实待在舍房里，如今跟了一路才发现，他完全属于那种街溜子，还是没事找事的那种。

他身边的那帮人，若是走在拥挤的道上被人碰到了，便动手推搡路人，听见哪家摊贩吆喝的声音大了，也要说道几句，就连路边撒尿的野狗都要被他们骂两句，走在路上突出的就是"横行霸道"四个字。

陆书瑾想，萧矜名声臭成这样，能是别人谣传的？这不明摆着是他自找的吗？正想着，前头几人停在了一家赌坊门口，他们闲聊了两句便纷纷往里面走。

萧矜一时没动，待几人都进去后，他忽而转头，往陆书瑾所在的方向看了一眼。就这么一眼，两人隔着人群遥遥相望，恍然像隔了许久的对视。

陆书瑾可算逮着机会了，便抬了抬手，冲他示意。

萧矜明显是看见了的，却丝毫没有反应，他移开视线后，进了赌坊。

街上人来人往，相当热闹，陆书瑾站在赌坊前仰头看着。他属于那种进了贼窝贼都会嫌弃的人，若是不特地买什么东西，出门身上带的银钱绝对不超过一两银子，进了赌坊定要被人赶出来，再加上天色阴沉，似乎要下雨，只好转身离去。

先前他就打算置办冬装了，正好趁着这个机会去买两身冬日的棉衣，再买些新的被褥和零散物件，东西买完，小雨滴就落了下来。他估算着自己来不及在宵禁前赶回去，就找了一个车夫将东西拉回了城北大院。

他回去的时候，雨势已然不小，险些淋湿了衣服。杨沛儿见到他极为高兴，拿了布给他擦雨水，又拉着他的手问东问西，说了好一会儿的话，得知他要留宿在大院后，就起身烧柴给他下面条吃。

陆书瑾也开心，将买来的东西放好，洗了把脸和手，杨沛儿就将面做好了。是清汤面，白澄澄的一碗，没什么油水，伴着青菜和葱花碎，闻着香得很。

杨沛儿将面条端到他房间的桌子上，自个儿去歇息了，陆书瑾关上门，嗦起面来。

他挑起一筷子面，呼呼吹了两下，往嘴里塞时，突然响起了叩门声，以为是杨沛儿有事去而复返，就咬断了面条，鼓着腮帮子，一边嚼着面条一边去开门，结果就看见了挂满雨珠的绘金伞面，恰好伞面遮住了眼前人的脸，只能瞧见来人身量高，穿着深蓝色的衣袍，陆书瑾下意识往后面退了一步，随即伞面往上一抬，露出萧矜那张俊俏的脸来。

他显然回去过一次，换了身衣裳再来的，屋里的光透过来，依稀落在他的面容上，他垂眸往陆书瑾鼓起的两腮扫了一眼，一边收伞，一边唠闲话似的问道："你在吃什么？"

陆书瑾匆忙咽下嘴里的面条，反问："你怎么来了？"

萧矜跟进自己家似的，将伞倒竖在门口，走进来随手带上门，说道："你没回舍房，我只能来这里找你。"

"啊，"陆书瑾愣了一下，说，"下雨了，来不及赶回去。"

萧矜走到桌边，将手中的一个锦盒往桌上一放，往屋里扫了一眼，眉头一下子皱起来："你这屋里连第二把椅子都没有？"

他的神色如此自然，仿佛这几日的视而不见和冷脸相待完全不存在，原本陆书瑾还想着怎么跟他聊才能缓和气氛，但他显然没有这些别扭的顾虑，不知为何，陆书瑾心里也有几分高兴。

陆书瑾走过去，声音有几分轻快："那你坐，我坐床上就行。"

"我还能跟你抢这破椅子不成？"萧矜看了他一眼，将桌上的锦盒盖子揭开，将瓷碟装的菜往外拿，三层锦盒装了两碟菜一碗粥，搁桌上一摆，还冒着腾腾热气，简陋的桌椅被这雪白印花瓷碟一点缀，也显得没那么破旧了。

他将那碗才吃了一口的面条往角落一推，说道："过来吃。"

陆书瑾微微睁大杏眼，讶异地看了看这散发着香气的菜和粥，说："你怎么知道我这个点没吃饭？"

萧矜上哪儿知道去，他弯了弯唇角，道："你若吃了，这饭菜就倒了呗，你若没吃，就正好给你吃。"

陆书瑾一听，当即不赞同他这铺张浪费的阔少做派，坐下来拿起筷子，倒没急着夹菜，而是抬头去看他："有件事我想说一下，那日，我不该拦着你打齐铭。"

齐铭这种人，披着伪善的假面具，做着谋财害命的勾当，这种人莫说是断两根肋骨，打死都不足惜，那日自己出口阻拦到底不对，没什么不好承认的，陆书瑾认错认得很坦荡。

萧矜将旁边半人高的木架放倒，拉到桌子旁当椅子坐，听了他的话，忽而弯着眼睛笑起来，没说话。

陆书瑾夹了一个丸子，先吃了几口，才问："你笑什么？"

"我高兴。"萧矜憋了这几日，乍一见面，其实有很多话要说，但他须得慢慢说，"在酒楼那日，我是故意挑你的错处与你争执，并非真的生你的气。"

陆书瑾很自然地接话："我知道啊。"

萧矜脸上没有半点儿意外神色，问道："你如何知道？说给我听听。"

"猜到的。"陆书瑾说，"后来我想了想，觉得那日事情蹊跷，酒楼的包间门口分明有你带的随从守着，齐铭再大的力气还能挣脱两个人闯进来？应该是经过你的授意故意放进来的。所以即便我不出口阻拦你们打他，你约莫也是要找我其他错处，为的就是让齐铭看到我们二人起冲突。"

他越听，眼睛里的笑意越深，他用右手撑着脸颊，看着他说道："你这小脑袋怎么这么好使呢？这都让你发现了。"

陆书瑾与他对视一眼，低头喝了一口粥。这句十分直白的夸赞让陆书瑾颇有些不好意思，他能感觉到萧矜此刻的情绪很高涨。

陆书瑾说得对，他现在的确很高兴。

"那日你跟着齐铭出了学府，是干吗去了？"他问。

"他要我模仿你的字迹写一份手谕，将守在猪场的萧家侍卫调离。"

"你写了吗？"

陆书瑾摇头，一口一口地喝着粥，眼睫下垂，白嫩的脸颊鼓起来，不快不慢地咀嚼着，萧矜看着他吃东西，并不催促。

陆书瑾吃了几口东西后，才道："我当时觉得不大对劲，就拒绝了，齐铭又说安排我去齐家猪铺做闲工赚些散银。"

"那你为何又答应去了？之前你在我这里赚的银子可不少。"萧矜虽然说了一个问句，但脸上没有半点儿疑惑的神色。

"不是得你的授意吗？"陆书瑾说道，"你计划与我当着齐铭的面起冲突在先,又在学堂对我视而不见在后,不就是为了让齐铭来找我,写手谕一事我不答应是觉得没价值,但他要我去齐家肉铺,那我就有机会接触到齐家的猪肉,兴许能找到你火烧猪场的原因。"

萧矜道:"你找到了?"

"我若没找到,你能来找我?"陆书瑾反问。

萧矜说:"不是你先跟着我的吗?"

陆书瑾说:"那你何故看见了我,却不理我?"

萧矜说:"人多眼杂,我又不知道你的事做到哪一步,怕扰乱了你的计划,我当你是遇到什么难处,这不入了夜就来找你了吗?"

"我找到了账簿。"陆书瑾说,"我按照你给我递的信,翻译出上面的黑话,发现齐家肉铺把瘟猪肉当正常猪肉售卖,害得城西好几户人家染上怪病,不治身亡。你设下此局,就是想让我查出这些吧?"

萧矜看着陆书瑾,看到烛光映在他的黑眸里,那双漂亮的眼睛一眨不眨地看着他,让他的心一晃。

先前陆书瑾总是装得呆笨,不喜与人说话,一整日下来,说的话不超过十句,看起来完全就是一个只会读书的呆子。但现在的陆书瑾干脆不装了,半点儿不掩饰自己头脑的聪颖,将所看到的所猜到的全部说给了萧矜听。

萧矜觉得,不该用"灵动"一词去形容一个男孩,但形容眼前的陆书瑾却又极其贴切。

他道:"并非如此。"

"齐铭早前就开始打听你仿写我字迹一事,前两日去找你要玉佩的两个人,就是齐铭的内应,那日也是他指使那二人去为难你,不过反倒被你忽悠得团团转。"萧矜不疾不徐地说着,"火烧猪场那夜,我本不打算带你去,但转念一想,齐铭既然将主意打到你身上,那就迟早会对你下手,不如我就借这件事让他有机会找上你。"

"一开始,我的目的只是想让你半只脚踏进去,尝试接触那些东西,锻炼一下分辨是非对错和识人的能力,若是能识破齐铭的伪善最好,若你错信齐铭也无妨,有我在,总不会让你吃亏。"萧矜说,"但是你比我想象中更加厉害,不仅识破了齐铭的真面目,还反过来设计了他，从而找出这件事背后的真相。"萧矜是不吝啬夸奖的，他时常直白地夸赞陆书瑾，说一些以前从不会有人对陆书瑾说的话。

虽然从他嘴里听过不少次，但陆书瑾还是很羞赧。于是低下头去喝粥，以此掩饰自己微红的脸。陆书瑾并不觉得自己有多厉害，这次能够成功算计到齐铭，有一个很重要的原因，那就是虽然自己不断在怀疑中摇摆，但心还是偏向萧矜的，陆书瑾潜意识里信任萧矜所为皆有因，所以对齐铭就多了一层戒备，将他说的话反复琢磨推断，才能很快察觉出他话里的奇怪之处。

陆书瑾道："你为何要将我牵扯进去呢？我不过是穷苦出生的寻常百姓。"

"你日后不是要参加科举入朝为官吗？现在是铺路的最好时机，官场远比云城的明争暗斗危险得多，现在多学一点儿，日后就少吃一点儿亏。"萧矜笑着道，"且你我二人在官场上为同僚，也能相互照应。"

陆书瑾当下明白，萧矜像兄长一样对他耐心教导，将萧云业传授给他的东西慢慢分享给他，为的是将他培养成自己的左膀右臂。

官场上，单打独斗的人会最先退场，萧矜是官宦世家的嫡子，打小就明白这些。

陆书瑾怔然片刻，张了张嘴，没把那句"我不参加科举"说出来。

现在说出来压根没办法解释原因，只能暂时先瞒着，陆书瑾低声道："萧哥，多谢你用心良苦。"

萧矜一下子乐了，伸手捏了捏他的脸颊，轻轻晃着，说："现在知道叫哥了？你在学府后头租房一事为何不与我说？我可以给你找房子啊。"

他转动眼睛，又在这房间扫视了一圈，嫌弃之色溢于言表："这地方确实简陋，离学府又远，你来回压根不方便，不过学府附近的房子也不大好，小得伸不开腿，我可以给你找一处稍微近点儿但宽敞安静的住宅，如此你来回也方便。你过年回去吗？还是打算留在云城过年？"他说了不少话，唇角勾着笑，想着陆书瑾在家里受尽苛待，回去指定过得不开心，便开始盘算着让陆书瑾过年别回家了。

陆书瑾看着他，桌上的烛台散发出温润的光芒，细细描摹他俊俏

231

的眉眼，将白天里的那些锐气与锋芒一一敛起，覆上了柔和之色。

是了，萧矜根本不会因为自己要去外头租房生气，因为他自己都没打算在舍房住多久，且看样子他早就打算让陆书瑾搬出舍房，因为在他眼里，舍房的条件实在太过简陋，无法长住。

陆书瑾忽而弯着眼睛笑了，点头道："我要留在云城过年。"

"对，留在云城，哥哥疼你。"萧矜说，"届时我带你去萧府过年。"说完，他便站起身，伸了一个懒腰，似乎打算走了。

陆书瑾也站起身，随手收拾吃完的碗碟，余光看见他走到窗边，往外面看了一眼，说："好大的雨。"

"嗯，萧哥回去时路上当心些。"陆书瑾随口接道。

萧矜瞥了他一眼，说："刚吃完饭就翻脸不认人了，我是自己来的，这样大的雨你让我怎么回去？"

"不是有伞吗？"陆书瑾一脸疑问。

"嗬，"萧矜哧笑一声，直截了当地说明自己的意图，"走不得了，我要在这里留宿。"说着，看了一眼床榻，问道，"你那张床，睡两个人没问题吧？"

陆书瑾的这个小屋子，用简陋一词来形容都算是抬举了。

这屋子从左走到右统共十来步，当中摆着破桌椅，靠墙放着一个木架、一口水缸和一张床，别的什么都没有。

外面的雨噼里啪啦地砸在屋檐上，发出咚咚的闷响，在房里清晰地回荡着。

陆书瑾有一瞬间脑子是无法思考的，张了张嘴，直接说道："睡不了。"

萧矜看着他，眉毛轻扬，陆书瑾又找补两句："这床窄小不结实，我睡的时候都吱呀乱晃，撑不住我们二人的重量。"

萧矜听后，走到床边，伸手按在床板上，用手一晃，小破木床果然响起了吱呀声。他又用手按了按，上下检查一番，随后转头对陆书瑾说道："撑得住，床确实老旧了一些，但木架结构尚稳，不会那么容易坍塌。"

陆书瑾有些着急，咬了咬下唇，说道："我打地铺吧，你睡床。"

萧矜坐在床沿，拧着眉毛看他，说："干吗，我们还睡不得同一张床了？又不做什么，还能把床折腾塌了？"

陆书瑾听到这句话，顿时就遭不住了，耳根陡然燃起烫意，红晕极快地顺着脖子爬上脸颊，把耳朵都染红了，陆书瑾硬着头皮为自己辩解："这床太过窄小，两人睡不下。"

这张红了的脸在烛光的映衬下，变得尤其明显，再加上他低着头，别扭地把目光投向一旁，扭捏的样子让萧矜没忍住笑出了声。他平日里跟那群少年厮混惯了，花楼也没少去，这会儿起了逗弄陆书瑾的心思，嘴上没把门："你担心什么，就算我折腾你，也会轻点儿的。"

陆书瑾的脸简直像蒸透了的红薯，他不知道少年间经常会开这种玩笑，只震惊萧矜再不正经怎么能对他说出这种话，他现在的身份是男子！陆书瑾惊诧地瞪着萧矜，模样像一只受惊的兔子。

萧矜见状，乐得不行，起身揉了一把陆书瑾的脑袋，说道："雨天地上潮，这地上连地垫都没有，打什么地铺？我说睡一起就睡一起，两个大老爷们扭捏个什么劲儿。"

陆书瑾还想说什么，萧矜用话堵住他："好了，别废话，水在何处？我洗漱一下准备休息了。"

一时间陆书瑾也说不出什么来了。这房屋比不得舍房，是泥土地，混着雨水踩来踩去显得有些泥泞，自己就算忍得了脏乱打上地铺，萧矜也绝不同意。且外面的雨下得那么大，再把萧矜赶出去让他自个儿回家，也实在太过狼心狗肺。

思来想去，好像也没了别的办法，陆书瑾将忧愁掩在心中，指着水缸道："沛儿姐给我分了半缸水，洗漱用够了。"

房中只有两个木盆，一个用来洗脸，一个用来洗脚，条件简陋，萧矜也没挑剔，拿了木盆去装水。灶房在另一头，要穿过院子才能烧水，但是雨势太大，出去一趟必会淋湿，萧矜便直接用凉水洗脸、漱口。

陆书瑾则在另一头铺床，幸好他今日买了两床冬被。他将先前收起来的被子拿出来铺在下面，然后将两床冬被铺在床上，两人一人盖一床，井水不犯河水。

陆书瑾刚铺好冬被站起身，萧矜就洗漱完，走到他身后，他往床上一看,顿时笑了:"这是什么意思,你想把我捂死在床上?"

十月,天气虽然转凉,但还没有到用冬被的地步,这样厚的被子往床上一铺,确实有些夸张。

陆书瑾道:"没别的东西了,若是夜间睡觉不盖着,定会着凉。"

萧矜听后也没再说什么,脱了鞋往床上爬,破旧的老床开始发出哀鸣,一副随时要散架的样子,陆书瑾看得心惊。

他恍若未闻,问道:"你睡里面还是外面?"

"里面吧。"陆书瑾道。

萧矜就掀开外面的一床被子钻了进去。一下雨,这屋子就潮湿得厉害,连带着被子也有一种放了许久的味道,不过并不难闻,陆书瑾贫穷,买不起那些香喷喷的皂角、熏香,用的是非常普通的澡豆,所以被褥本身的味道就比较重。

萧矜出身金贵,还真没处在这么穷酸的境地,不过转念一想,陆书瑾天天过这样的日子都泰然自若,他有什么可讲究的?如此一想,他就舒舒坦坦地躺在了床上。

陆书瑾心中忐不安,先是清理了桌上的碗筷,再慢腾腾地洗漱,用冰凉的水洗手、洗脚,磨叽了好久,眼看着萧矜闭上眼睛没了动静,才吹熄了灯。

"别熄灯。"萧矜突然出声。

陆书瑾以为他睡着了,这样冷不丁一开口,他被吓了一大跳。

萧矜是之前在舍房有次起夜时,因为房中太黑再加上窄小,又穿着木屐,脚磕在桌边,疼得他嗷一嗓子直接把陆书瑾从梦中惊醒,但又好面子不肯承认自己眼瞎,愣说自己梦里揍人揍得兴起才喊出了声,后来他每次睡觉,不管起不起夜,房中总留着一盏灯。

陆书瑾没法儿,又将桌上的烛台点亮,光线昏暗朦胧。他走到床尾,脱鞋往上爬,萧矜的身量高,将这张床从头到尾都占得瓷实,他往里面爬的时候,一只手不小心按在了萧矜的脚踝上,连忙让开。

"等会儿。"萧矜支起上身,脚从被子里伸出来,往他的胳膊上轻轻推了一下,"你睡觉不脱衣裳?"

陆书瑾的外裤已经脱了,里头还有一层,但上衣没脱,听了萧矜的话,赶忙手脚并用爬进棉被里,半个身子钻进去才开始解上衣,说道:"我习惯在床上脱衣服,明早起来穿着方便。"

萧矜一瞧他睡另一头去了,当即道:"你睡这边来。"

陆书瑾说:"挤。"

"我不挤你,快过来,"萧矜说,"别让我动手拽你。"

陆书瑾憋了一口气,执拗了一会儿,见萧矜还真要从被子里爬出来,便赶忙起身,爬到床头,把自己捂得严严实实,只露出一个脑袋来。

萧矜低头看去,就见他露出白净的小脸,黑眸转来转去,似想藏住眼里的局促不安,但仍露了馅,他俯身靠过去,手指戳了戳他的脸颊:"你真的怕我会对你动手吧?爷我只喜欢女人,就算你模样秀气像个姑娘,我对你也没兴趣,哼。"

他乍一下靠过来,脑袋悬在边上,四目相对间,距离拉得无比近,超过了正常范围,隔着被子他将体重压了一半过来,陆书瑾的心跳猛地一停,下意识缩了缩脖子。

"乖乖睡觉。"他连戳了两下陆书瑾的脸,然后躺回了自己的被窝,把眼睛一闭,当真开始睡觉。

陆书瑾大舒一口气,从紧张的状态解脱出来,他心跳快得厉害,把自己裹紧,然后侧了个身,面朝着墙,背对着萧矜,身体微微蜷缩,呈现保护自己的姿态,闭上了眼睛。

陆书瑾是想睡,但身边躺着一个大活人,且还是几近成年的男子,哪里还睡得着。他闭上眼,保持着一个姿势躺了许久,一点儿睡意都没有,直到半边身子都麻了,他才稍微动了动,翻到正面。

但这破床确实该散架了,就这么轻轻翻个身,它就吱呀叫起来,声音还不小,幸好萧矜这会儿该睡着了,应当是听不到的。

陆书瑾正想着,耳朵忽而覆上温热的触感,而后耳骨被人轻轻捏了捏,萧矜低低的声音传来:"你睡不着?"

陆书瑾惊诧地转头,就见萧矜正半睁着眼睛看他,面上似有睡意,但尚清醒,显然还没睡着。

床榻窄小,加之两人各盖一床棉被,肩膀几乎紧挨在一起,靠得极近,陆书瑾看着他,没应声。

耳朵上又传来轻缓的力道,他的指腹柔软,有一下没一下地捏着陆书瑾的耳骨,问道:"我擅自将你拉进这些事中,你不怪我?"

萧矜睡不着,心里也揣着这件事。虽说他认为陆书瑾聪明,将来必会通过科举入朝为官,所以才想提前培养陆书瑾应对各种事情的能力,但这些终究是他擅自做主,也从未跟他商量过,更没问过他的意愿。他原本以为,陆书瑾会因此事恼怒生气,本来今日都做好了低头认错的打算,若是他无意为官,他也不会强求,但陆书瑾只字不提,乖乖地吃完了饭,爬上了床,他心中过意不去了,他捏着他的耳骨,像是一种示好的亲近行为。

陆书瑾的耳朵传来一阵痒意,被这不轻不重的力道捏得又开始发热,最终忍不住将一只手从被子里伸出来,抓住萧矜的手推开一些,说道:"我就是一个喜欢读书的书生,不争名利不求富贵,若是能为云城受难的百姓出一份薄力,于我来说也是荣幸之事,怎么会怪你。"

"先前我没想过你会有这般为民的热心肠。"萧矜说。

"你才不是没想过呢,"陆书瑾小声说,"你分明就是想得太清楚。"

陆书瑾鲜少与他顶嘴,他听后心里高兴,一把抓住他露在外面的手,说道:"你盖着这么厚的棉被,手为何如此冰凉?"

雨天本就阴冷,加之陆书瑾本身体寒,又用冰凉的水洗的手脚,被窝又稍微有些潮湿,躺了好一会儿也没能暖热,所以手脚这会儿还是冰凉的,他往外挣了挣手,说:"暖一会儿就热了。"

萧矜抓得紧,没让陆书瑾挣脱。

忽而床榻响起来,都没等陆书瑾反应过来,冰凉的脚就乍然贴上了热乎乎的温度,原来是萧矜把脚探了过来。

陆书瑾受惊了,忙用了些力气挣扎,并往后退,萧矜皱了皱眉,把他的手往自己的被窝里一带,揣在了怀里,有些凶地低喝:"别动!"

背抵着墙,退无可退,陆书瑾的双脚被缠住了,按在榻上不能动弹,冰凉的脚开始贪婪地吸收热意,顿时暖和起来。

萧矜像是有点儿生气,说:"陆书瑾,你的身子骨也太弱了,不过是用凉水洗了一下竟然这么久都没恢复过来,平日在家里过的是什么日子？你爹娘只疼你兄弟，不疼你，是不是？"说完，他看着陆书瑾惊慌失措的眼睛，不由得放缓了语气，低声道，"没事儿，你爹娘不疼你，我疼你，我给你暖暖，你别乱动。"

陆书瑾只感觉他身上无比火热，哪哪都是温暖的，尤其是那颗滚烫的心。陆书瑾看着萧矜，由于背着烛光，萧矜的神色有些晦暗不明，但隐约能从模糊的光影里看到他柔和的神情，充满了先前没见过的柔软，声音也低低的，更似一种近乎宠溺的蛊惑。

"萧矜，"陆书瑾短暂地受了这蛊惑，将藏在最深处的心事说了出来，"我没有爹娘。"

萧矜有些怔然地看着陆书瑾，许久都没有说话。

外面的雨好像越下越大了，砸在窗户上，发出密集的声音，是能惊扰到人睡眠的程度，但萧矜却能清晰地听到陆书瑾那微弱又平稳的呼吸声，轻轻地，几不可闻，像陆书瑾本人一样。

他盯着陆书瑾，沉默了很长一段时间，他不知道该说什么。

陆书瑾虽然看起来小小的，白嫩而柔软，但他好像并不需要怜悯。若是站得远远地看他，只会以为他是一个安静内敛、性格柔和的穷酸书生；但若走近了，来到他跟前，才知他安静的外衣里包满了苦楚，但他好像并不觉得自己可怜，有一种习以为常的泰然和坚韧，正因如此，才让人心疼得很。

萧矜也是自幼丧母，记忆中那个端庄淑静的女人对他百般溺爱，从不会冷脸斥责，只是一场大病夺去了她的性命，自那以后，他就成了没娘的孩子，但他还有父亲，上头还有两个兄长和一个姐姐。

萧家规矩严格，嫡庶分明，在萧家，无人敢对萧矜使脸色，父亲的两个妾室也是打小捧着他、惯着他，以至于兄弟关系也极为和睦，萧矜从不缺少宠爱。他无法想象一个没爹没娘的孩子在他人的苛待下是如何长大的，陆书瑾这样聪明又讨喜的小孩，若是爹娘都在，定也是被家里宠爱的小宝贝吧。

萧矜心想，若是陆书瑾投胎到萧家就好了，有一个这么可爱的弟弟，他一定竭尽所能地宠着，他要什么他就给什么。

陆书瑾见萧矜久久不说话，眨了眨眼睛，又道："我自小在姨母家长大，至少吃得饱穿得暖，比那些流浪街头的孤儿不知好了多少。"

"你姨母一家是不是待你不好？"萧矜问陆书瑾。

陆书瑾没明说，只道："对于他们来说，我终究是外人。"

好与不好，其实很难定义。虽说陆书瑾住的院子偏僻破旧，伙食也与下人无异，表姐妹的那些新衣裳、漂亮首饰，结伴游玩的特权，好吃的零食糕点，委屈了有人安慰，吃亏了有人撑腰，都是她所没有的，但她的的确确是吃姨母家的饭一点一点长大的。

虽然姨母利用她的亲事为自家谋求利益，不顾她的意愿将她嫁给一个年过三十、流连青楼、外室成堆的残疾人，但她也背起行囊逃跑了，不仅让姨母家毁约蒙羞，还要面临被那残疾人刁难的危险，也算扯平了。

萧矜从他的眉眼间看出一丝落寞，知道再说下去可能触动他的伤心事，就说："无妨，日后在云城，我不会再让你受欺负。"

萧小少爷在云城还是很有话语权的，陆书瑾也看得出来，这人虽然平日里行事跋扈张扬，一副不喜欢跟人讲道理，动辄就要动手打人的样子，但心其实是非常柔软的。

就像方才，陆书瑾说出那句我没有爹娘的时候，萧矜听后虽极力掩饰，但眼中的心疼和怜悯还是溢了出来。

陆书瑾的手脚暖和了，整个身体也跟着热了起来，再加上棉被很厚，很快就暖热了被窝，于是将手往外抽，说："我已经不冷了。"

萧矜这回没再拽着，松手的同时也收回了自己的脚，他仰面躺着说："我八岁的时候，想要弟弟妹妹，跟我爹说了之后，被训斥一顿，后来听说云城有座庙宇许愿很灵，我便跟朔廷一起去给我爹求子，结果回家就被揍了一顿。"

陆书瑾顿时笑弯了眼睛，他还是头一回听说儿子去寺庙给老子求子的，萧矜打小就做这些不着边际的事。

"是宁欢寺吗？"陆书瑾问。

"对。"萧矜看他一眼，说，"你知道？"

"当然，我听说过，它是云城最出名的寺庙。"陆书瑾忽而动身，把手伸进枕头下摸了摸，用手指钩出红绳来，上头挂着半截拇指长的木签,"你看这个。"

萧矜别过头,凑过去看了看,就见木签上用红字写着"大吉"二字,整根木签像是被涂过什么油,虽有些陈旧,但保存完好。

他一脸疑惑地道:"这是什么?"

陆书瑾说:"宁欢寺的签。"

是她七岁的时候,去宁欢寺摇出的上上签。只是这么多年过去了,宁欢寺的签子早就换过好几回,这根十年前的签子好像被遗忘了。

"你的运气不错,是上上签呢。"萧矜笑着说了一句。

陆书瑾也跟着点头,也觉得摇出上上签那次,是他运气最好的一日,是他生命里本就不多的幸运,一直被他珍视地带在身边。

他把木签拿出来给萧矜看了一眼后,很宝贝地放入衣襟里,如此小心对待一根签子的模样落在萧矜眼中,相当可爱。

"下月初,是云城一年一度的祈神日,届时会有热闹的庙会,学府也会放三日假,我带你去宁欢寺玩。"萧矜说。

陆书瑾当然是想再去一次的,听后心情立马雀跃起来,眼睛亮盈盈的,说:"当真?"

"当然,我可不骗人,"萧矜用正经的语气说,"至少不骗你。"

陆书瑾身上暖烘烘的,心里也暖烘烘的。

"快睡吧,"萧矜打了一个哈欠,"明日还要早起去学府。"说完,他就闭上了眼睛,陆书瑾别过头看了一会儿,也扭过身去,闭眼睡觉。

原本还因为忐忑不安、情绪紧绷而睡不着的陆书瑾,跟萧矜说了一会儿话后,竟前所未有地放松下来,没一会儿就沉入了梦乡。

第二日起来时,雨已经停了。

陆书瑾仍然是先起的那个,他穿好上衣爬下床,动作利索地穿戴整齐,转头一看,萧矜还在睡。

许是嫌弃热,他将身上厚重的棉被踢了一半,露出半个身子来,他侧着脸,头微微埋入被中,神色安宁,纯良无害。

陆书瑾出门打水,老旧的门发出吱呀声,将萧矜吵醒,他抬眼往外面一看,天色正灰蒙蒙地亮着,看不出时辰。

他起身穿衣服,出去的时候看到陆书瑾在与杨沛儿说话,像是余光瞥见了他，话说到一半就把头扭过来，冲他露出好看的笑容："萧哥，是我们说话将你吵醒了吗？"

萧矜原本刚睡醒，迷迷糊糊的，情绪不高，但这会儿萧哥两个字传到耳朵里，他的眉眼肉眼可见地舒展开了，用还有些喑哑的声音说："没有，我也该醒了。"

陆书瑾已经洗漱完，顺道把烧的水掺了冷水，让萧矜洗漱用。

二人的动作都不拖沓，很快就整理好一切，萧矜在房中看了一圈，就转身出去了，陆书瑾没留意他去做什么了，自己在房中整理昨日买的东西。

不一会儿，萧矜带了两个随从进来，指挥他们把陆书瑾买的东西拿出大院。

陆书瑾满头雾水，道："你昨晚说是自己来的。"

"是啊，"萧矜道，"昨晚我的确是自己来的，但我让他们第二天一早在门口等着的。"

他昨晚来之后就没打算离开，所以才让马车早上再来，以防二人赶不及去学府。

早课是去不了，但上午的课陆书瑾是绝对不想逃的，好在起得早，时间还算充裕。

两人的早膳是在路边买着吃的，到学府的时候，差不多快敲课钟了，丁字堂也坐满了人，陆书瑾与萧矜就在众人的注视下一前一后进了学堂。

在陆书瑾回座位之前，萧矜喊住了他，顺手将手中的包子塞到他手中，说："你若是爱吃，明日我还叫人去买。"

陆书瑾点点头，如今敢提要求了："虾仁鲜肉馅儿的也好吃。"

"都买。"萧矜说。

陆书瑾刚回到座位上，蒋宿就贼头贼脑地凑过来，小声问："陆书瑾，你跟萧哥和好了？"

陆书瑾见蒋宿这副模样，没忍住笑了。这几天，蒋宿当真诠释了"皇上不急太监急"这句话，整日抓耳挠腮，好几次欲言又止，都是希望陆书瑾赶紧去跟萧矜认错和好，在他的意识里，萧矜如此高傲的人，是不可能先低头的。

但陆书瑾先前明确表达自己没错,便不会认错,蒋宿急得嘴上燎泡,却不敢再多话。现在看着陆书瑾和萧矜重归于好,蒋宿是最高兴的那个,说话的时候都眉飞色舞,还频频瞥向萧矜递给陆书瑾的包子,企图分一个吃。

陆书瑾哪是没眼力见的人,当即大方地给蒋宿分了一个包子,蒋宿立即哥俩好地揽着他的肩膀,直咧嘴。

两人分食了包子,陆书瑾忽而问道:"蒋宿,你平日里跟方义的关系不错?"

"那当然,都是好兄弟。"蒋宿舔着嘴唇回答。

"那你们会不会同榻而眠?"陆书瑾想了想,补充道,"在没有第二间房的情况下。"

谁知蒋宿说:"我经常与他一起睡啊。"

"什么?"陆书瑾一脸讶然。

"我爹总骂我不成器,每次挨了骂我就去找方义,睡在他房中不回家,你若是想睡也可以来啊,咱仨一起。"

陆书瑾赶忙摇头,说:"不必了。"

"也是,"蒋宿啧了一声,说道,"别跟方义一起睡,他这个人睡觉不老实,上回他睡沉后不知梦到了什么,抱着我嘴里喊着鱼儿、蝶儿的就开始亲。"

陆书瑾微微瞪大眼睛,惊讶道:"你让他亲了?"

"我一巴掌把他扇醒了,"蒋宿想着就乐起来,"他醒了之后问怎么回事,我说拍蚊虫,哈哈。"

陆书瑾一面惊讶方义看起来正正经经,私底下竟然是贪色之人,一面又明白男子之间有亲昵行为也极为正常,昨夜萧矜给他暖脚一事也算不得越矩,最多是格外用心的关照罢了。他长这么大,接触男子的机会并不多,连表兄弟见面的次数都少,所以女扮男装时要尤其注意去学习正常男子的行为和相处的方式,以免反应过度,惹人怀疑。

午膳被萧矜喊去一同吃,现在陆书瑾已经完成了他要做的事,自然不必再对萧矜摆冷脸。

季朔廷看着两人自然而亲近地交谈，眼睛里写满了好奇，恨不得马上逮着萧矜一通问。

先前他与萧矜打赌，齐铭不会那么快对陆书瑾出手，结果他输了，交出去一块上好的砚台。后来他们又打了一个赌，赌陆书瑾会被齐铭的伪善蒙骗，从而帮他做事，现在从萧矜和陆书瑾的关系来看，他显然又输了，他想知道陆书瑾在齐铭那里究竟做了什么，但学堂人多眼杂，不适合问。

一下学，季朔廷就拽着萧矜离开了学堂。

陆书瑾收拾书本回到舍房，在舍房门口时却被突然出现的吴成运拦住了。

自从陆书瑾调到丁字堂，就基本没与吴成运碰过面了，不过这家伙看起来奇奇怪怪的，但脸上并无恶意，每次见了陆书瑾都走上前，笑着与他说两句话。

这会儿吴成运站在陆书瑾面前，神色很是正经，道："我有要事找你，可否进屋去说？"

陆书瑾难得见他这般严肃，应了一声后去开锁，门打开后，在木柜旁换了鞋子，边往前走边将身上的书箱取下来，刚要放下，猛然看见错角的墙边正坐着两个人，皆垂着头，靠着墙，一副晕死过去的模样，是萧家侍卫。

陆书瑾心中一惊，就听见身后传来了关门声，还不等自己回头，后颈就陡然传来一阵剧痛，继而眼前一黑，失去了意识。

陆书瑾不知道自己晕了多久，醒来的时候最先感觉到后脖子的疼痛，他动了一下身体，发现双手双脚都被绳子捆住了，动弹不得，坐在地上的他，此刻眼睛被条布蒙住，什么都看不见。

他知道吴成运是有些不对劲的，但没想到他的胆子竟然那么大，敢在学府的舍房里动手，不知道萧矜有没有察觉他被抓了。

陆书瑾何时经历过这种阵仗，心里当即泛起恐惧来，但他沉着嘴角，没有动弹，极力掩饰所有情绪。他明白这会儿害怕是没有用的，须得尽快冷静下来，才能应对眼下的情况。

忽而面前不远处传来低低的声响，像是瓷器轻撞，而后响起人喝水的动静。

　　陆书瑾虽然看不见，但也意识到周边有人，且就坐在自己面前，正端着杯子喝茶，等了好一会儿，那人知道陆书瑾醒了却没有说话，显然比他更有耐心，或者是在等他先开口。

　　"让我想想……"陆书瑾在一片寂静中启声，缓缓开口，"齐铭安排我去那家肉铺，账本又放在那么容易被找到的位置，说明他一开始就没打算藏。而那家肉铺那么大，却没有别的伙计，只有一个爱喝酒的孙大洪，其他人想必被齐铭事前遣散了，所以这本账簿他是希望我找到的，我就算拿走，他也不会强行把我绑来这里。"

　　"与我有过节的刘全如今还在牢狱里等抄家的旨意，没能耐授意别人绑我。我在云城人生地不熟，树敌并不多，所以想来想去就只剩下一人，"陆书瑾别过头，循着方才的声音找到面前人的准确位置，说道，"是你吧，叶大人？"

　　陆书瑾的话音刚落，眼睛上的黑布就被人摘下，幽幽烛光刺进眼里，让陆书瑾很不适应地眯了眯眼睛，接着就看见叶洵坐在面前的椅子上，正对着他笑："陆书瑾，你果然有几分脑子。"